卖掉房子去旅行

〔美〕琳妮·马丁 / 著　　　范晓郁　于 杨　史国强 / 译

GUANGXI NORMAL UNIVERSITY PRESS
广西师范大学出版社
·桂林·

著作权合同登记号桂图登字：20-2014-217 号

图书在版编目（CIP）数据

卖掉房子去旅行 / （美）马丁著；范晓郁，于杨，史国强译.
桂林：广西师范大学出版社，2016.4
书名原文：HOME SWEET ANYWHERE: HOW WE SOLD OUR
HOUSE, CREATED A NEW LIFE, AND SAW THE WORLD
ISBN 978-7-5495-7072-0

Ⅰ．①卖… Ⅱ．①马…②范…③于…④史… Ⅲ．①游记－
作品集－美国－现代 Ⅳ．①I712.65

中国版本图书馆 CIP 数据核字（2015）第 177110 号

广西师范大学出版社出版发行

（广西桂林市中华路 22 号　邮政编码：541001）
（网址：http://www.bbtpress.com）
出版人：何林夏
全国新华书店经销
广西民族印刷包装集团有限公司印刷
（南宁市高新区高新三路 1 号　邮政编码：530007）
开本：945 mm × 1 150 mm　1/32
印张：8.5　　插页：16　　　字数：250 千字
2016 年 4 月第 1 版　　2016 年 4 月第 1 次印刷
印数：0 001~8 000 册　　定价：48.00 元（附小册子）
如发现印装质量问题，影响阅读，请与印刷厂联系调换。

献给蒂姆

我的缪斯、爱人和快乐的伴侣

致中国读者

中国朋友们,大家好!

我很高兴《卖掉房子去旅行》能被译成中文。中国的大好风光和灿烂文化,无时无刻不吸引着我和我的丈夫蒂姆。我们期待在不久的将来能亲身领略你们国家的种种神奇与美丽。

我与蒂姆在欧洲和美洲度过了几年惬意的时光,我们喜欢走出家门,租用别人的公寓。我们很早就对国外的文化产生了兴趣,但是,短期旅行完全无法满足我和蒂姆的好奇心,所以我们决定像当地人一样地生活,充分感受各地的文化。事实上,这种旅行方式确实改变了我们的生活。

如今,世界各地上了年纪的人都会发现,我们这代人的寿命要比前辈人的更长。多数情况下,现在年逾古稀的人依然精力充沛,还能收拾行李走出家门,实现自己的梦想,相反,以往这个年纪的人却很少出门远行。

当我70岁,蒂姆65岁时,我们共同发现,长期的外出旅行最适合自己,同时也做了一个大胆的决定:为了心无牵挂地去国外旅行,索性放弃自己的房子和大多数日常用品。令人惊喜的是,除了我们,还有许多同龄人也在过着这种刺激而有趣的冒险生活。无家的漂泊生活未必适合每个人,但是,这种生活方式至少可以帮助大家,拓宽有关"新生活"的想象;或者旅行者之间互相换房,或者以租房的方式长期旅行,不必在意犹未尽的时候,因为种种不便而无奈地回家——老年人也完全可以借此重获新生。或许,这是大家年轻时无论如何也料想不到的生活!

　　我和蒂姆希望大家能像我们一样,学会取舍,早日实现自己的人生梦想!

Lynne Martin

目 录

引　言

　　在哥伦比亚大桥上漫无目的地闲逛,或者在德克萨斯的拉雷多边境附近游荡,都是极不明智的选择。

　　然而,六月的一个清晨,水面上波光粼粼,我和丈夫蒂姆就这样一直漫无目的地游荡着,盼望能有人告诉我们跨越边境、进入墨西哥的正确方法。经常跨越边境、往返两国之间的外国人向我们传授经验:要想进入墨西哥,就应该穿过大桥,而不是穿越人们通常选择的边境地带,因为那里常常会发生毒贩与边防军之间的火并,很可能延误行程。对于我们而言,如何从现在所住的这个讨厌的旅馆到达大桥所在地就已经是一个难题了。我们一直都没搞清楚到那里的准确路线。因此,黎明之后,我们就早早地出发了,至今都无法确定路线是否正确。经过圣米格尔的高速公路刚刚建成,我们现有的地图上还没有标注出来,在谷歌上也搜不到,旅馆的员工则是一问三不知。凡此种种,怎么能不让我们感到紧张呢!

　　前一天晚上,我们几乎用了整个通宵查询路线,笔记本电脑和苹果手机都用上了,而且一直用到机身发热。查到的结果是我们必须再走上十个小时——当然,那是在没有发生任何意外的情况下。我们必须精准地计算好时间,在大批的出境者到达之前就跨越边境,这样我们才能在天黑之前赶到位于墨西哥中部山区的小镇圣米格尔。要知道,聪明人是绝不会在晚上的墨西哥游荡的。

我和蒂姆焦灼的等待终于有了结果——来了一些人,他们进了边境办公大楼。于是,我们俩也不再闲逛,跟着进去了。屋内,工作人员正在热烈地聊着他们的周末经历。我们紧张地握着海关文件,犹犹豫豫地来到他们跟前。很明显,一位官员被我们的打扰搞得很恼火。她简单地扫了一眼我们的文件表格,收了几百美元的汽车入境费,然后在护照上"砰"的一声盖上了戳,戳印模糊不清,最后她告诉我们等着开门,这样我们的车也可以接受检查了。

我们必须再一次耐心等待另一位官员的检查。我们的大吉普车里塞满了行李和要送给远在墨西哥的朋友们的礼物,我们把这些东西都藏好了,这样就可以免交高额的关税。对于这位官员来说,检查这些东西显然是个巨大的挑战,因此她随便问了一些问题,就挥手让我们通过了最后的关卡。就这样,我们幸运地越过了奔向新生活的最后一道障碍。

我们开始上路了!

成功跨越边境是我们环游世界、居住心仪之地的第一步。在我和蒂姆还没有结婚的那些年里,我们曾经梦想着要走遍所有想去的地方,现在我们终于美梦成真了。更重要的是,我们之所以愿意离开熟悉的生活去拥抱一个陌生的世界,完全是因为我和现在的丈夫蒂姆在分隔35年之后,重新找回了彼此,并体会到了其中的快乐和喜悦。

20世纪70年代,我们曾经有过两年难舍难分的关系,最后却因为时机问题而痛苦地结束了。当时的蒂姆以歌词写作为生,很有才气,而且帅气迷人。他那时候在好莱坞打拼,收入上大起大落,过着那个年代特有的无拘无束的生活。而我那时身材高挑、金发碧眼、精力充沛,干着劳神费力的公共关系方面的工作。在各自的前一段婚姻尚未终结时,我们就已经是朋友了；当我们各自的婚姻因某些原因终结后，偶然间我们又重新相识并爱上了彼此，并且深陷其中而无法自拔。那两年，我们过得非常愉快，但是我因为有两个小女儿需要照顾，在圣费尔南多谷还有一个牧场风格的房子需要打理，所以，尽管迫切地想和蒂姆在一起，但是却没有勇气和精力与他结婚，接受他那种自由自在、随心所欲的生活方式。

35年后的一天，我打开房门，将蒂姆迎入家中。前几天他打电话，说要来坎布里亚。它是加州中部的一个海边小镇，我已在此生活了15年。我根本没有料到会发生什么，我以为我们的关系已经尘埃落定。当我答应和他短暂会面时，我告诉自己，他只是我多年前的一个恋人，现在的一个重要的朋友，仅此而已。

但现实并非如此。在我见到他的那一刻，彼此相隔的漫长时光仿佛瞬间消失了。在内心深处，我已暗暗地认定他是我的，我也是他的。

"蒂姆，很高兴见到你。"我微笑着说。蒂姆还没来得及说什么，我丈夫盖伊便从楼下的画室内喊道："谁来了？"

我丈夫是个知名的画家，很受公众欢迎。我们拥有想要的一切——幸福的婚姻、舒适的生活、美丽的花园、一流的厨房，以及运营良好的画室和可供娱乐聚会的好场所。这种田园般的生活背后却潜藏着一个令人沮丧的秘密：盖伊很快患上了阿尔茨海默症。

蒂姆来的时候，盖伊还很清醒。我们三个享受着午后的阳光，欣赏着太平洋的风景，畅谈闲聊，路边成排的松树曲折蜿蜒，一直延伸到坎布里亚海滩。那时，蒂姆已经平静地生活了几年，经营着一个小型的电子产品加工厂。这同他过去摇滚明星般的生活风格相去甚远。那真是一个疯狂的行业，蒂姆讲述着他们圈内发生的那些奇闻异事，我们听得十分入迷。就这样一直聊着，一切都很正常。但是当他提到自己维系了20年的婚姻已经结束时,我精心构建的心灵世界瞬间倾斜了。

在他起身离开的时候,我们像老朋友一样告别,默默地轻吻脸颊,友好地拥抱。但我知道,时间一定会不断地扰乱我们内心的平静。

这样的情形简直不可思议。我应该对我的丈夫盖伊忠贞不渝。事实上,我的确爱着盖伊。我们都深爱着对方。20年来,我一直努力地经营着我们的生活:在他积极追求绘画事业时,我充当他身旁的缪斯,助他成功,并对这一切甘之如饴。现在,看着盖伊的病情一天天加重,我伤心不已。我必须全心全意地去爱盖伊,但同时我又强烈地想留住蒂姆,不让他再次远离。我很痛苦、忧虑,同时又暗自欣喜——我又找到了恋爱的感觉!

接下来的几个月里,我非常痛苦。盖伊的病情日渐恶化。为了他的安全,医生告诉我们,他需要住进专治阿尔茨海默症的康复医院。他需要的监护我们在家已经无法提供。当我们走进医院时,盖伊说:"亲爱的,多好的酒店啊!你知道吗?这里的餐厅很有名气。"听着他的话,我难过极了。可怜的盖伊马上适应了,再也没有提起我们以前的生活。三年后,他去世了——我的新生活也从此开始了。

几年以后,我和蒂姆在圣米格尔朋友家的露台上品茶,这时,我们突发奇想,要用生命里余下的全部时间去环游世界。朋友外出时,我们曾在她那颇具殖民地时期风格的房子里住了一个月。那时,我和蒂姆已经重聚,还结了婚,住在加利福尼亚中部海岸的葡萄酒之乡。一有机会,我们就会外出旅行。正当我们聊着下一步要去哪儿的时候,户外壁炉里面的火焰发出了欢快的噼啪声。

有一件事情,我已经考虑了很长一段时间,而这次谈话正好给了我一个绝佳的机会。过完下一个生日,我就70岁了。70 岁是一个极为重要的人生关卡。这个年龄的人大多已步入老年，自然我也不例外（尽管我还很健康，也很有活力，总认为自己还是中年人），除非我能活到 140 岁。我还有很多地方想去——不是在那些地方仅仅待一两个礼拜，而是要住在那里，像当地人一样地体验那里的生活，所以随着这个重要日子的来临，我越来越焦躁沮丧。自从有了这个想法，我就意识到会有一个问题横在我们的眼前——我们的房子！我们有一栋不错的房子需要定期维护，所以我和蒂姆无法开始为期数月的长途旅行。我和蒂姆在一起的时间还不长，我没有向他透露过这些隐藏的想法，害怕一旦谈及，他会误以为我和他在一起并不幸福。

但是，那天，我非常烦躁，已经无法再控制自己了。于是，我深深地吸了一口气，对蒂姆说："你知道，蒂姆，我不是想要扰乱你的心境，伤害你的感情，但是我必须要和你谈谈这件事。像现在这样生活在帕索罗布尔斯，我并不开心，但这不是你的问题，而是因为我觉得在我还不算太老的时候，应该再跑跑很多地方。我还不想停止对世界的探索，三周的旅行对我来说远远不够。我想我们应该考虑清楚，怎样才能花更多的时间去旅行，而不是宅在家里安度晚年。"我紧闭双眼，不去看他的表情，生怕他误解我的意思，以为我对我们的生活不满意。

他听了我的话后，哈哈大笑："哦，我的天哪！我们竟然会有一样的想法！这件事我也考虑了好几个月，但是我怕你以为我疯了，我担心你可能不愿意离开我们的房子和孩子。"

我呆呆地看着他，简直不敢相信他说的这些都是真的。

带着这种不可思议的默契，我们的计划就此诞生了。

我们"不要退休"。我们要寻找一种全新的生活方式，能够自由地周游世界，看看那些前半生还没有去过的地方，用心去欣赏那里的风光，感受那儿的生活。那一夜，我们睡得很晚，都很兴奋，大谈特谈我们的短期计划和长远计划——该怎么去那些我们梦寐以求的地方。我们再次感受到了很长一段时间内从未有过的轻松和愉快。在考虑该如何实现梦想，离开家园、无拘无束地畅游世界时，我们的想法竟也出奇的一致，这简直太神奇了。俗话说得没错，"一切皆有可能"。我已经忍不住想象：在意大利洒满阳光的路边市场上挑选西红柿；探寻幽暗而神秘的马拉喀什露天市场；在一个法式的农舍露台上，蒂姆开了一瓶当地清甜的白葡萄酒，而我在屋里做好了蛋奶酥。这多像一个梦！梦里我们重拾了彼此错过的时光。

第二天早晨一起喝咖啡的时候，我们手里已经握着一张长长的黄色便笺，横在这个计划面前的经济问题一夜之间便解决了。既要努力过上愉快而有意义的生活，又要面对残酷的事实，存够钱来养老，这两件事总是难以平衡。我们并不富裕，但我们有一个聪明能干的理财顾问。我们计划把积攒下来的存款和售房款都交给他来管理。他一向谨慎小心，而且投资风险也很小，因此我们每月都会得到一笔钱。再加上社保金，这就是我们每个月可以动用的资金了。

由于担心这些钱不够，我们又把所有能想到的开支一一列了出来，结果惊奇地发现，每个月的预算比预想的要少得多。我们又详细地规划了一下支出费用，包括我们在国外租房子或公寓的开销，以及一切可以想到的各种花费。得出的结果令人振奋，这个数额与我们原先的预算非常非常接近。如果卖掉房子，我们完全可以在任何一个国家都过上很舒适的生活。

尽管这个想法如此振奋人心，但我们还是很担忧，不知道是否应该冒这个险。当我们结束长途旅行回来时，如果没有自己的家,不能蜷缩在自己的床上,不能将东西放到自己的壁橱里,那将会是一种什么样的情形?常年生活在别人的领地上会是一种什么样的感觉?我们的梦想最终会让自己情归何处?几个月的时间就要走遍一个陌生的国家,周而复始,没有终结,这会不会给我们的婚姻带来压力?这可是令众多朋友艳羡的美满婚姻啊!在我们游遍全国,要找一个理想的地方度过晚年时光时,四个女儿就已经觉得我们有点疯狂了。如今,还要在别的国家住上几年,那她们还会不会理我们呢?我们是否已经准备好去面对一个未知的未来,放弃安逸舒适的圈子,远离家人和朋友?最后,我们反复提醒自己,以后不会再有这样的机会了。如果现在继续纠结,便会错失良机。于是,我和蒂姆决定接受挑战,对这一开创性的想法说"是"。

接下来需要处理的琐碎小事如海啸般狂涌而至:狗、家具、汽车怎么办?哪些东西需要留下,哪些东西需要丢弃?我们长时间地远离家人,环游各地,他们会不会理解我们?要把这个想法告诉最最亲密的家人需要巨大的勇气,所以我们把这件事放在了"任务单"的最后面,取而代之的是开始讨论要去哪里,如何结交新朋友,应该投哪种保险。我们要花费几个月的时间来确定和整理这些细节。就在我们沾沾自喜,以为考虑周全的时候,又出现了一个新问题。"哦,天哪!邮件怎么办?我们没有固定的投递地址了。"

"你说得太对了。"遇事冷静的蒂姆也无奈地耸耸肩,"我们以后要四海为家了。"

在这即将开启的动人旅程中,我们将见识到布宜诺斯艾利斯的高楼大厦;墨西哥圣米格尔安静的乡村生活;面积很小却视野开阔的土耳其公寓,从那里能够看到伊斯坦布尔的蓝色清真寺和马尔马拉海;巴黎的一套附带精致厨房的公寓,距塞纳河仅仅几个街区;法国卢瓦尔河上一座中世纪、无电梯的三层公寓;足以俯瞰佛罗伦萨的别墅公寓;泰晤士河畔一间带阳台的公寓;都柏林市外一个爱尔兰海景公寓——那座建筑有着三百年的历史,是乔治王朝时期的建筑风格;摩洛哥马拉喀什的一个镶嵌着五颜六色墙砖的旅店里的两个房间;葡萄牙里斯本附近的海滨别墅。

在整个旅行计划中,我们不会急于观光。这种全新的旅游方式让我们拥有了世上最珍贵的东西——时间。无论身在何方,只要放下行囊,就能享受当地居民的生活。现在,我和蒂姆四海为家了——走到哪儿,哪儿就是家。

第一章
收拾行装

结束了足以改变今后人生的圣米格尔之行后，我们回到了加利福尼亚，开始准备这令人兴奋的冒险计划。我们只需要对几件事情做出决断，然后就可以出发了！

但是先等一等，不要急着行动。我和蒂姆都是天秤座的，如果从占星学的角度来看，要我们做出什么决定应该是非常困难的，超乎想象的困难！但是，很幸运，我们都不像占星学说的那样，相反，要我们做出重大决定反倒是件容易的事：我们曾用几分钟时间就决定买车；一个下午就买房成功；没有片刻犹豫就决定结婚；我们又几乎同时想到要卖掉房子，花几年的时间去周游世界。现在，我们真的做到了！一天之内就卖掉了本来会成为羁绊的房子，尽管当时房市低迷。就这样，我们没有让占星学里的那些说法妨碍我们去追求新鲜刺激的生活。

接下来就是我们从一个地方到另一个地方，再到另一个地方的故事了。

我们打算在巴黎住一段日子，接着，以自己的节奏去体验爱尔兰的生活，然后在佛罗伦萨租一间公寓，再去葡萄牙待一段时间。换句话说，就是自由地生活！正如之前提到的，我们很快就意识到，如果只是锁住房门，每次离开几个月,那么我们的经济一定会变得十分拮据,还需要时常面临房屋的维修问题,而且偌大的房子闲置着,也会有很多坏人动歪脑筋。另一方面,如果维修费用过高,我们的旅行计划就会受到限制,失去自由。相反,用卖房子的钱去投资赚钱,却是个合理又实用的办法,最重要的是,可以让我们在国外生活得轻松自在。

我们的投资经理也意识到了这一点。如果把房子变为现金,就可以扩大我们的投资组合,而不必苦等2007年房地产泡沫破裂后的复苏。理论上讲,等到那个时候,我们就太老了,根本没有办法出门旅行去享受生活了。

正如我所说的,卖房子只用了一天的时间。现在已经无法回头了(买主需要45天的周转时间,这也促使我们尽快卖掉房子)。

卖了房子的第二天,在我们的一个很小却很舒适的"办公室"里,早晨6点我就看到蒂姆弓着身子,看着电脑,我用嘶哑的声音问道:"怎么了,亲爱的? 天还没有亮呢。"

他没有抬头:"你知道从迈阿密到罗马的改线游轮吗?我们两个人的船票才2300美元! 比机票便宜,还包两周的食宿。明年还会有从劳德代尔堡到罗马的改线游轮。我们要不要预订?"

蒂姆已经开始失眠了,哦,我亲爱的老公!

"什么是改线游轮?"我问道,真想在早上喝杯咖啡,我的头现在还晕乎乎的呢。

"每年,游轮公司都会将他们的船从一个地方开到另一个地方,其间,他们会为旅客提供许多服务。据我所知,该有的都有,但价格却是平时的一半。"他咧着嘴笑了起来,"你想住在船头还是船尾?"

我在半梦半醒之间听着他的话,简直不敢相信。"等等,亲爱的,你从没有坐过游轮,还有幽闭恐惧症,而且我们无法忍受漫长而枯燥的日子。虽然我们很友善,但是对同行的人却很挑剔。你怎么会觉得我们花两个礼拜住在漂流在海面上的'移动旅馆'里会很开心呢?"我的头昏昏沉沉的,无法消化这一切。现在,我必须来一杯咖啡了。

我去厨房找咖啡,蒂姆跟着我:"听我说,这确实很冒险,但我们不是正在做一件更加疯狂的事吗?明年春天我们就试试,如果不喜欢,下次就坐飞机。快来看看这个特等舱吧,亲爱的!"

我不同意他的想法。我不想在抵达罗马之前一直困在一个巨大的客船上。我们也许不得不硬着头皮面对那些餐前喝了太多鸡尾酒的人,还得装作很开心的样子和他们聊天,更不用说在大西洋上观看船员们播放的冰山音乐剧或其他一些疯狂的音乐作品了,或者参加没完没了的游戏,这些都不是我喜欢的娱乐节目。说实话,我对乘船旅行的印象都来自一次为期三天、目的地是墨西哥的痛苦旅程。当时船上到处都是那些嬉戏欢闹的人,真不知道我是否还能承受这样的痛苦。对我来说,两个礼拜真的太长了。

蒂姆绅士般地反对着我的看法。如果遇到需要两人讨论的时候,他总会事先准备好答案(对于他能事先准备好一个问题或所有问题的答案,我虽觉得很庆幸,却又不甚情愿)。"亲爱的,在这个游轮上,我们可以随意选择就餐方式。如果不想被别人扰,我们完全可以在自己的特等客舱里用餐,还可以随时订一张单桌。如果不感兴趣,我们不必观看《圣女贞德冰上表演》这样喧闹的演出。"

我算是遇上一流的旅行代办人蒂姆·马丁了。他用很多游轮的照片来引诱我:温泉疗养服务、三个游泳池和餐厅外面的美丽风景,坐在客厅椅子上喝着果汁、面带笑容的乘客。百般诱惑之下,我终于妥协了。蒂姆趁热打铁,上午便预订了一个特等海景客舱,就在这个熠熠发光的白色游轮的船头。我们新生活的梦想变成了现实。同时,一种全新的思维方式也随之而来。

规划行程已经成了蒂姆的全职工作,他非常认真,时时刻刻都在规划接下来的行程。就连在电影院排队的时候,他都会推推我,说:"嗨,我有没有说过,我们可以在葡萄牙的海边租一间公寓,每个月不到 1800 美元? 我们可以在那里度过三月份。"蒂姆每天都上网,不管在什么地方,因为我们需要不停地规划行程,考虑时间、天气等各种因素,还有没完没了的预算问题。他需要花费大量的时间,浏览相关的网络信息,尽管如此,我们偶尔还是会出错。

不过,当我站在厨房,对多年来的第一次航行说"好"的时候,改线游轮和长期租房还只是计划中的事。此外,还有迫在眉睫的事等着我们去做。毫不夸张! 我们必须及时做好准备,不但要处理好财物,给狗狗找一个家,安排好存款、邮件、衣柜、体检、防疫等生活中的琐碎之事,还要把第一次"远足"所需的旅行文件都集中在一起,这一次我们打算先去墨西哥和阿根廷。简而言之,我们要在 45 天之内把所有的东西处理掉:或者捐赠,或者卖掉,或者存放起来。其中的烦琐程度足以让任何人崩溃,更不用说我们这对犹豫不决、优柔寡断的天秤座了。

此时,我有必要提醒那些也想践行这种全新且富于冒险精神的生活方式的人们,在完全投入之前,一定要做好心理准备,因为未来一定会有很多意想不到的困难。这条路虽然很有价值、很有意义,却并不适合那些保守怯懦、缺乏勇气的人。

卖掉房子,四海为家,这就像两个成年人搬到一起,开始一段新的婚姻一样,说到底就是一场简单的拉锯战——"如何把你的废旧物品清除,腾出地方放上我的东西"。不怎么需要但又悉心珍藏了一辈子的东西是很难舍弃的。我们花了一个半月的时间(希望你们的时间能更长些)来精简我们的生活用品,因为保留所有的家具和其他东西真的很不现实。在最终放弃传统的旅行方式而决定四海为家时,我们已经在开始展望美好的新生活了。一想到未来的生活会更轻松自由,我们可能就会有更大的勇气舍弃那些可爱的旧东西了。

请注意! 我说的是"可能",而不是"容易"。实际上,真正下决心舍弃旧东西又是另一回事。

结婚之后,我和蒂姆一直到处走,想找一个舒适的地方安定下来。我们到过俄亥俄、北卡罗来纳,最后又回到了加利福尼亚,每一次都会舍弃一些书籍、衣服,或其他心爱的东西。

但这一次的动作很大。我们几乎舍弃了全部的东西,还彼此郑重起誓,要用不超过 150 平方英尺①的空间来存放我们的物品。这么一点的空间很快就会被塞满,所以我们必须非常彻底地、干脆地整理好物品,舍弃该舍弃的。我们打算每次整理一个房间。但是,很快,房子里的每一个角落又都陷入混乱,到处都堆放着物品,我们必须尽快决定哪些要存放起来,哪些要送人或者捐掉,哪些需要随身携带。这可真是一件难办的事情。就这样,45 天时间就像死亡谷中的毛毛雨一样,不知不觉间就被蒸发掉了。

一天下午,我看见蒂姆蹲在车库里,目视远方,手里拿着胶带切割器,脚下放着一个大箱子。我问:"你要做什么?"

他开始行动了。我注意到车库的地上放着一堆老式CD;其中很多 CD 都与他过去的音乐事业相关;还有些则是他生活和事业的重要时刻的象征物;有一些甚至是他自己作

---

① 平方英尺,英美制面积单位。1 平方英尺约等于 0.0929 平方米。

的曲子。"好吧,也许阿尔文(蒂姆的女儿,住在德克萨斯,和蒂姆一样热爱音乐)会想要这些。反正,这些音乐都存在我的播放器上。"他嘟囔着,心情非常低落,却又努力挤出了一个灿烂的笑容。但是,就在转身的时候,我看到他把最钟爱的猫王的CD放到箱底,他的嘴唇还轻轻地颤抖着。

我们每天都会为退伍军人慈善机构的卡车装上很多小物件。每天,蒂姆都会运去一车又一车的东西,还要把成箱成箱的画作和厨房用品运到我们的储藏间,因为我觉得这些东西以后还会用到。有时,在我们睡觉的时候,东西好像又莫名其妙地多了起来,我们刚刚清理好的房间里,又塞满了东西。此时,我总会坐在那里,狠狠地发誓:最后一次关上门的时候,屋子里一定会变得空空如也!但是这些物品好像在不怀好意地看着我笑,挑衅的眼神儿似乎在说我不敢扔掉它们。

最后,物品还是一件件地飞出了房门,飞到那些有需要的朋友和邻居们的手中。孩子们要了那些大件的家具和古董。这样的进展让我们有些飘飘然了。

但是,我们还是有很多事情需要马上定下来。一次,蒂姆正在办公室通过电子邮件与伊斯坦布尔的一个公寓房主就房租讨价还价。我一路小跑进来,穿着一身华丽的蜜色斜裙转起圈来,这条裙子长及腿肚,至少10磅①重,还会占去半个行李箱的空间。他摇着头对我说:"亲爱的,你穿着它很漂亮,但是在七月份的佛罗伦萨,你根本用不着这套裙子。"

我很遗憾地把它放到了"捐赠"的物品堆里。蒂姆那件优雅的羊绒外套很适合在曼哈顿穿,但是在土耳其伊兹密尔的炎炎烈日下,就显得多余了,结果和我的裙子一样,加入了

---

① 磅,英美制重量单位。1磅约等于0.4536千克。

"捐赠"的行列。在我写下上面这些文字前,我们一直都没再去想这两件衣服。

我们的努力还是有目共睹的。车库里面一堆堆的东西正在不断减少,一些旅行计划也逐步成型了,焦虑的心情基本上得到了控制。虽然卖掉房子也不省心,虽然卖房子后让人感觉空落落的,虽然有时也会因为没有安全感而感到恐慌,虽然有时候也会怀疑自己——"我们这么做是不是真的疯了",但是一想到即将开启的冒险生活,我们还是激动不已。在失去盖伊后,能够重新在一起,这件事情本身就是上帝赐予我们的惊喜。对于踏遍山水的憧憬,探究各地风土人情的兴奋,共度美好时光的奢侈享受,以及未来对我们提出的挑战,都是我以前做梦也无法想象的。我恨不能马上做完这些单调枯燥的事情。

一天,我在楼道里匆匆走过,看到蒂姆抱着一大包的书和纸,而我也得马上忙着其他紧要的事。忽然,他放下东西,走过来给了我一个大大的令人回味无穷的拥抱。我们两人都忍不住地大笑起来。

兴奋之余,还有一个更大的麻烦等待我们解决:给 18 个月大的爱犬斯帕基找一个新家。给狗找一个新家就像给人介绍一个合适的伴侣一样——朋友介绍的通常是最合适的。我们把消息发给了每一个朋友,在朋友的朋友的帮助下最终找到了合适的人家。这家人已经有五只小猎犬了,还想再要一只,对此我们至今无法理解。六只顽皮捣蛋的小狗总会不断地制造混乱。对我们来说,这简直无法忍受,但是有些人却非常喜欢这样的生活。见面的那一刻,我们的狗狗与新主人就成了好朋友。斯帕基现在住在一个极好的 20 英亩①大小的葡萄园里,每天开心快乐地追赶着蜥蜴、小蛇一类的小

---

① 英亩,英美制面积单位。1 英亩约等于 4046 平方米。

动物。

为出发所做的各种准备并不是我们要面对的唯一挑战，跟斯帕基说再见也不是我们唯一畏惧的告别仪式。当我们最终鼓起勇气向家人透露自己的计划，解释我们非同寻常的决定时，我们的四个女儿都瞠目结舌。我们完全理解她们最初的谨慎与担忧。但是，令我们欣慰的是，过了一段时间，经反复思考后，她们都很理解，也赞成我们的想法。

我们的亲戚朋友听到这个消息也都很震惊，但是震惊之余，他们问的问题都是我们预料到并且已经准备好答复了的，例如，大家都很关心，如果我们在路上病了或伤了该怎么办。我们并没有谈得太细致（因为我们确实考虑过如何应对可能发生的意外）。我们简短的回答包括两方面的内容：（1）我们在加利福尼亚也会生病或受伤；（2）如果在葡萄牙遇到这种情况，我们会和在帕索罗布尔斯一样去处理——去医院看医生，然后好好照顾自己。我们重复了无数次的回答似乎终于能让他们放下心来，虽然他们仍然认为这是一个疯狂的想法，但是很快，也开始为我们加油，或是很有礼貌地装出热情的样子。

我们非常用心地计划着这件事情。虽然从未怀疑过接下来的新生活会精彩绝伦，但是要想将计划进行到底，我们就必须有相当的想象力和决断力，还要有勇气！我们常常摇摆不定，一面迫切地希望踏上新的征程，焦虑的情绪又总是一点一点地蚕食着我们的喜悦心情。我们必须时刻提醒自己，这就是我们的选择！像我们这样的年龄，以后不会再有这样的机会了。如果放弃这次游牧式的旅行生活，我们将不得不把余生浪费在家里的沙发上。

我们还发现，别人很难搞明白我们是如何做到的，既能实施这个计划，又不必搞得倾家荡产。有些人在鸡尾酒会上总想知道我们有多少钱，却又不会直说，我们会对这些有疑问的人说:"其实,要到处旅行,并不在于你有多少钱。这是个算术题,而不是微积分题——计算出目前的日常开支,然后算出在你感兴趣的地方生活会花费多少,包括交通费用,然后比较一下数字。一切都是可以调整的。如果你很有钱,你确实可以玩得很好;如果你没有那么多钱,你可能就要住小公寓,吃便当,在临时租来的公寓里吃晚饭。但是,不论怎样,这都将是一场冒险。"

时至今日,仍有一些人在了解我们的事情之后,有些抵触情绪,似乎我们的计划会对他们的生活构成什么威胁。他们会说:"哦,我们永远不会离开自己的家具、狗、车(可以继续添加任何东西)……"有时候我们会去解释,这种无牵无绊的生活并不适合所有人,只是碰巧我们当下的人生阶段正适合这种生活方式。毕竟,我们与别人分享这种独一无二的生活方式,并不是为了给他们压力,彻底改变他们的生活。我们只是想把大家没有见过的事情展示出来而已。这就像是去另一个小镇旅行,加入一个新的俱乐部,结交一个新朋友。

每次把旅行计划告诉别人,我们都会感到一丝紧张,不知道他们会如何反应。但是,我们很快就习惯了:大家总会先表现得难以置信,然后问一大堆问题,最后变得既兴奋又好奇,有时候还带几分嫉妒。看着他们的反应,我们更加坚信现在在做的是件奇妙绝伦的事,也将更加充满信心地跨越障碍,迎接新的生活。

第二章
在路上

出发的时刻终于到了,这是我们最后一天住在自己的房子里。以后,我们会搬到在坎布里亚临时租的房子里去,那里也是我的故乡。我们会在那里稍作停留,将那些还没有卖掉或者打算送人的东西分类挑选,然后便可以开启为期五个月的旅程——先驾车去墨西哥,然后飞往阿根廷。

我们两人太累了,甚至来不及对多年的亲人说声再见。蒂姆中途又改变了方向,他想去退伍军人慈善机构再看一眼他的老伙计们,还有那辆在过去的六周里拉走了我们很多东西的卡车。

我必须告诉你,搬家过程中,当女人的旅行包不断变重,达到20磅的时候,她就可以"享受"接下来的痛苦时刻了,最后清理屋子的时候,还会惊喜连连,因为剩下的能装东西的只有这个旅行包了。今天也不例外。除了少量的必需品,我的包里还塞着一双袜子、一把粗大的开信刀、单只珍珠耳环、票面价值为37美分的邮票册、两个红酒瓶塞、一个起子、两张空白碟片、一本装着孙女照片的相册,还有一个铜制的古董书挡(之前一直被当作门挡使用)。我把包拖到车旁,最后看了一眼园子里生机盎然、随时准备迎接新主人的玫瑰,然后离开了。

那个晚上，我和蒂姆住进了在坎布里亚短期租住的三室海滨公寓。我们的车里塞满了那些不知道该如何处理的物品。临时租住的这间公寓对我们来说太大了，但是我们却需要一个更大的地方来安置那些物品，为启程做最后的准备。每一件物品都要分类：哪些东西留下，哪些决定送人，哪些决定带走。

一天，我正在厨房里盘算该如何处理那六个黄色的塑料玉米托，蒂姆走了进来，挥舞着一只漆皮礼服鞋。"亲爱的，"他皱着眉头说，"我肯定看到过另外一只，现在却找不到了。"

"就在那个恐怖屋里。"我头也不抬地说。

很快，"恐怖屋"就成了那间客房的新名字。"恐怖屋"里乱七八糟地堆放着牛仔靴、外套、相机、CD 和 DVD 碟片、一副副的扑克牌、红酒开瓶器、地图、电子装置、装着各种小东西的塑料容器，还有各种文书和各式各样的鞋子。我和蒂姆常常在屋里徘徊，总想将物品整理好，但每次都坚持不了几分钟，就得低声咒骂着离开。任务如此繁重，我们都快崩溃了。处理完这些，还有件大麻烦事等着我们——这次旅行需要携带哪些衣服和装备。

经过一番争论，我们决定用两个可以卷起的行李袋和两个手提行李箱搞定这件事。我们向对方展示各自的衣物（就像个人时装秀一样），希望可以精简携带的衣服和装备。这真是件单调乏味的事情，但是一想到即将到来的旅行生活，我们又会变得无比兴奋。当出发的时间由以周计算变为以天计算时，我和蒂姆已经无法入睡了，凌晨 4 点就会爬起来做以往 7 点才开始做的事。我们总是有一大堆的琐事要处理。与此同时，旅行的喜悦与即将离开家人的痛苦交织在一起，使我们的心情更加矛盾、复杂。

接下来我们要面临的巨大挑战是——如何在路上与家

人和朋友们保持联系,如何安排行程,如何在博客上记录我们的旅行见闻。我们花了大把的时间去苹果专卖店,咨询那些精明的销售员,他们看起来就像我们的孩子一样,最后蒂姆买了笔记本电脑、苹果手机、迷你音箱、适配器和满满一袋子的配件。我们准备了足够的装备,以后无论去到哪个国家,我们都可以与别人交流,也可以自娱自乐了。这些设备太先进了,我们不得不申请苹果的学习班,学习如何使用这些新鲜玩意。我发现学习班里大多是头发花白的学员,当他们点击这些电子设备,听到哔哔声的时候,一个个看起来既迷茫又困惑。经过这样的学习过程,离开时,我们已经掌握了有关同步信息和应用软件的知识。受过这样的教育,掌握了这样的知识,我们终于觉得自己是 21 世纪的合格公民了。

即便是当我们像打仗一样地收拾衣橱、处理电子设备的时候,蒂姆也会每天花几个小时埋头工作,整理出 18 个月的旅行计划。

一天下午,我走进餐厅(这里已经被蒂姆强占,变成了临时的旅行指挥中心)。外面的太平洋上波光粼粼,太阳渐渐落下,景色极为壮观。但是蒂姆却丝毫不为所动。

他突然用手掌猛击桌面,然后对我粲然一笑,从椅子上跳起,狠狠地亲了我一口,接着又给了我一个热情的拥抱。"噢,谢谢你!但这是怎么回事呢?"我疑惑地问道。

"搞定了!"他大喊道,"布宜诺斯艾利斯的接站车,我已经订好了!一切都办妥了。之后 6 个月的计划也已经确定了。"

我们把剩下的物品塞到了汽车的后备箱里,又把离开前最后一刻使用的东西都打包好,还交还了钥匙。亲朋好友请我们吃午餐、晚餐、喝鸡尾酒,给我们打电话、发邮件,还送了礼物和贺卡,表达了美好的祝愿。

就这样,伴着汽车哀怨的哼哼声,我们上路了!

一路上,我和蒂姆相依为伴。沿着101公路向南开往洛杉矶的时候,我们沉默着,想着各自的心事,想着我们迈开这一步的艰难。现在,计划变为现实了,我们欣喜若狂,却又极度紧张。

为了缓解紧张的心情,蒂姆拿出苹果播放器,按下了"随机播放"。乡村歌手盖伊·克拉克的那首《洛杉矶高速公路》立时飘荡在车内。我和蒂姆举手击掌,轻吻对方,那一刻,我们清楚一切都会好起来的。矛盾和纠结不见了,取而代之的是坚定的信心!

我们已经做好了迎接一切的准备。

第三章
墨西哥

一周后，睡眠不足，再加上跨越大半个国家的长途行驶，我和蒂姆疲惫不堪地赶到了边境上的哥伦比亚大桥。卫兵挥手示意我们通过。然后，我们又开始了长达十个小时的车程。我们已经为此准备了几个月，也忧心过几个月，因此，通过之后，我们一下子变得轻松极了！

最初的时刻，我们都很紧张，这条两车道的小路上除了仙人掌和带刺的铁丝围栏，什么都没有，我们只能靠自己。要是在这儿发生什么意外，我们该怎么办？只有在看到其他车辆经过的时候，我们才会踏实点，因为这样一来，就不必担心因人烟稀少而遭到强盗的袭击。大概开了 30 英里①后，我们付了过路费，来到了一条安全宽阔的公路上，这让我们大大地松了口气。虽然这次旅程主要是为了拓宽眼界，但是看到熟悉东西，感觉还是很棒，至少在旅程开始的时候是这样的。

颇为讽刺的是，穿越墨西哥的旅程中，最戏剧性的一幕并不是遇上那些四处游荡的罪犯，而是见识了当地人对交通法规彻底的无视。在墨西哥，限制车速的规定毫无意义。人

---

① 英里，英美制长度单位。1 英里约等于 1.6093 公里。

们会毫不犹豫地以令人惊恐的速度，风一般地超越彼此。在我们看来，像意大利人一样，墨西哥人也会每天做弥撒，所以他们从不恐惧死亡，可以毫无顾忌地在有死角的弯道上飞奔着超越大卡车，更不用说像我们这种一直行驶在慢车道上的小汽车了。

我们选择的这条墨西哥公路直接穿过宽阔的山谷，山谷的四周是荒凉陡峭的山峰。公路环绕新拉雷多、萨尔提略、圣路易斯波托西三个城市，顾问曾告诫我们要不惜一切地避开这三座城市。我们看到公路对面有两个警用或军用的路障。警察在检查所有过往车辆。我们觉得这样会更安全。后来我们才知道冒充警用或军事检查点是绑匪惯用的手段。

有时候，还真是无知者无畏啊！

我们继续前行，路边不再像拉雷多那里因泥皮裸露而尘土飞扬，这里到处都是成片的短叶丝兰和仙人掌。一路上，我们见识了墨西哥的农庄、小镇，还有透着伤感气息的混凝土工程。天空明亮，这正是我们喜欢的墨西哥。

还有什么可担心的呢？我们听着音乐、吃着小吃、聊着故事。在去萨尔提略的转弯处，我们忽然发现走错了路——这正是顾问曾告诫我们要避开的地方。拐错了方向之后，我们来到一个位于荒凉之地的收费站。

收费站里，一位很年轻的女士打着手势，用简单到我能听懂的西班牙语，慢条斯理地告诉我们，应该如何从一条砂石小路上调头，如何沿路重新进入收费公路——那才是正确的方向。虽然我们选错了高速公路的出口，她还是收了费。在我们重新回到高速公路上的时候，她向我们大声地喊着"再见"。

继续向前走，地形也渐渐变成了我们熟悉的样子。绿色的田野换成了一大片仙人掌，路边不时地会出现一些小村庄，通向村庄的路面铺着减速带，路上不时地出现一些售卖各种商品的微型商店。看到路边的便捷厨房时，我们开心极了。厨房的户外小摊上摆着玉米卷、炸玉米饼、玉米棒，这些都是当地人的日常食物。一路上，我们还能时不时地看到一些坐在铺着五色漆布的长桌旁细嚼慢咽的当地人。

最后，我们来到了圣米格尔的一个环形交叉口，中间是一座骑手的雕像，雕像的做工拙劣粗糙。但这一切丝毫不影响我们的兴奋和喜悦，蒂姆调高了苹果播放器的音量，在座位上随着墨西哥乡村音乐有节奏地晃动着。我忙着摇下车窗，贪婪地呼吸着墨西哥特有的香味——这是一种由掺了猪油的玉米饼味、炸辣椒味、大蒜味、洋葱味、柴油味混合在一起的独特味道，闻起来还真是香气四溢啊！

简而言之，我们终于准时到达了目的地！

我们计划在圣米格尔住三个月，这里是我们环球旅行的第一站，也是我们最喜欢、最常来的地方。在这里，我们曾有过自己的房子和朋友。我们很熟悉这个生活着八万人的小城，住在这里是一件幸福的事情。虽然我们不想在熟悉的地方待得太久，但还是觉得应该先从这里开始。我和蒂姆都把这次圣米格尔之行看作今后旅行的预演。

到达的当天傍晚，我们顺利地通过了圣米格尔的第一个环形交叉口，沿着环形公路到了一个住宅区，然后再从住宅区深入到镇子中去。这是典型的圣米格尔风格——紧靠小山的两侧建有瓦顶房，从每幢房子里都能将周围的美景尽收眼底。每个街区几乎都有家庭经营的小商店，里面昏暗狭小，有的根本没有任何标志，屋里堆满了各种各样的商品，可以满足邻居们的不时之需：瓶装水、拖把、零食、缝衣针、机油、牛奶、酸橙和啤酒。路上还有汽车修理店、苗圃、砖厂、高高的土坯墙后面的墨西哥式小房，以及几栋没有住满的公寓楼。

每当我们转过第一个弯道时,眼前的美景总会让我们惊叹不已。午后,几英里外小镇山脚下的湖水泛着白光,中央教堂宛如一顶粉色的皇冠,微光闪烁。众所周知,教堂是小镇的标志,其正面在19世纪得以重建。建筑师是本地人,他把自己的想象力融入了哥特式的风格中。或许,他也只是在照片里看到过这种风格,因为全墨西哥都没有与此类似的建筑。那种庄严肃穆的教堂圆顶分散在圣米格尔的各处,深浅不同的色彩——粉色、金色、棕橙色、深黄色——从圆顶上折射开来。红色的瓦顶,屋顶上绿茵茵的花园,花园里沿着围栏垂下的九重葛,就像一幅画卷一样,展现在了我们眼前。

蒂姆负责在国外开车,而我负责"温柔导航"。"温柔导航"是我们自创的词,也就是我在导航仪上看到什么之后,心平气和、低声细语地(当然,有时候也不是那么低声细语)指出来,例如"下个路口急转,经过一条小路,再右转"。然后,开车的那位就能明白我的意思。我充当评论员,并负责操作我们那个名叫维多利亚的导航仪(你会发现,她是本书的三号人物),她能说一口流利的英国上流社会的英语。

虽然圣米格尔的司机们还算谦恭有礼,车速也不快,但是在宽一点的马路上,任何意想不到的事情都有可能发生,在公路上随时都可能遇到那些不知从哪里冲出来的骑车人、狗、五口之家、马和牛。好几次,有些货车司机根本不看交通信号灯,直接朝我们开过来。说不定什么时候,就会有开着越野车的车手飞速地从他的车道冲到我们前面。我们狂摁喇叭,对方却看都不看我们一眼。

我知道,在这样的情况下,我不应该大声喘息或大声尖叫,因为这些夸张的表现会让蒂姆心跳加速。当我惊慌尖叫时,蒂姆会厉声斥责我,虽然其他时候他很少这样(当我们重新走到一起后,我们很快就学会了控制自己的冲动行为)。在墨西哥——我们发现在很多国家也是一样——在白天或当地司机头脑清醒的时刻,开车倒还不错。此外,向上帝祈祷也或许有所帮助。

环形公路一直延伸到一个丁字路口。要穿越这个路口,就算是冠军车手马里奥·安德雷蒂也会打退堂鼓的。这里,复杂的弯道设计得并不科学,每次左转的时候,我们都会惊出一身冷汗,因为我们要转过头去看那些向我们飞驰而来的轿车、卡车、摩托车,结果我们往往会注意不到那些新安装的交通信号灯。

我们历尽艰险,终于通过了这个交叉口,来到了朋友萨利·吉普森居住的小区。门卫还向我们打了招呼。

萨利曾邀请我们来照看这座奢华的颇具殖民时期风格的房子,这栋建筑充满了艺术气息,四周的景色令人惊叹,花园芳香馥郁,还有 3 个全职员工负责管理。我们也曾想过,在我们外出旅行时,找人代为照看我们的房子;所以我们觉得,先亲自尝试一下照看别人的房子,也是非常不错的。这里的一切都很理想,安静的氛围可以让我们放松下来,好好地计划接下来的事情。我们经历了太多的紧张和兴奋,终于可以在这里舒舒服服地享受自由了!

我们还有一个小小的麻烦:萨利有 5 只巨大而怪异的鹦鹉、14 只金丝雀、6 只猫和 1 只温驯的大型金毛猎犬韦伯。幸亏有萨利雇佣的工作人员来处理这一群小家伙的粪便,但现在我们是它们的临时主人,必须肩负起安抚它们的情绪、确保安全的责任。这可不是一件简单容易的事。之前拜访萨利的时候,我们就参加过她的社交聚会,也隔着几瓶红酒欣赏过她的宠物。好在我和蒂姆都很喜欢动物,我们也盼望着能照顾好它们。

夜幕降临,我们沿着萨利家的私人车道来到了坡顶,找出钥匙,打开刻着图案的硕大的木门。庭院里满是草木,茂盛葱郁,喷泉的水潺潺而过,落入一条细细的小溪,溪水流经气息芳香的花园。与世界其他地方相比，圣米格尔奢华生活的成本相对较低。萨利是典型的南方美女，魅力四射，已经在圣米格尔居住了近30年。像大多数移居墨西哥的北美人一样，她已经习惯了圣米格尔的这种奢华生活。

屋内，悬顶下是客厅，木质地板错落有致，皮制沙发看起来也非常舒适，桌面雕刻着图案，铁灯镶着金钿，这里绝对是与客人聊天的好地方。露台上，明快的以鸟为题材的巨幅古董画作装饰着壁龛。我叹了一口气，说道："哦，亲爱的，终于来到这儿了。我们做得对！这儿就是天堂，我们自由了！"

天堂的另一面则是地狱。70磅重的韦伯汪汪直叫，异常热情，几次都差点将我撞倒；2只黑白条纹的猫咪从我们身边快速跑过，消失在乡间小路的漆黑夜色中；5只巨大的鹦鹉尖声叫着，抗议我们的入侵；分装在5个笼子里的14只金丝雀，这时也加入进来，刺耳地叫着。

蒂姆敲着猫粮罐，用养猫人古老的把戏引诱那些不知窜到哪儿的猫儿们回到屋子里面，而我负责把金丝雀的笼子盖好，还要抓住其他猫咪。我们两个只有合作才能用华丽厚重的毛织绒布将大鹦鹉的笼子盖好，这是它们该睡觉的信号。查基是鹦鹉中年纪最大、最狡猾、最爱动嘴的，就像一个说什么也不愿睡觉的3岁孩子。就在蒂姆举起绒布甩向笼子顶的时候，查基把它尖尖的大嘴伸出了笼子，紧紧地咬住了绒布。如果不累不渴，谁都可能被接下来的一番对抗逗乐。但是我们真的累极了，也渴极了。最后用一根香蕉才转移了它的注意力，成功地把这个吵吵闹闹的淘气鬼盖住了。我们离开前厅时，蒂姆还嘟囔着："查基！查基！"

喝过水后，我们终于可以在房间里舒舒服服地休息了。我们的房间有一张四柱床、一个大浴室，还有自己的露台。我们准备在这里住上几周，好好地享受一番，彻底摆脱过去六个月的压力。此时此地，该好好庆祝一下眼下的新生活，也可以为今后几年的行程制定详细的计划。

来到此地的头一天，我们有条不紊地开始了日常的生活。首先，我们去大超市买杂货，购入必需品——优质咖啡、葡萄酒、美味午餐和意大利面，以及我们特别喜欢的调料。这样生活起来会很方便。几年前，一个大型连锁超市在市中心以外的地方开了这家分店。开业那天，几乎所有人都到场了：有的人盯着大屏幕上的画面发呆；有的在服装部逛来逛去；还有些人为大型的蔬菜、乳制品和肉类陈列区而惊叹。这里与墨西哥传统的购物方式天差地别。传统上，每周，人们都会花一些时间去鸡肉店买鸡肉，到鱼店买鱼，到市里的蔬菜店买菜，而且从不会把大购物车装得满满的。如今，在一个大商场就可以买到各种商品，这样的便利可能已经触及了那种家庭经营的杂货店的底线。

我们最喜欢的购物场所还是每周二的集市。集市设在一个仓库后面布满灰尘的大停车场里，有支着棚子的跳蚤市场、农贸市场，还有一个卖盗版 CD 和 DVD 碟片的黑市。摊贩们摆着新鲜的鸡鸭鱼肉，还有各种蔬菜、水果、药草和鲜花。那些商贩瞬间就可以剔掉鸡骨和鱼刺，同时还能连珠炮似的跟隔壁的摊主聊天，而且不会错过任何细节。如果想在这儿买一个餐桌或橱柜，或者给骡子买一个笼头，再或者想要买些新内衣和仿制的香奈儿太阳镜，那你真是来对地方了，因为这里基本上什么都有。

在我们逛的最后一个摊位上，一个来自草原的女人用一把镰刀大小的刀剁着没有卖完的烤猪肉。这些大块的猪肉又嫩又滑。她抓过一个布满油脂的玉米蛋糕。这种玉米蛋糕看起来很像皮塔饼，但没有任何有益于健康的特性（讲究饮食的人有必要知道，皮塔饼含有猪油，而且是很多的猪油）。她会把玉米面团塞满猪肉和客人选好的调味汁，然后再用油纸包好,递给客人。这种面团会卖到 20 比索①。我们会把这些轻轻地放到大购物袋中,购物袋上印着弗里达·卡罗——迭戈·里维拉那位艳丽花哨、长着一字眉的妻子,或印着瓜达卢佩圣母的头像。然后我们赶紧打道回府,伴着凉啤酒,狼吞虎咽地享受美食。

说到家务,我要告诉你,我们花了很长时间才适应了北美人在圣米格尔的生活方式。对我们来说,去市场买东西不再是定期的家务活了,就像几年前我们在这里的生活一样。我觉得这是我们奢侈的新生活中最吸引人的一面,因为,虽然我喜欢制定菜谱,也喜欢烹饪,但日复一日按部就班的购物方式无疑是索然无味的。如今,萨利雇的员工偶尔也会去采购,如果有人替你去做那些日常的琐事,那这样的生活就真是纯粹的享受了!我真心感谢他们为我们所做的一切。

另外,墨西哥的水能够毁掉外国佬的胃,而墨西哥的蔬菜正是靠着这样的水生长的,因此,烹饪过程中所需的食物有必要用消毒液处理,比如浸泡生菜、西红柿、洋葱、香草,以及任何生吃的或不削皮的食物。这个过程耗时而枯燥,但却是必不可少的。几滴棕色的消毒液对食物的味道没有影响,却可以确保食用者不必频繁地上厕所。如此一来,在墨西哥喝瓶装水,也就是天经地义的了!

几乎所有移居此地的北美人都会雇用当地人做保洁或园艺工作,每周至少一两次,萨利就是这样,以前我们自己在墨西哥有房子的时候也是这样。这样不仅省钱,更被看成是那些对此能负担得起的人的一项义务,因为很多墨西哥人都需要这份工作来养家糊口。墨西哥是个贫穷的国家,像圣米格尔这样的旅游小镇,当地的大多数家庭都以手工业或服务业为生,因为这里真的没有其他行业可以供养小镇。像萨利

---

① 此处特指墨西哥所使用的货币单位,1 元人民币约等于 2.45 墨西哥比索。

这样的外国人,每天都会有当地人来为她们服务。

第二天,衣着端庄的安吉莉卡在早晨9点准时到达。她一边忙着煮咖啡、喂狗,一边安排助手卢佩到洗衣房,还叮嘱了她一天的工作。

很快,我们听到了轻轻的敲门声。安吉莉卡用我能听懂的简单的西班牙语问我,早餐吃什么,在哪儿吃。我们要了麦片粥、水果和咖啡,决定在露台上吃。这真是美好的一天,我们的麦片和香蕉整洁地摆在餐桌上,身边是芳香的花园,远处的墨西哥山峰层峦叠嶂,这种感觉非常特别。这栋房子的管家庞西亚诺在优雅的铜像喷泉旁有节奏地修剪着树篱。

吃完早餐,蒂姆站起身,拿起他的碗刚要迈步走向厨房,这时,在旁边整理柜橱的安吉莉卡立刻转过身来,看着他,缓缓地摇了摇头。他马上就意识到了:墨西哥人是多么遵守他们的工作本分。他紧张地清清了嗓子,把碗放下,给自己找了个借口,假装悠闲地走开,到花园里散步去了。看着他满脸的惊异,我极力控制自己,当我来到房子的另一端后,才忍不住地笑出声来。

我们需要一两天来适应当地人的生活节奏,幸运的是,这种节奏也非常适合我们。暖暖的棕橙色让人无比舒适。有时慢慢地品尝午餐,有时在下午小睡一会儿,我们已经不再是忙碌的旅行者了。悠闲的生活更加坚定了我们对新生活的信心。

但是,我决定不再继续这样下去了。"蒂姆,我觉得今天上午我们应该出去走走。"第二天早饭的时候,我满脸幸福地对蒂姆说。我们用力地嚼着安吉莉卡准备好的玉米面卷(用玉米面饼卷上柔软香浓的炒蛋),并时不时地沾沾新鲜的调味汁,旁边是西班牙香肠和新鲜的芒果。"今天需要去一趟切洛药房,顺便去拜访玛西娅,之前她给我发了电子邮件,说她的店里新进了一批漂亮的裙子和上衣。我们还应该去看看胡安那边有什么新电影。如果能够再去市场买一束鲜花就更好了！对了，我们还需要买一些殡仪馆的蜡烛。"

他从太阳镜的上方瞄着我，笑着说："当然可以，亲爱的，这个建议听起来很不错，但是你觉得我们一天之内能做完这么多事情吗？"

他确实说到点子上了。不仅圣米格尔的"明天综合症"会传染（如果事情不急，大可以等到明天做；如果事情紧急，也可以等到明天做），而且在最初的几天里，圣米格尔 6500 英尺①的海拔也让我们对海平面的印象更加模糊了。我觉得有必要提醒那些初次来这里旅行的人注意这一点。

"好吧，你可能是对的，但是我们至少可以试一试吧？"嘴里嚼着一大口香肠，我的声音都有些模糊不清了。

蒂姆耸了耸肩，以示同意。

我们按自己的节奏快速行动。与安吉莉卡和其他人告别之后（大约 10 点半），我们开着车沿着车道往下坡走，车子发出吱嘎吱嘎的声音，向着镇子方向驶去。一到那儿，我们就汇入了来来往往的车流中，向着埃尔森特罗进发了。数十辆出租车、公交车、小轿车在鹅卵石街道上发出嘎嘎的声音，很默契地在十字路口转向。没有人按喇叭。行人也会耐心等待。这样的井然有序真是令人惊叹！我们唯一需要小心的就是那些还没有理解东道国这种文明行为的北美人。对一些外国佬来说，墨西哥的风格确实很难理解。

20 世纪 20 年代，墨西哥政府将圣米格尔列为国家历史名胜地，此地的魅力完好地保留了下来。这里没有交通信号灯，没有霓虹灯箱，也没有连锁商店。这里依旧是 450 年前的样子，当地人颇具绅士风度的行为会让人情不自禁地想起

---

① 英尺，英美制长度单位。1 英尺约等于 0.3048 米。

曾经富贵安逸的黄金时代。事实上，19世纪中叶，为了规范全民行为，墨西哥政府就实施了"规范礼仪计划"。如今，包括孩童在内的每个有良好教养的墨西哥人都会遵守，例如，不论是否买东西，进店的时候不跟店主问好，离开的时候不说"谢谢"，都是不可思议的行为；人们交谈时都要先询问对方父母的健康状况；绅士们还会为女士开门；有人进屋时会站立起来。这些都是墨西哥人日常生活的一部分。每次来到圣米格尔，我们都会觉得特别舒服。

蒂姆把车倒入停车场，一条带着霓虹粉项圈的黑色拉布拉多犬一直在那儿打盹。每次来这里，我们都能看到它这副享受的样子。车棚顶上还有一只巨大的上过釉彩的四脚陶鸡。这真是个多彩的小镇！

拥有400年历史的石路凹凸不平，路边一尺高的马路牙子也忽高忽低，我们在上面快步走着，但这很危险。我就曾是马路牙子的受害者——髌骨摘除，假期有一半时间绑着丑陋的闪着蓝色亮光的支架，一瘸一拐地走在小镇上。那次意外之后，我总结出了两条重要的生存法则：走路时，一定要看着路；千万不要穿高跟鞋。当然，很多性感漂亮的当地女孩仍然会穿着5英寸①的细高跟鞋，神气活现地走在圣米格尔的鹅卵石路上。我呢？明智地穿着凉鞋，稳稳地走在街道上，就像工兵排雷一样，老老实实地弯腰看路。这些确实让我发狂，但是我宁愿放弃高跟鞋，也不想再绑一次支架了。

我们的第一件事是买蜡烛。镇上的每个人都会到殡仪馆买蜡烛，因为那里的蜡烛有一种诱人的蜜黄色，燃烧的时间也长，不会浪费蜡油。只是在一个白色缎面的小灵柩上方数钱会让人有些不安，但是，相信我，你会很快适应这点。先与店主热烈谈论一番当时的好天气，再聊聊家人和自己的健

① 英寸，英美制长度单位。1英寸约等于2.54厘米。

康状况,以及起义者大道新开的饭店,之后,终于完成了蜡烛交易——注意到这些细节,我们就会明白,为什么一天之内很难完成原定的那些任务了。但是,这些细微的礼节也让我们更好地领悟到了生活的真谛。

我们沿着山路继续朝上走,来到了胡安的店里。这是人们喝咖啡和聚会的首选之地,来这里的大多是美国人和加拿大人。蒂姆急切地打了声招呼,然后迫不及待地去翻看有什么最新的电影碟片。胡安是这家店的负责人,非常受欢迎,他会用优质的咖啡招待客人,还会为居住在圣米格尔的外国人提供必要的电影、电视剧,或者其他的不易获取的娱乐机会。这些年来,蒂姆已经和他建立起了可以互开玩笑的关系,维系关系的主要纽带是谈论那些颇为小众的电影。"蒂姆(拉长音)先生,"为了让声音高过那些在咖啡因的作用下的热烈的谈话声和詹姆士·泰勒的演奏声,胡安大声地喊道:"你回来了!"然后,两位就开始非常投入地就过去和现在的电影交换起了彼此的观点,谈论着那些电影的细枝末节,而我则凝视着客人们美味的食物和饮料,内心充满渴望——不知道什么时候我们才可以停下来吃顿美味的午餐。

结束了与胡安的"电影节"之后,蒂姆把 DVD 碟片放入了装着蜡烛的袋子里,袋子上印的是长着一字眉的弗里达·卡罗的头像。接下来我们目标明确地沿着街道走向切洛药房,那是位于商业区的一间药房,离我们只有几个街区的距离。尽管如此,此刻的烈日仍然让我很不舒服。路过哈里的酒吧时,蒂姆随口说道:"我很渴。想不想休息一下?"

我犹豫了一下,天气太热,我的脑子都有些乱了。我想想,第一天回到圣米格尔……炎热……口渴……哈里的酒吧。我知道了!来杯玛格丽塔酒!"谢谢你,先生。给我来一杯玛格丽塔酒。"我咯咯地笑着说。

我们走过发亮的黄铜制成的古董擦鞋椅,圣米格尔每个地方的入口处都有一个这样的标志(哈里的酒吧当然也不例外)。在圣米格尔,外国人和墨西哥人已然很好地融合在一起了,一起喝酒、交谈,吃丰盛的午餐,颇有新奥尔良的那种融洽的氛围。

酒吧主人鲍勃坐在他常坐的桌子旁,像往常一样衣着入时,穿着府绸夹克,丝质的领带松松地系在领口,昂贵的平底鞋擦拭得泛着光泽。微微的醉意如光环一般环绕着他。他正聚精会神地与当地的一位地产开发商以及一位律师聊得起劲儿呢。他在房地产方面的风险投资,在饭店用餐时的热闹状况,以及其他一些备受瞩目的娱乐节目,都是这里的外国人津津乐道的热门话题。他是一个风趣的人,而且总能给周围的人们带来最新的消息。

他看到我们后,握了握蒂姆的手,并轻轻地吻了一下我的脸颊。很明显,他已经谈完了生意,于是我们一起坐了下来,准备喝点东西、聊聊天。

几个朋友来到桌前,互相交流着各自知道的奇闻趣事。一个小时就这样过去了。唐·胡里奥是我们最喜欢的服务员,他英俊可爱,曾经在小镇上最时尚华丽的酒店工作过。他看到我们时又玩起了吻手礼,这么做总能将我们逗乐。他问我们是否需要一张桌子。那个时候,我们已经饥肠辘辘了,便和两个久别重逢的老友梅莉、本·卡尔德罗尼(我们在同鲍勃聊天时遇到)一起要了一张桌子。我们在这个红色的餐厅里就餐,餐厅的天花板高高挑起,犹如皇冠。这里布置精美,大幅的油画和靓丽的白色亚麻桌布,无不彰显着古代西班牙的恢弘之势。百叶窗遮住了长长的窗户,顾客们不会受到外面噪音和热浪的侵袭。

梅莉是个画家,她的油画和拼贴画色彩鲜明、极富表现力,在国际上很受欢迎。她和她做地产经理的丈夫本,是我们几年前第一次来圣米格尔时认识的朋友。那时候,他们为我们提供过住宿和早餐,本还给我们讲了圣米格尔极为有趣滑稽的故事,这些故事只有长期居住此地的人才会知晓。为了让我们能清楚地了解梅莉的事业,本还带我们参观了拉奥罗拉——梅莉工作室的所在地。那是一个宽阔的地方,四周都是砖墙,至少有60英尺长、40英尺宽。因为梅莉常常在巨幅的画布上作画,这个地方对她来说,就再合适不过了。欣赏过她的画作之后,蒂姆说:"梅莉,本今早说过,你们在德克萨斯读大学的时候,你让他参与了你的甩鞭表演。"

梅莉笑道:"那时表演甩鞭,是为了赚学费。他要求做我的助手。上场之前,他递给了我一杯酒。问题是,我没有告诉他,我以前连一杯啤酒都没有碰过,因为我不想让他觉得我涉世未深。然后,他侧着身子站在对面,离我20英尺远,口叼烟卷。这个表演我已经做过不下百次了,但都是在没喝龙舌兰的情况下完成的。那次我险些打掉他的鼻子。好在只有一道伤痕,没出多少血,他后来恢复得很好,但是再也没有做过我靶子了。"讲完故事后,她进了办公室,回来时一手拿着一根鞭子。"啪!啪!啪!"三次重击,我和蒂姆都吓得差点跳了起来,那些薄薄的皮革片在工作室另一端的11英尺处断裂,一个空的颜料罐"咣当"一声也掉在了地上。我和蒂姆真的非常好奇,他们平日里的生活是否也像梅莉的甩鞭表演一样惊险呢。

撇开甩鞭子不谈。入座以后,我和蒂姆点了份腌制的牛排。这里的牛排非常嫩软,无需用刀。我们曾经带过一位有名的大厨到哈里的酒吧用餐,当时,他像犁地一样啃吃着一大盘的食物,还发出像猪一样抽鼻子的声音。这一次,我们也非常享受这里的美食,但是却万分小心,没有再像上次那样尴尬了。当唐·胡里奥给我们上菜的时候,他低声说道:"祝好胃口。"这也是"规范礼仪文化"的内容之一。这句话的意思不仅仅是祝胃口好,真正含义是希望用餐者能够充分享用美食。

　　饭后，我们呷了一口咖啡，梅莉和本邀请我们改天去当地斗牛场附近的饭店用餐，那里是镇上最热闹的地方。我从不看斗牛。但是他们一再保证从那家饭店可以欣赏整个城市的美景，吃到最棒的食物，而且会选一个没有斗牛比赛的日子去。百般劝说之下，我同意了，计划那天晚些时候过去。

　　一阵告别和承诺之后，我们走出饭店，感受着午休时间外边的温暖与安静。我们站了一会儿，沿着山坡眺望着远处的切洛药房。"你知道的，我们可以明天再去药房，而且我敢打赌，玛西娅现在肯定已经关店午休了。"我说，"我可以从萨利的花园里剪些鲜花，我们没有必要大老远地下山去鲜花市场。但是我现在确实有种想闲逛的冲动，因为我们今天几乎什么都没做。"

　　蒂姆笑了笑。

　　我叹气道："我净是闲逛了。"

　　蒂姆走向停车场，手中的钥匙叮当作响。"胡说，我们已经做完两件事了，效率是平时的两倍！"我跟着他走下斜坡，一路上笑个没完，最后来到那只守卫汽车的陶鸡旁。墨西哥的"明天"真是够好的！这并不是说墨西哥人懒惰。事实上，大多数墨西哥人工作非常努力，也看重家庭，但他们崇尚的不只是权力和财富，所以他们的时间表并不像其他国家的人那样安排得精准繁杂。他们考虑事情的方式更像欧洲人，他们的这种生活态度也是吸引我们屡次到圣米格尔度假的原因之一。

　　那天剩下的时间里，我们懒洋洋地坐在萨利精致的露台上，安静地看着日落，聊着布宜诺斯艾利斯之行后为期七个月的欧洲之旅。此刻，一如出发时的喜悦，现在我们已经迈出一大步，开始拥抱新世界了！我们热切地盼望去探索未来我们可能到达的任何地方。

我们还兴奋地谈到了第二天的安排——去拜访我们在墨西哥的"家"。我们的朋友玛丽贝尔曾邀请我们参加她半年一次的家庭聚会,一起制作玉米面卷。在我们最初来到圣米格尔的时候,玛丽贝尔的家人就和我们结下了友谊。几年来我们都很荣幸地分享了她们家庭的欢乐,以及遭受巨大损失时的痛苦。在我们刚来这里的时候,玛丽贝尔负责管理我们的房子,很快又成了我们的干女儿。随着友谊的进一步加深,她又把我们介绍给了她的家人,并邀请我们参与她家的传统活动——多数是与食物有关的,就像世界上的其他文化一样。但是,这个家庭能将最简单的食物做成艺术品。每年两次,每个人——从最有威望的女家长莉迪亚(大约我这个年纪)到最小的孙女瑞吉娜——都要聚集到莉迪亚粉红色的砖坯房里,共同承担这项复杂的劳动密集型的制作活动,制作几百个玉米面卷。一大群女人——表姐妹、阿姨、婶婶、女儿,有时候还有像我一样幸运的外人—— 一起在厨房里忙活,如同跳一种优雅的舞蹈。某种内置雷达的探测器使我们能够在近距离内工作得更容易、更流畅。例如,某个人端着一大碗鸡肉从房间的一个地方去另一个地方,我们可以及时地避开她;某个人快速地洗了碗,将碗传给负责拌沙司的人,却不会在中途撞到任何人。在莉迪亚的厨房里,我们笑声不断。尽管我讲不好西班牙语,糟糕的发音常常会引得大家捧腹大笑,但是,她们如此亲切,我根本不介意成为她们开玩笑的对象。

莉迪亚的烹饪天赋令人惊奇。她做的每一样食物,从红酱到果馅饼再到玉米浓汤,都是我们吃过的最棒的食物。美味的红酱可以用在卷饼上,也可以浇在鸡块上,还可以淋在玉米面卷上。总之,需要加热的带有浓烈辣味的食物上都可以用到红酱。虽然她传授了我具体的做法,但是我的表现远远赶不上她。我确信,将莉迪亚做的红酱淋在食物上具有一种神圣的宗教意味。

男人们也会参与其中，但是他们的贡献基本上是喝啤酒，看电视转播的足球赛，走进厨房偷吃混合着鳄梨酱或起司的玉米饼片。蒂姆非常善于经营男人之间的关系，不会讲西班牙语一点儿也不影响他这种技巧的发挥。公道地说，要搬运那些装满热水、整整齐齐地摆着上百个玉米面卷的大锅，确实需要男性强健的体魄。因为锅太大了，而莉迪亚厨房里的小炉子又不够用，所以要把这些锅送到社区各个邻居家的厨房里。男人们把这些锅拖到事先联系好的邻居家，并定时检查，直到蒸熟为止，然后再把锅运回莉迪亚的厨房。最后，每个家庭都能领到一些装满玉米面卷的塑料袋，足够他们吃到六个月后的下一次面卷制作。

玉米面卷混合了玉米粉、猪油、调味料。据我所知，这是三种最主要的食材。面团调好味之后开始装馅，莉迪亚的厨房里准备着四口大锅，里面装着松软的混合馅料：一个甜味的，两个普通口味的，还有一个满是辣椒和辛香料的大锅。玉米面卷的制作者将一片浸湿的玉米皮平展在手掌上，将一大勺玉米粉放在叶子上，再用力一拍，将其压平，在中间放上一小勺鸡肉、牛肉、水果或者火红的辣椒；然后，再熟练地把边缘折起起来，这样，一张馅卷看起来就像一个整齐的小包裹；最后，再用纤维线绑好，打成蝴蝶结的形状。

很快，莉迪亚的桌子上就整整齐齐地摆满了一排排馅卷，按照不同的馅分放着。瞧瞧这些手工做成的食物，多么美妙啊！在我们喝酒庆祝的时候，厨房里的气氛更加欢快了。这酒算是我和蒂姆最宝贵的贡献—— 一瓶不错的龙舌兰。

下午，男人们负责把最后一锅馅卷运回来，已经快到吃饭的时候了，还有许多活儿在等着我们。莉迪亚厨房里的各种桌子都被当作了临时操作台,一整天大家都是忙忙碌碌的。我们立刻开始了清理工作,这可真是一项让人伤透脑筋的工作。因为柜子少,她又想法子把锅碗瓢盆摞起来堆放,表面上看着很乱,实际上却是小心整齐地堆放的。屋子中央有个八人桌(如果小孩坐在大人的腿上,就可以坐十个人),盖着擦拭干净的印花油布。大家熟练地清洗着蒸锅和平底锅。饭菜终于准备好了!莉迪亚的美味红酱、松脆的墨西哥奶酪、胡萝卜、洋葱、土豆,还有一堆玉米饼!她把重重的煎锅狠狠地撞在炉子上。所有的这一切都令我目瞪口呆。

玛丽贝尔在桌子旁和我聊天,根本不看她正在切着的洋葱。看着她一刀刀地切下去,我倒吸一口凉气,赶忙抓住她的胳膊。"停下,玛丽贝尔,你让我担心死了!"

"你到底在说什么?"她很惊恐地看着我,并把洋葱放在她面前的一个盘子里,洋葱都被她切成四分之一英寸的方块形状,看起来非常精致。我很害怕,指着她的刀。她用左手环住整个洋葱,把一把轻薄锋利的塑料手柄的小刀舞动得上下翻飞,每一下都刚刚错过手掌和手指。我真怕稍有不慎就会切掉她那漂亮的手指。

玛丽贝尔耐心地向我解释,在墨西哥,大家都是这么做的。这里的人根本不用艾梅里尔式技法①。墨西哥的厨师确实有一手,能用他们那惊心动魄的技艺将每一个土豆、胡萝卜、洋葱都切成规格统一的方块。

玛丽贝尔继续切菜,但是我实在看不下去了。

在厨房的炉子旁,形成了一个食物烹饪区。莉迪亚坐镇指挥,她站在煎锅旁,煎锅里满是起泡的红酱。她把一个玉米饼涂上红酱,晾了片刻,又用钳子夹着放到盘子上。玛丽贝尔的嫂子安娜是建筑师,为了玉米面卷制作日,特意从50

---

① 艾梅里尔式技法,即美国人将手指蜷入手掌,用指节控制刀的走向,避免切到手指的烹饪技法。

英里之外的瓜纳华托开车赶过来。她负责添加奶酪，把厚厚的一条奶酪弄碎，放在玉米饼的中心，卷成卷，再涂上一层莉迪亚的超级红酱，然后把盘子传给玛丽贝尔。玛丽贝尔再将一大勺用奶油炒过的蔬菜丁粘在玉米饼卷上。奥利艾拉的身子倚在第四把椅子上，她在玉米卷上放上一个鸡腿，然后把盘子送到桌上。在超大瓶的可乐、凉啤酒、盛着各种调味汁的碗和一大堆切好的芫荽叶中，已经有八个人对玉米饼望眼欲穿了。

由于人多，新的用餐者要与那些已经用过餐的人交换位置。最后，莉迪亚在我旁边坐了下来。我们聊着各自孙子和孙女，开心极了。她深棕色的眼睛闪烁着智慧的光芒，她的天赋也远非一个小小的厨房能够容纳。她的辛勤劳作让她的六个孩子都受到了应有的教育（在圣米格尔，对于大多数像莉迪亚这样的家庭来说，这是非常了不起的成就）。这是我们同各种人接触时最快乐的时刻。我们的墨西哥朋友就像他们手中的调味汁一样，虽然每个人个性不同，却都有善良友好的一面。

很奇怪，除了知道一点儿简单的西班牙语，我和莉迪亚并没什么共通的语言。这些年来，我已经知道，把我们联系在一起的无言的纽带就是我们对孩子们的爱，我们都认为家庭是第一位的，也因家庭而获得了快乐。她们能够自然地接受我们，渴望与我们相聚，和这样的朋友在一起的快乐已经超越了对共通语言的需求。看着女人们在莉迪亚简陋的厨房里，用那些简单的工具（并不是新奇的厨房小电器）做出如此华丽的食物，让我见识到，在任何一种文化里，家人间的亲密关系、家庭的传统以及家人的爱给我们带来的满足感，与名利、地位都是没有直接关系的。厨房里没有操作台、洗碗机、垃圾处理器，也没有自动化的橱柜，但莉迪亚和她的家庭却在这样的厨房里做出了世界一流的食物。她的冰箱是老式的,墙上每个插座都连着额外的插台。这次过来,我们还送了她们一个大搅拌器。到了第二天,莉迪亚已经缝了一个精美的带拉锁的罩子,免得这个庞然大物脏了或者坏了,而且我知道,自从它来到这儿之后,已经做出了一大批玉米面团了。

那天晚上离开的时候,我们带走了两打玉米面卷,面卷都装在塑料冷冻袋里,我们还带走了几罐神奇的红酱,这些酱可以涂抹在任何食物上(在离开小镇之前,我们就已经忍不住地把这些统统吃掉了)。但是,最重要的是,因为这次的相聚,我们之间的友情变得更深厚、更牢固了。

次日上午,蒂姆继续忙着为明年的行程制定复杂的计划。我们已经来墨西哥三天了,他已经订好了五月份从迈阿密到罗马的客轮和十一月份从巴塞罗那到迈阿密的客轮。我们还计划在欧洲住上七个月。我们要去法国、意大利、西班牙、葡萄牙和英国,而且已经付了六月份在巴黎的租房订金以及七、八月份在佛罗伦萨的租房订金。我们每天都会上网浏览西班牙和葡萄牙的公寓信息,同时也会时刻关注欧洲的航空联运、轿车租赁、临时酒店住宿等方面的信息,以及其他一切需要处理的细节。总之,我们一直对明年的欧洲旅行信心十足,直到一位新朋友抛出了一个弧线球,就连著名的投球手考费克斯也要为她感到骄傲。

朱迪·布彻也是一个美国旅行者,我们是通过共同的朋友认识的。一天下午,她和我们在萨利那芬芳的夏季花园里一起喝着鸡尾酒。我们都很钦佩她的活力,更喜欢她那些有趣的故事。朱迪最初住在美国东海岸,还在英国、法国、阿拉斯加和非洲住过一段时间。她是一个独立的女性,目前正在环游世界,我们很快成了志趣相投的朋友。她最近喜欢上了这里的艺术课,所以打算来圣米格尔住几个月。

"所以,我们想九月的时候住在西班牙。"说明了我们要用全部时间环游世界的计划之后,我向朱迪解释道,"蒂姆没有去过西班牙,但是我想他一定会非常喜欢那里。我们十月的时候还要去蒂姆盼望已久的葡萄牙。从那里可以很容易回到巴塞罗那,赶上我们回家的船。"

"听起来不错,但是你们考虑过《申根协定》吗?"朱迪问。

"什么?"我和蒂姆同时问道。

"《申根协定》,那是一个为期 90 天的规定。"

我和蒂姆四目相对。"90 天规定"是什么? 在我们精心制定的计划中是否漏了什么吗? "我们一点儿都不知道。那是什么?"蒂姆停顿了一会儿,问道。他的声音里多了一分担心。

"哦,在你们制定任何计划之前,应该先研究一下,"朱迪轻声地解释道,"大多数欧洲国家都是参与国。《申根协定》限制了美国人在欧洲的时间,每 180 天内,只可以在欧洲停留 90 天。对我们来说,这确实是件很痛苦的事,但也没有别的办法,除非你拿到长期居住签证、学生签证或者工作签证。"

"好吧,如果不管它,告诉他们你不了解这些,会怎么样?"我问。

"或许有人那么做过,也可能侥幸逃脱了。但是据我了解,如果你违反了法律,他们会在几年内拒绝你再次入境,而且,如果他们心情不好,还可能罚款或者拘留你。"朱迪很严肃地回答道。

我和蒂姆都觉得难以置信。这不可能是真的! 我们怎么可能会漏掉这么重要的信息呢?! 他们为什么要将游客踢出去,尤其是像我们这种想要支持当地经济的人?

那一晚,圣米格尔的电脑一直亮着。让我们沮丧的是,朱迪说的都是真的。《申根协定》是在 1985 年签署的，主要是为了鼓励欧盟国家的居民跨越欧洲各国边境，进行自由贸易和旅行。该协定中有关美国公民的规定的法律效力是毋庸置疑的。欧盟试图阻止非欧盟成员国的外国人在此逗留，所以他们实行了 90 天旅游签证政策。持普通的美国签证可以在欧洲国家逗留 90 天。如果签证的 90 天都用完了（不一定是连续 90 天），外国人必须离开，在连续的 90 天之后，才可以再次入境。根据护照印章上的资料，边境人员可以很容易地追踪到一个人的动向。我们用了几天的时间试图找出其中的漏洞，而且询问了我们觉得能有解决办法的人，但是，结果是除非我们能获得长期签证，否则我们逗留三个月后必须离开欧洲。最后，我们发现，唯一的解决方式就是投降，修改我们的旅行计划。

英国、爱尔兰、土耳其、摩洛哥不是《申根协定》的成员国，也就是说，在这些国家逗留的时间并不算在 90 天的限制之内，所以我们把上述国家列入计划之内；而西班牙和葡萄牙是成员国，所以我们打算先略过这两个国家。根据修改过的计划，在罗马靠岸的当天我们就得飞往土耳其的伊斯坦布尔，因为在宝贵的 90 天里，我们只能将一天时间花费在旅途中。五月份的最后两周，我们要待在土耳其，之后在巴黎住上一个月，然后在意大利逗留不到两个月的时间，再于八月下旬迅速赶往英国，这样就可以让计时的时钟停止。九月，我们会待在英国；十月，则住在摩洛哥马拉喀什的公寓里。这样的计划将会留给我们足够的时间飞往巴塞罗那过夜，然后坐船返回美国，而且还能省出几天时间，以应对可能出现的各种紧急状况。

幸亏有朱迪的提醒，我们才没有在航班、住房、轿车和酒店的预订及取消上，白白浪费一大笔钱。而且，我很快发现，最好的老师就是与我们志趣相投的其他旅行者。

朱迪帮我们度过了这次危机之后，我们在圣米格尔经常与她相聚，听了她更多的故事。她曾经放弃过一份很有前景的工作——那还是一份颇为稳定的工作——买来一辆房车，去了阿拉斯加。她在那儿找了一份工作——在一艘客轮上做厨师。这让她彻底摆脱了原先那种按部就班的职场生活。她和她的前夫曾经在法国生活过，女儿住在加利福尼亚。除此之外，她还有几个散居在欧洲各国的非亲生的子女。朱迪还在非洲做过几年志愿者，帮助农村社区打过水井。她可真是一位了不起的独立女性。

我提到过，像很多居住在圣米格尔的人一样，朱迪也是被这里活跃的艺术氛围吸引来的。在加利福尼亚，高品质的时装美术馆散布在埃尔森特罗的每一条街道上；但是，商业艺术品和职业画室的大本营却是圣米格尔的拉奥罗拉艺术中心。那里原是一家大型的白色纺织厂，位于小镇边缘，占地数英亩。工厂建于1901年，20世纪30年代被废弃，1991年便被改建成了一个复杂而精致的展厅——用于展出画家、摄影师、雕塑家、珠宝商，以及古玩收藏家和纺织品经销商的作品或商品。我们常常来此光顾，因为这里不仅有诱人的饭店和我们的朋友梅莉以及她的甩鞭表演与巨幅油画，还有我们的另一个朋友玛丽·拉普。她是个很有艺术天赋的雕塑家和画家，在这儿有几间工作室。玛丽住在一间舒适的公寓里，那儿艺术气息浓厚，光线充足，具有十足的国际风格。"我喜欢往返于此，"一天，她把双手的拇指深深地插在陶土里说，"大概有300步左右，而且没什么车!"

第二天，遵循圣米格尔当地的传统，我们在来到小镇的第一个周二去拜访我们的女性朋友，一起吃顿美味的午餐，喝杯顶好的墨西哥红酒，庆祝我们重返圣米格尔。当女人们在大楼优雅的拱门下和我们挥手告别的时候，梅莉大声地喊道："别忘了，我们明晚7点在斗牛场见!"我笑着点点头，想起了我们第一天来这里时对她和本许下的诺言。

次日傍晚，我们第一次看到了灰白色的庄严的竞技场。这里的斗牛场是用当地的石头建成的，每隔一段距离就有一个拱门。我们沿着斜坡向上走，来到连接斗牛场外围的饭店，半路遇上几个人，他们正在一个拱门旁热烈地谈论着什么。其中的两个人穿着职业装，但很明显，他们并不是斗牛士；而另外两个人即便懒洋洋地靠着墙，看着穿套装的那两个人讲话，但仍显得清瘦结实，举止优雅，一看就是斗牛士的风格。从他们身旁经过时，我瞥了他们一眼，猜想他们要么是在谈论合同的细节，要么是在谈几天后的比赛中的那头牛的命运。

饭店背靠着斗牛场，从这里，可以将圣米格尔的美丽景色尽收眼底。从巨大的窗户望去，整个小镇就沐浴在夕阳西下的光辉中。饭店的主人劳尔是个外表强健的牧场主人，他引我们就坐，给我端上了酒水。梅莉穿着牛仔裤，戴着很多古色古香的绿松石，她总是那么美丽动人。这次她可没有带鞭子，这多半是为了让我们安心。

"我们今晚要测试几头小牛，看看它们训练得怎么样了。"劳尔说，"想邀请你们坐到外面观看，我会让人把酒水送过去。你们一定会喜欢的！"

听到这个建议，我退缩了。对于人们用尖利的东西刺入动物身体这种事，我没有丝毫兴趣。"哦，不用了……我不喜欢斗牛。但还是谢谢你，劳尔。"

"夫人，这次只是用斗篷，没有别的。我保证，这只是一场娱乐。"他大声说道。蒂姆和朋友们也都点头称是。没办法，我就这样妥协了。

他带着我们四人向山下走去。我们来到看台上。这种用石头建成的露天看台让我想起了古罗马的竞技场，就像我们在维罗纳看到的那个。不同的是，那里已经用来上演威尔第歌剧了（来年夏天，蒂姆还买了《图兰朵》和《阿依达》的戏票）。我的头脑中立时出现了谋杀、自杀和血腥的场面。

坐好以后，劳尔对我们说："蒂姆先生，如果你想试一下斗牛，请随意！"

我太了解亲爱的蒂姆了。虽然他极力隐藏，但我还是敏锐地捕捉到了他眼中闪过的一丝兴奋。我望着前方，压低声音说："你要是敢去，我就和你离婚！我们很快就要去阿根廷了，大哥，我可不想拖着腿上打石膏的人去布宜诺斯艾利斯。"

蒂姆什么也没说。我最后又偷瞥了他一眼，发现这个无比热切的"大男孩"正看着我。我知道这场战役我输了。

刚才在外面看到的那几个人也在场中，那两个清瘦结实的人拿着色彩鲜艳的斗篷。他们挑逗着对方，哈哈大笑。其中一个穿职业装的人脱下了夹克，怀中还抱着一个婴儿。让我震惊的是，他空出来的那只手里也拿着一个斗篷。看台上，靠着斗牛场的墙边有几个女人在随意地聊着。我确定那个婴儿是她们中某个人的。

突然，一头牛从斜道窜出来，穿过竞技场，又慢慢地走了几步，然后停下来，环顾四周，最后毫无征兆地狂奔了起来。它看着不大，速度却很快。

小牛冲向了离它最近的那个人。那人一只手散开斗篷，另一只手随意地抱着婴儿。小牛朝他猛扑过去，从斗篷中穿过。所有的人都笑着鼓掌。显然，对于这里熟悉斗牛的人来说，这不算什么。但是我却很惊讶，我的手不自觉地伸了起来，好像在听摇滚音乐会一样。幸亏脑子反应快，才没有弄洒手里的酒。

就在这时，其中一人向蒂姆招手示意。他急切地扭着身子，就像一个小男孩急着想上厕所一样。他满怀期望地抖动着身体，哀怨地对我说："哦，看在上帝的份上，一个抱着孩子的人都能做到,我也能。"

我叹了口气:"哦,去吧,你这个老糊涂!"

我"老"字还没说出口,他已经走下台阶了。

蒂姆的脚刚碰到竞技场的地,场上的一个斗牛士就开始和同伴们开起玩笑来。他把斗篷垂在身旁,就在那头小黑牛准备用头撞他的腹股沟时,他及时地转过身来,踉跄了一下,但还是站住了。我已经紧张地看不下去了。

尽管如此,这次意外也没能阻止我的英雄蒂姆先生。他敏捷地绕过"受伤者",走到抱孩子的那个人面前,接过一个红色的斗篷。那个人对他嘱咐着斗篷的用法。对蒂姆来说,这简直就像是看手势猜字的游戏(你们可能还记得,蒂姆并不会讲西班牙语)。

我大口喝光了剩下的酒,朝蒂姆打着手势,然后调了调相机。我知道,如果我不拍下一张蒂姆斗牛时的照片,我们美妙的关系就会像梅莉鞭子下本的鼻尖一样了。这也许是他一生中唯一一次在斗牛场上的时刻,如果不记录下来,他会伤心的。再说,因为那么爱他,我才在第一时间让他下去的,我可不想在以后的鸡尾酒会上听到别人说我没有记录下这一关键时刻。

蒂姆先生很有礼貌地等着同伴们依次试过。最后,他的教练告诉他可以走到场中了。我、梅莉和本都站了起来,就像电影中人们在斗牛时做的那样。当那头小牛扑向我丈夫时,我拿稳相机,屏住呼吸。突然,小牛看起来好像大了不少。我想大声对蒂姆喊叫,让他拼命地跑,但是我咬紧了牙,按下了快门。

当小牛冲向他时,蒂姆先生优雅地踮起了脚,弓着背,举起了斗篷。真是太帅了!我拍下了照片,我的丈夫和婚姻保住了。

我们沿着鹅卵石小道悠闲地走回饭店,留下斗牛的主人们和那些表演的人们在那里协商。圣米格尔灯光闪烁，那些新晋的斗牛士的眼中也闪烁着光芒。"我真为你高兴！亲爱的，你非常勇敢，非常优雅。"

蒂姆挺起胸膛："哎呀，你知道吗，那个傻瓜比从看台上看要大得多，而且速度也非常快！"

"好吧，'克里奥大奖最佳作词者'蒂姆先生，我想，我们可以在你的简历上再加上一个身份——'退休的斗牛士'了。"

几周之后，在萨利家收拾行李的间隙，欣赏着记录他英雄行为的照片，我万分庆幸，下周要带到阿根廷的行李中没有拐杖或石膏模。不过，我很快就会发现，即使没有带一个瘸腿的斗牛士去阿根廷，我们在那里的经历也算得上一次挑战了。

第四章
布宜诺斯艾利斯

蒂姆坐在铁凳边上，用手指了指身边的一位身材曼妙的金发女郎，像平时一样，因激动而显得格外活泼。就在我走下楼梯的瞬间，蒂姆突然跳了起来，喊道："亲爱的，快过来见见费利西娅。她太好了，还会说英语！"

我根本不信任眼前的这个女人，用西班牙语冷冷地问候着他的这位"新朋友"："下午好，太太。你还好吗？"

费利西娅身着白色的紧身牛仔裤和花哨的低胸外衣，外衣领口太低，几乎没法遮挡被胸罩提起来的前胸，她耳朵上的那副银白色的水钻耳饰在阳光下一闪一闪的，格外抢眼。她四十几年的人生似乎都过得不太顺利，再说了，她坐得离我丈夫那么近，当然让我看不顺眼。"很好，谢谢。"她用英语咕哝道。

"她说这里的赛马场有不少年头了。你知道阿根廷人是多么爱马！"蒂姆傻笑着说。

我知道他为什么乐呵呵的。连日来与我们接触的人，不是服务员，就是推销员。我们渴望正常的聊天，但绝不是与这种人！

我甜甜地说："亲爱的，那边有辆出租车。抱歉，费利西娅。我们已经和别人约好了，必须赶回布宜诺斯艾利斯。"

蒂姆瞪了我一眼，但也不好发作。车门"砰"的一声关上后，他抱怨道："太粗鲁了。这不是你的为人。她知道的不少，我也聊得高兴。你这是怎么啦？"

"亲爱的，她是个妓女。不然为什么要坐在你的膝盖上？我是说，你是有魅力，但她显然是在勾引你嘛！"

他先是尴尬，继而恍然大悟："好了，不说了！这个国家都快把我变成疯子了。我怎么就没看出来呢！"

五秒钟之后，他又哈哈大笑起来。我也被他逗乐了。不苟言笑的司机也回头看了我们一眼。他咧嘴笑笑，露出两颗大门牙，我们见后笑得更厉害了。

蒂姆喘过气来，又说："亲爱的，说真的，我下午就给大陆航空公司打电话，下周就出发。"

六周之前，从洛杉矶连续飞行十个小时之后，我们来到了阿根廷。从那一刻起，我们一直都没恢复过来。出租司机或机场的任何人说的西班牙语，我一个字也没听懂。语言不通令我们晕头转向。最初我还以为是疲劳造成的，满以为稍事休息之后我有限的西班牙语定能死而复生。然而，有时候现实并不尽如人意。

出租车司机从机场一出来就一路狂奔(阿根廷人的开车风格与意大利中部和南部的如出一辙)。一路上，我们终于明白为什么好多人把布宜诺斯艾利斯比作南美洲的巴黎。这座城市与巴黎看起来很像，在一些社区里，我们很容易忘记自己身在南美这个事实。后来的经验证明，有时这也是件好事。

对于事先预订的公寓所在地帕勒莫社区，我们十分满意。社区四周绿树成荫，建筑物井然有序，到处都是饭店、糕点店、小商店和维修店，而且帕勒莫也不是旅游区，所以我们很快就喜欢上了这里。

我们房东的经纪人玛丽娜在大堂里等候我们。她年轻、漂亮、迷人,而且风风火火。她在我们两人的左右面颊上各亲了一口——不是贝弗利山或法兰西式嘬嘴,而是结结实实地亲了一口——之后马上领我们上楼。这里的小型电梯上下五次才把我们的行李运完(一开始,我们收拾行李的水平还不高,所以此时携带的日用品还比较多)。

玛丽娜在公寓里迅速地走了一圈,边走边用断断续续的英语讲解开关、无线网络和钥匙的注意事项。空间不大,但好在空气清新。室内有一间双层客厅、说得过去的厨房和洗手间;阁楼上的卧室里也配有一间小型洗手间,墙角放着一个小书桌。时髦的电动装置上挂着一张大窗帘,窗帘足以遮掩上下两扇窗户;小阳台上放着两把小凳和一张袖珍餐桌。玛丽娜站在阳台上,用手指了指地铁和百货店的大致方向,然后朝我们粲然一笑,看了一下腕表,说她的男朋友如何如何。之后,又在蒂姆和我的脸上左右各亲了一口。"再见!"说完,她就挤进并不比她大多少的电梯,离开了。我们站在门道里,擦去脸上的口红,不知道接下来该如何是好。

阿根廷人的亲吻礼与墨西哥人的不相上下。据我们以往在欧洲的经验,亲吻双颊的礼仪一般用于社会上的朋友之间。没想到,这一礼节在阿根廷也同样适用。我就曾在布宜诺斯艾利斯遇到过一位修指甲的,她上来就要嘬嘴亲我,我吓得赶紧后退。等我知道这不过是一种仪式后才开始还礼。

我发现,不管是在商店还是银行,哪怕是地铁上,上班的员工相互之间也要亲吻。在这里,人人都要亲上两口,就像大部分欧洲国家一样。我们不得不入乡随俗,蒂姆也开始亲其他男人的面颊。这真令我浑身发痒。在美国,男人之间是绝对不会这样的。蒂姆很快就适应了当地的习俗,我为他感到骄傲。真正的男人不会拒绝善意的改变!

"哈,我们来了!"玛丽娜走后,蒂姆兴奋地说着,"先吃顿午饭,然后再收拾行李。"他摆弄着手里的咖啡壶。看到咖啡壶后,我疲惫的双眼马上就来了精神。我们的情绪在很大程度上与咖啡壶有关。每天开口说出第一句话之前,亲爱的蒂姆总会端来我们俩用来提神的咖啡。

我一边喝着咖啡,一边阅读房客说明书,希望找到有关互联网的信息。"搞定了。"说完,我打开了电脑。蒂姆开始不耐烦地拍打咖啡壶。"见鬼!哪个都不好使。我们今天就需要一个新的咖啡壶。你赶紧给玛丽娜打个电话,问她我们该怎么办。"

我取出电话,迅速拨下了她的号码,电话里是语音留言,说的还是语速飞快的西班牙语。我一句也听不懂。双"L"里的"Y"音被"sh"所取代,所以在墨西哥或西班牙应该发"kai-yay"的音,如"calle",在阿根廷就发成了"kah-shay"。他们抑扬顿挫的声调不是从西班牙语中发展出来的,而是来自意大利语,这就给那些希望能听懂他们话的游客造成了很大的麻烦。后面的几周,类似这样的语言挑战都快把我气死了。

我没听懂电话里的语音提示,索性挂了电话。显然,当玛丽娜告诉我们该如何使用电话的时候,我没听懂,此后我一直没弄明白这里的电话到底该如何使用,于是,我们只好借助其他联络方式。

我给玛丽娜发出一封紧急邮件,问她咖啡壶的事,然后我们决定去外面找找吃的。

公寓下方的空地上,那些蓝花楹树正在尽情绽放,成片成片的紫色令我们的精神为之一振。外面大街上的那些汽车、出租车、自行车、学生和购物者,也让我们十分高兴。我们还见到了布宜诺斯艾利斯的一个专业遛狗人,他以娴熟的技巧一次驾驭着品种不一的 12 条狗狗。在街边的咖啡店里,身材高大的欧洲人和长相颇似美国人的陌生人,把他们又长又瘦的身子深深地坐进黑褐相间的椅子里,享受着流沫的咖啡和精致的糕点。这些人看上去像来自西村,但直到他们说出一口流利的西班牙语和意大利语时,我们才清醒过来——自己现在身在南半球。疲劳的大脑已经让我们分不清身在何地了,是巴黎、罗马、布宜诺斯艾利斯,还是曼哈顿?

我们最终选定了一家饭店,但大脑却越发混乱。黑色木质的墙面、不少发光的铜饰和黑白相间的格子地砖,这一切都很像意大利的风格。塞得满满的餐桌、极不舒服的法式椅子和令人难忘的葡萄酒名,没错,这里还有巴黎的影子。

此地既不是巴黎也不是意大利,因为菜单上明白无误地写着西班牙文!还有,服务员托盘里的每份食物都是满满的,这又让我感到仿佛置身于美国的那种各国风味杂糅的饭店里。不过等服务员为我倒上了一大杯葡萄酒后,我才明白过来,此地确实不是欧洲。晶莹的红色液体透过大玻璃杯闪闪发光,这里用的可不是其他国家那种又短又胖的小杯。服务员上的酒是阿根廷的马尔贝克,从口感上来说,在解百纳·索维尼翁和墨尔乐之间。因为在接下来的六周里,我又喝了不少的马尔贝克,所以当我们听说特拉皮切酒厂又推出了几款新酒时,我并不觉得意外。

蒂姆要了份汉堡包,这听上去不够过瘾,但蒂姆自有他的道理。阿根廷让我们联想到里卡多·蒙特尔班。这位拉丁血统的男演员英俊潇洒,在林肯车早年的广告片里出现过:在一片茂密的草场上,他坐着舒适的科斯林式皮座椅,挥着鞭子驱赶着一群奔跑的牛排。

很快,服务员送来了一大堆吃的。蒂姆满怀期待地露出了微笑。"喔,我的上帝!"他一边惊呼,一边紧紧盯着冒气的托盘。他用叉子挑着几片油汪汪的咸猪肉,下面是一堆如格子松饼一般的炸薯片。"这么多好吃的。"第一口食物已经让他兴奋地吐字不清了。后来,他发现肉片太厚——至少两英寸。肉放在涂了一层厚厚奶酪的夏巴塔面包上。

我笑着说："真不敢相信，他们还在上面放了一枚煎鸡蛋。好在还附送了一份莴苣和番茄，所以还说得过去。"

酒足饭饱之后，我们开始往回走，一路上昏昏沉沉的。我们注意到了一家糕点店，玻璃柜里摆放着牛角饼和糕点。这家小店就在我们公寓楼下，每次开炉后，一阵阵香气总会飘进卧室。一切抵抗都是徒劳的。进店之后，我们很快意识到，这次光顾与其说是花钱，不如说是丢脸。

食物的诱惑还没结束。要想回到公寓，还需要经过八个饭馆、三个面包店、六个售卖瓜果蔬菜的小摊，以及两家食品厂。两家食品厂都能生产家制食物，它们会根据顾客的口味，在食物上涂上一层厚厚的正宗意大利沙司，再在沙司上面放上一大堆新鲜的帕马森奶酪，再把顾客要的食品装入耐高温的盒子里。在布宜诺斯艾利斯的那些日子里，我们几乎每天都会带着几个热气腾腾的袋子回公寓。

每次回到公寓，我和蒂姆总会遇到另一个麻烦，好不容易在一大堆袋子里翻出了钥匙，却开不了门！要知道，先前玛丽娜三下两下就打开了房门。钥匙环上一共套着三把梅花样式的钥匙，这使我马上想起了童话里的城堡和旧时代的牢房。（几天下来，我发现别人的钥匙与我们手上的几乎一模一样：一把普通的和两把中世纪的。我很好奇，难道布宜诺斯艾利斯只有一个人会做钥匙？布宜诺斯艾利斯所有房门的钥匙都由一个人来做吗？）短钥匙的大小和形状并不陌生，是用来打开前门的，另外两把有 3 英寸长，又粗又重，前端还有槽痕，我们根本搞不清楚哪把钥匙开哪道门，后来才弄明白圆头的那把是开公寓房门的。这就省掉一半工夫了。另一半是如何才能把门打开。钥匙在门上的大洞里上下转动。开门的人（蒂姆或我）一边转动钥匙，一边凭着感觉来找槽口。电梯外走廊上的电灯是通过定时开关控制的，结果钥匙刚刚插进槽口，走廊的灯就灭了，就这样，倒霉的我们又被扔进无边的黑暗里。

最初那几次，我们都是在很盲目的状态下进入公寓的——反复摸索着打开门锁，找不到任何窍门。我们需要先把买来的食品、手袋、雨伞、上衣和手上的其他东西先扔进去。不承想那把钥匙又掉到地上，我们再次被锁在了外面。如此这般地再来一遍，先找出那把钥匙，再找开关，还生怕踩到我们先前扔进来的东西……

至于剩下的那把钥匙，直到临走时，我们都不知道该在哪里使用。

我们在布宜诺斯艾利斯总结了不少生活经验，至今依然有用。到了一个陌生城市，为第一天做好安排绝对是很有必要的！具体到我们，蒂姆会先联系好接送汽车，免得因语言、交通或其他意想不到的问题而慌乱；赶到租住的公寓后，付过车钱和小费，把司机打发走；然后与接待我们的人碰面；最后关上房门，喘口气，定定心神。这个办法对我们十分有用，因为我和蒂姆已经不再年轻。面对疲劳、语言障碍和陌生的环境，我们需要一段时间来适应。

我们还会把重要事项写在纸上，逐项核查，比如试试空调和暖风，如何使用家电，等等。我们在外面时间越长，注意事项就会写得越详细，我希望在将来的旅行生活中，可以把该写的都写下来。每次入住之后我们都能学到新东西。经验告诉我们，在公寓经理临走之前，一定要和他（或她）核对各项信息。但初次来到布宜诺斯艾利斯的时候，我们还没找到这个窍门，也为此付出了不小的代价，伤透了脑筋。

其次，我们通常会检查公寓的储藏室和设施，阅读管理方提供的房客手册。一般来说，手册能提供关于公寓、社区和城市的重要信息。

按照惯例,我还会检查厨房用品,然后把要买的东西写下来。通常,总有一些必需品必须得由我们购买:剪刀、便签本、茶巾、用了太久必须得换的海绵抹布,以及浴巾等。

我们还得弄明白所有的东西该如何使用。如果凡是与开关和把手有关的说明都是用外语来写的话,就会很麻烦。比如,公寓的空调安装在 12 英尺高的客厅墙面上,无论是从地面还是阁楼的卧室都够不着。空调发动机占据了小阳台一半左右的空间。我想找找恒温器,但当时还是初春,我们也不需要空调,所以没有继续寻找,转而去解决电灯开关的问题。谁知道后来这竟会酿成大错。

家电方面,如有线电视、影碟机和互联网路由器等,我们很少碰到麻烦。每当黑漆漆的屏幕上闪出"没有信号"的时候,蒂姆就从牙缝里挤出声音说:"你碰没碰遥控器?"

"没有信号"几个字在任何语言里都差不多。遇上这种情况,使用者就得花费几分钟,甚至几小时徒劳地搜索信号,反复试验,找出故障原因。如果再语言不通,那麻烦就更大了。

在一个地方至少住一个月,这样的安排有一大好处,那就是不用急着外出观光。所以,我们第一天一般都不会走远,在公寓周围转转就知足了,顺路买买日用品,熟悉下附近的自动取款机和饭馆。第二天,再向远处进发,了解下这座城市的交通状况。

布宜诺斯艾利斯到处都有出租车。然而,如同大多数大都市一样,这里交通拥堵的情况也很严重。相比之下,公共汽车是个不错的选择,价钱也合理。

当我们第一次离开社区,前往人口更为集中的东城区时,我们就明白了:在偌大的布宜诺斯艾利斯,以我们现在的速度行走是完全行不通的。一路上,我们被胳膊肘碰了好多次,又被抢信号灯的人推了几次。我们不得不加快速度,勉强跟在行人后面。阿根廷人不要慢腾腾的"俘虏"。这是个杂乱无章的地方,与曼哈顿差不多。

在地铁入口,我们与众人一同走下台阶。然后,我们退到墙根,观察周围的人群。当地人动作很娴熟,聪明的新来客最好不要与他们一争高下。我们第一天就发现,先观察当地人如何生活,然后再行动——无论是坐地铁、打出租、买啤酒,还是买日用品——这样既省时又不必丢人。

我们购买了通勤票,可使用十个来回。研究了一番地图之后,我们来到了雷科莱塔公墓。这是一座不折不扣的大型陵园,有将近五千座墓室。这里让我们不禁想起了新奥尔良的亡灵之城,那是安妮·赖斯的吸血鬼题材小说里常常出现的地方。绿树成荫的街道两边都是为死者修建的房舍,来到这里,像我们这样的普通人通常会有一种阴森诡异的感觉。公墓小教堂上方的尖顶颇具哥特风格,装饰华丽。陵园一侧建了一个大型的现代购物中心。在喧嚣城市的一角,死寂的街道定格在时间长河中。来此游览的游客恍若隔世,总会忍不住地打个寒战。

我们在墓园里寻找着熟悉的名字,很快就发现了阿根廷前第一夫人伊娃·贝隆。她也是红遍百老汇的音乐剧《艾维塔》的主角原型。令人颇感意外的是,她的墓地相当朴素,与著名作家、音乐家、演员及其他要人相邻为伴。我们坐在凳子上,比较着碑文,蒂姆说:"你有没有发现,这里安息着不少军中要员?这个国家弥漫着一种尚武精神。要想在此地安家落户,不知道要付给将军们多少钱呢。"

"或许将军们为他们打了折扣,毕竟他们手握生杀大权,完全有这个权力,不是吗?"我半开玩笑地说。

阿根廷跌宕起伏的历史引发了我们的好奇心。自建国以来,阿根廷的政治和经济就没稳定过。即使今天,从阿根廷人身上也能感受到一种颇具戏剧性的情绪化成分。周六的一个下午，我们就有幸目睹了放浪而又奇妙的同性恋大游行和各色人等悉数到场的街边大集会——奇装异服让人惊讶地喘不过气来。15分钟之后，在宪法大道上，又有几百名女子喊着口号，流着泪水，要求为1976至1983年被政府"失踪"的人们伸张正义。我们对阿根廷人的印象可以用一句玩笑话概括，也就是外人对阿根廷人下的定义：长得像意大利人，说话像西班牙人，穿着像法国人，但自以为是英国人。难怪他们总是被看作一个谜一样的忧郁民族！（据我们推测，变化莫测的阿根廷经济与其国民性未必没有联系。）

那天下午过后，我心满意足地瘫倒在了公寓的小阳台，喝着冷饮，看着邻居们忙活。我们不习惯高层公寓的生活，因为这样毫无隐私可言。对面楼里的邻居只有脱衣或入睡时才会拉上窗帘。我们很快就掌握了他们的生活习惯。一对夫妻的红色墙壁上挂着意大利绘画，室内五颜六色的彩陶也吸引了我们。他们总会拥坐在大椅子上看电视，在客厅里喝鸡尾酒，又或者拥在一起计算花销。好奇心驱使着我们去关注别人，就像在观看希区柯克的影片《后窗》一样，只是没有发生凶杀案罢了。

总的来说，我们并没有目睹到太多的好戏，但有一天晚上我们确实见证了一场男女间的热烈讨论，双方情绪激动，连我们也感到了一丝不安。

"蒂姆，我的上帝呀，要是他把她打翻在地，我们该怎么办？"我问，因为男的突然从椅子上站了起来，朝女的挥舞着手臂。

"不知道。"蒂姆小声说，"我们连他们的大门在哪都不知道。我们也说不了几句西班牙语，总之我们没法报警。"

直到两人和解，我们才松了一口气。她吻了他，感谢上帝。我们还以为，那男的说不定会把女的扔下阳台呢！当地人的这种亲密的生活方式与我们加州城郊的有着惊人的不同：在加州，遇到扔垃圾的邻居，我们只不过招招手罢了，这是我们与邻居仅有的接触；我们更不可能知道他们餐厅墙壁的颜色。

随着天气一天天地回暖，在蓝花楹树的衬托之下，布宜诺斯艾利斯仿佛穿上了一件紫色的大衣。人行道上也落满了紫色的花瓣，当地人好像也不那么好斗，不那么忧郁了，我们也因此而变得兴高采烈。

此时我们发现，不同的人在阿根廷的旅行费用是不同的，因此我们不得不调整原来的计划。比如，外国人的机票比阿根廷本国人的要高出一倍。阿根廷是个大国，不幸的是，我们没法游览阿根廷的另一半了，因为身上的钱已经不够用了。虽然还可以乘坐夜间行驶的大巴车，但是由于种种原因，我们不喜欢那样。我们还听说，要想去人人称奇的伊瓜苏大瀑布，就得设法进入智利。这个国家的每张签证要收取 160 美元。对于已经囊中羞涩的我们，伊瓜苏大瀑布之行只好作罢。说实话，为了目睹那处自然奇观，我们真希望能在签证、交通、住宿和食物上狠狠地花上一笔。

退而求其次，我们决定游览所在城市的景观，先从科隆剧院开始。他们说此地是世界上的五大剧院之一，音响效果无可挑剔。在科隆剧院的百年历史中，几乎所有的著名演员都在这里演出过。科隆剧院翻建用时 5 年，耗资 100 万美元，如今才刚刚开始营业。这座剧院堪称古典法兰西和意大利装修风格的一曲颂歌。从楼梯走入演出大厅，四周金碧辉煌。我们兴奋异常，索性买了芭蕾门票，为的是能够坐在红天鹅绒的座椅里。

为了这个晚上，我们都精心打扮了一番。蒂姆打上领带，穿上西服，看起来更加英俊潇洒了；我穿上了黑色的三件套晚装，戴上珍珠项链。如此一来，我们在布宜诺斯艾利斯的文化精英里就不会令自己出丑。芭蕾演出并不怎么精彩，但是一流的布景和音响效果却弥补了表演的不足。直到走出剧院,混在当地的观众之中时,我仍然为此乐不可支。

走下剧院的台阶,轻轻地踏着性感的春夜,蒂姆问我:"嘿,小姑娘,喜欢真正的舞蹈吗?"说完,我们又转身走向了圣特尔莫,那里是布宜诺斯艾利斯最时髦的地方,有最好的酒吧、夜总会和酒店。一对对散发着青春气息的年轻男女欢快地跳着探戈,我和蒂姆一直看到半夜才转身离开(喔,好了,不要笑了,你知道我们没看到半夜。我们是半夜到家的)。漂亮的姑娘撅嘴顿足,最后倒在舞伴的怀里,让她们的舞伴大出风头,这种表演让人感受到了无穷的乐趣。与她们分享乐趣,成为其中的一分子,这种想法一出现就必须马上扑灭,因为我们清楚自己的情况,要是胆敢模仿她们扭出性感的动作,那么,我们中的一人或两人就得出现在急诊室了。

又是一个上午,我们坐了半小时的火车赶到了虎镇提格雷(此地因早年猎杀美洲虎而得名)。此间是几条溪水与河流形成的三角洲,泛着褐色的宽阔河水缓缓流去,大小船只遍布河面,风景如画的镇上到处都是饭店、商店和数不清的码头。镇上还有英式划艇俱乐部、简陋的建筑和第一次世界大战之前的太平年月里就已经存在的庄园。后来,德国人和意大利人大批地迁徙此地,赋予了阿根廷不同于其他拉美国家的文化特色,以至于当我们置身阿根廷时,始终弄不清自己身在何处。

我们找了一艘提供午饭的游船,在船头要了一张餐桌,整整一个下午坐在那里,一边喝酒,一边望着河水朝后退去。这是我在阿根廷的日子里最悠闲、最放松的一天。蒂姆和我有个习惯,每次一靠近水边总会感到格外舒适。在阿根廷的旅行生活中,只有那一天让我们感觉到了真正的舒适和安宁。

我们几乎习惯了"码头上的人"的生活,也就是布宜诺斯艾利斯人的生活。我们还和大街对面洗衣店里的女店员成了朋友,之前蒂姆一次次施展魅力,希望她们严厉的面孔上能绽放出友好的微笑。最后,等我们送去脏衣服时,终于得到了她们的笑容,她们也希望与我们交流。交谈中,我们知道了如何才能在当地的百货店找到自己想要的东西,还弄来了一辆绿色双轮手推车。上下地铁成了我们每天的习惯,开房门的成功率也在 80% 左右,还享用了不少肉、奶酪和葡萄酒——对我们的腰围来说这显然已经过量了。

我们继续外出猎奇,或者在公园里散步,或者光顾艺术馆。在过去的 150 年里,许多欧洲人纷纷到阿根廷定居,还带来了欧洲的艺术。这里的艺术馆收藏了许多我喜欢的画家的作品,有些我甚至在他们的作品编录集和画册上都没见过,我们为此惊叹不已。

我们曾时断时续地发誓,要在饮食上严格规范自己。但是,自从光顾过一次马德罗港之后,那里大道两旁的时髦酒店和饭店就彻底诱惑我们打破了誓言。在世界一流的海鲜店里,我们享受了一顿顿的大餐,马尔贝克葡萄酒流水般地倒入我的喉咙,然后又变成了我身上的脂肪。

虽然在这座城市已经生活得越来越舒适,但某种难言的孤独感一直没有消失。我们很快就发现,在相当不友好的环境里,如果还住着 500 平方英尺的公寓,那你就很有必要去和周围的人好好相处。我们从不自找麻烦,但与阿根廷人之间还是麻烦不断,常常弄得我们不知所措。

"亲爱的,我就是不明白。"一天晚上蒂姆说。我们膝盖对着膝盖地坐在公寓的小阳台上,一边喝着鸡尾酒,一边窥视对面红屋子里的人吃晚饭。这是他们的猪排之夜,现在他们吃得正起劲呢。"我不明白,这些人为什么对我们这么刻薄。我是说,做好人对你来说很容易,但我好不容易才不让自己轻视任何人，结果阿根廷人还是把我当垃圾一样对待。"他苦笑一下，继续说，"那天在一家中国餐馆，你想要一杯红酒，结果被那个服务员拒绝了，还记得吗？我不知道为什么。"

他指的是我们在布宜诺斯艾利斯中国城吃午饭的事。当时我用自己最好的西班牙语朝一个手忙脚乱的女服务员要一杯红葡萄酒，而且我还赔着笑脸，但她眯着眼睛看着我。"不行。"她说得斩钉截铁，便转身消失在通向厨房的珠帘后面，我愕然失措。

"我也不知道。"我说，"她为什么不推荐啤酒或者别的，只知道说'不行'。她和那个出租车司机一样不讲道理，那个你忍不住想揍的司机。"

那次与司机发生龃龉，是因为蒂姆使用一张大面额的阿根廷纸币，出租司机说身上没零钱。那个司机显然是想把钱全都收下，然后开车走人。蒂姆心平气和地与对方讲理，那家伙双臂抱胸，倚在车上，毫不让步。我们想在报摊上买份报纸，因为报摊在汽车旁边的马路牙子上，卖报的人也知道我们的用意，但是这个见死不救的家伙竟然拒绝了我们的请求。周围表情麻木的店主也不肯合作，连东西都不卖。最后，蒂姆用身上仅有的 20 美元付了车费，高出正常车费的两倍！我们恨不得马上把他打发走。

付过车费之后，我赶紧拽着他离开了现场。这个插曲气得蒂姆大发雷霆，他不停地挥舞着手臂，发泄着他的不满。他的声音太大了，我真担心有人报警。我走了好几个街区才把他劝住。身材高大、宽胸厚背的蒂姆一向待人和蔼善良，很少发火，但一旦发起火来也够吓人的。

我明白他发火的原因，一连几周都碰到不必要的麻烦，比如小青年在人行道上故意撞我；还没等我们把话说完，当地人就用"不行"一口回绝我们。现在，蒂姆已经受够了。

我若有所思地说："你发了那么大的火，我还以为你要打他一拳呢。"

他沮丧地摇了摇头。

"阿根廷文化里的一些东西是我们无法理解的。这里没有容易的事，你知道其中的原因吗？是不是我们已经变得迟钝了？仁慈的上帝，也许我们在国内生活惯了，年龄太大，已经不适合在外面生活了。"

我说："我并不这样想。我们已经走了许多地方，适应力还不错，不过像在阿根廷的这些经历我还从来没碰上过。如果在其他地方也是这种感觉，那就麻烦了。"

等到了第四周，我们觉得确实有必要用美国文化来进行一番自我安慰了。在这个陌生的国度里，我们已经疲于应付，所以需要故乡文化指引我们。一天下午，蒂姆照例坐在电脑旁预订汽车，我们希望在六月份抵达巴黎的时候能有汽车来接站。这时他宣布，我们可以在城里的酒吧里收看经典的橄榄球大赛——亚拉巴马队迎战路易斯安那队。我父亲是亚拉巴马队的铁杆球迷，我们也特别喜欢这场球赛，更希望通过这种传统上友好的南方体育竞赛的机会，见见其他美国游客或侨居此地的美国人，最好能与他们聊上几句。

比赛那天，我们从地铁站出来，走了几个街区。等蒂姆将门推开后，吵闹声就像一面大墙一样地朝我们压来。大家都在喊叫，这倒没什么不好的，但说到底，比赛还没开始呢。显然，自从我们不再逛酒吧之后，就连这种酒吧文化也变了。大家互相之间不再说话，而是不停地吼叫。或许是因为音乐太吵，只有吼叫才能被人听见。

在酒吧里，我们要比别人大出三十多岁，还是为数不多的几个亚拉巴马队的支持者。年轻的美国专业球迷把拉尔夫·劳伦的波罗队服漫不经心地披在身上，他们都是路易斯安那老虎队的球迷。我们几个红潮啦啦队员聚集在大门附近的小间里——总共才三位美孚石油公司的成年旅行商人，外加马丁夫妇。我们拥在一起，试图压过对方球迷的叫声，不然我们完全没法说话。鸡翅、烤猪排和啤酒，一派美国南方的景象，类似家乡的氛围和食物的香味让我们连日来的心情略有好转。眼看路易斯安那队攻入我方阵营，我们却无法真正地呐喊助威。场上的血战要比震耳欲聋的吼叫声更让人泄气，遇上对方的人把我方的人撞得人仰马翻，吼叫声就会高出好几个分贝。我们真受不了他们粗鲁、发疯的行为。

到了第三场，大屏幕上的数字更令人揪心。酒精作用下的人群的情绪更加失控，这时酒吧里发生了一场混战。手臂在空中乱舞，另一种南方的喊叫声压过了酒吧的吵嚷声。

打斗够刺激的，结束得也快。我们刚刚发现有人打架，大门口的两个彪形大汉就分开人群，走入酒吧。几秒钟内，进来的人就把一个小青年高高地扛过我们的头顶，扔到门外，之后"砰"的一声将大门关上。片刻之间，我们听到了电视播音员的声音。不过，很快喊叫声又重新淹没了一切。我们不知该如何表达内心的感觉。65岁以后第一次目睹酒吧斗殴，这可不是件可有可无的小事。

临近十一月的时候，温度渐渐升高了。我们的公寓朝南，所以学会调控空调成了当务之急。我们一次次地搜索墙角，检查电路，摆弄墙上的开关。我们还仔细检查过阳台上的压缩机，希望能找到空调的开关，结果只是徒劳一场。

因为我们至今还不会使用电话，所以只好给玛丽娜发了份电子邮件，希望能得到她的帮助。

奇迹出现了，她马上回了邮件。原文如下：

> 按下蓝色键即可打开，然后按下"模式"键，如果空调处在"热"的标志（太阳）上，就按下"冷"的标志

(雪),如不会,爱德华多在门房里,可以给爱德华多打电话求助:)

　　回信告知

　　吻

　　玛

　　蒂姆和我又把之前已经找过的各个地方重新搜索了一遍,就差没把地板掀开了,结果再次以失败告终。整个公寓都找不着蓝色键。我又发了一封邮件:

　　蓝色键在哪?

她马上回复:

　　在遥控器上。

遥控器? 什么遥控器?

　　我们找到了遥控器。其实,遥控器根本没丢,就在那儿放着。只是我们先前把它推到了一边,以为是 CD 播放机上用的——这部播放机在厨房里的架子上占去不少空间。遥控器上既有蓝色键,也有“模式”键,还有“雪花”标志。空调终于可以正常运转了。

　　数日之后,玛丽娜接受了我们的邀请。她踏着高跟鞋,上身是薄薄的夏装,看上去很可爱。我们站在阳台上,对面红墙里的人第一次把目光投向我们。当然,引起他们兴趣的是迷人的玛丽娜,但我们还是朝他们礼貌地摆了摆手。他们也招招手。我相信,美丽的玛丽娜要比两个上了年纪的游客更值得他们招手!

　　玛丽娜自豪地告诉我们:她是如何为一个中层政治家做

助手的;她又提到了自己的男朋友,说他正在学校里攻读学位;还谈到了自己的父母……那天晚上,喝了好几大杯马尔贝克之后,玛丽娜还为我们唱了一首歌。我们没想到她还会唱歌。她的清唱出乎我们意料,与晚会后人们习惯的那种表演没有什么不同——张口就唱,没有丝毫尴尬。上个世纪90年代,我在爱尔兰的时候,也喜欢这种"晚会上的表演"。玛丽娜告诉我们,她演唱的伤感曲子是她母亲创作的,正适合她沙哑的女低音。这个姑娘总有令人惊喜的地方。更令我们喜出望外的是,继墨西哥可爱的玛丽贝尔之后,玛丽娜成了我们的第六个女儿。她咯咯地笑着,同意了我们真诚的提议。这也勾起了我们对故乡女儿们的思念。如果我们继续走下去,最后就能收下几十个女儿了。现在,我们在这座城里终于有了朋友,为此我们格外高兴。

"玛丽娜,临走之前,我有个严肃的问题想问你。我们来阿根廷已经好几个月了。这段时间,我们绞尽脑汁地希望能与这里的人打成一片,更希望能理解这里的文化,做个好客人、好游客,但不知什么原因,我们的希望总是落空。"蒂姆一口气说出了心中所有的疑惑。

他还说了出租车插曲、女服务员的无礼和酒吧里斗殴的故事,还有公寓里的那个蓝色按键。凡此种种,都给我们造成了沟通上的麻烦。

玛丽娜认真地听着,想了想,笑着说:"我知道问题出在哪里了,一定是你问错了问题。"

我和蒂姆面面相觑,异口同声地说:"什么?"

"好了,容我解释一下。阿根廷人对任何问题的第一个答复是'不行'。这是阿根廷文化的一部分,也是阿根廷女人看起来生活得不幸福的原因之一。她们成天撅着嘴,因为她们总是等着某个男人来哄她们开心,送她们一件礼品、一顿饭,或者一间公寓!"她大笑着说。

我们不信,但她发誓自己说的都是实话。细细回想下,这个理由确实能解释那些令人不快的遭遇。原来阿根廷人严峻的面孔并不是冲着我们来的呢。现在我和蒂姆多少有些明白了。

"再说说你们提问的方式。比方说,要怎么问那个司机呢?上车之前要问他:'100 比索①能破开吗?'他要是说破不开,你们就另找一个司机。"

我们目不转睛地看着她。忽然之间,一切的疑惑都解开了。此前,我们一直是以美国人的思维方式来应对所有事情的。

蒂姆说:"琳妮预先以为中国餐馆也会按杯卖酒。如果琳妮没有做出这种预判,而是问女服务员店里按不按杯卖酒,那么,她们的对话是不是就能继续下去了?"

玛丽娜点点头。

玛丽娜走后,我们逐一回顾了之前种种令人不快的遭遇,最终发现,要是按照玛丽娜的建议去和阿根廷人相处,每次的结果就可能完全不同了!我们发誓要牢记这个教训,希望日后的生活能有所改变。

按照玛丽娜的办法接人待物,我们在国外的生活或许会变得更容易。后来,每当我们在新环境里苦苦挣扎时,总会想起玛丽娜的建议——适当地改变自己的提问方式。

我们欣慰地发现自己还没那么老,没那么僵化,还可以闯荡世界。我们要做的就是放弃原来的假设,改变已经形成的固定的思维方式。

然而,当我们次日来到赛马场的时候,满心希望能在人群中度过一个愉快的下午,我们为自己投注的赛马欢呼,可是,这次我们又大失所望。赌马的人默不作声,面无表情,他

---

① 此处特指阿根廷所使用的货币单位,1 元人民币约等于 1.44 阿根廷比索。

们的女人显然想通过皱眉和低吼的方式来赢得财富,赛场的服务员就像之前那家中国餐馆的女招待一样,冷言冷语。我们精心准备的问题和心情并没有温暖赛场上的人心。我们太失望了,满心以为可以奏效的方法没有任何效果。

我们垂头丧气地提前离开了赛场,似乎无论如何,也没法与阿根廷人和睦相处。正在这个时候,我那位亲爱的蒂姆宣布要提前两周离开阿根廷。也正是这个时候,渴望找人说说话的蒂姆才与一位"傍晚出来的女士"聊上了。一连两天,我们总结了两个非常重要的教训:第一,正确地提问;第二,我们没必要在找不到乐子的地方浪费时间。

我们给加州的女儿亚历山德拉打了电话,通知她行程有所改变:我们准备赶回美国过感恩节。我们听到了电话那边高兴的声音。她还说要买一只更大的火鸡。我们当天就开始收拾行李,不论这个决定是对是错,都不后悔。

当然,在我们善良的内心深处,还给阿根廷保留了最后的申辩权。就在我们快要离开时,蒂姆先把我送进了贵宾室(我们发现,如果长期出门在外,那就很有必要花上这笔钱了),然后去机场大厅把手里的比索兑成美元。回来后,他一屁股坐在了我身旁的椅子上,当时我坐在一圈椅子中,倾听着其他游客讲述在布宜诺斯艾利斯的亲身经历,有些人比我们还倒霉。

蒂姆从牙缝里挤出一句:"他们不给兑换美元。"

"你不是开玩笑吧! 这怎么可能?!"

"他们要求我提供银行出具的比索收据。这完全没有道理! ……谁手里还会留着收据。再说了,才 100 美元! 一定是因为比索贬值得太快,没人愿意要了。"

这时,对面一位身着盛装、肩披围巾的阿根廷女士听到了我们的对话,说:"我过几周要回布宜诺斯艾利斯。要是能帮上忙的话,我愿意买下你的比索。"

蒂姆谢过之后,讲好了汇率,完成了兑换。

几小时后,我在飞机上没话找话地说:"那位女士真好,竟然把比索收下了。"

蒂姆颇感无奈地说:"没什么好的,她要的比市价高了一倍!这是阿根廷和我们开的最后一个小玩笑!"

叹了口气之后,我说:"还是回坎布里亚吃火鸡吧。"

就这样,新生活又重新开始了!

第五章
横渡大西洋

从布宜诺斯艾利斯返回加利福尼亚之后，我和蒂姆开始租房子，重新部署，为 7 个月的欧洲之行秣马厉兵。我们还对计划做了最后的修改，挑选好了衣服。出发时刻终于到了，我们两人又失眠了。每天凌晨两三点钟时，我总会反复问自己：一连 14 天关在客轮上，要是我们身体不舒服怎么办？要是我们在头等舱里犯了幽闭恐惧症怎么办？我带的外衣和毛衣够不够用？那根晾衣绳是不是在行李箱里？连续 7 个月出门在外，他会不会讨厌我？我又会不会讨厌他？我们说走就走，儿女和孙儿们能原谅我们吗？……

最后，我们飞到了佛罗里达，准备从那儿登上驶往罗马的客轮。为我们送行的是住在佛罗里达的阿曼达和詹森。我们动不动就发神经，唠唠叨叨，一会儿要用复印机和电话，一会儿又要找快递，到了最后还有要买的东西。他们倒是颇有耐心，一切照办。我相信，他们在码头为我们搬送行李时，看着我们在大庭广众之下发神经，一定在暗自窃喜。

他们开车离开后，我和蒂姆又成了相依为伴的战友。不过，一切顺利，大家都很开心！搬运工也会偶尔和我们说几句笑话，再搬走我们的行李。

我们径直来到了候船室，好让外人知道我们是见过世面的老头老太太,只不过是稍微有些无聊罢了。说实话,对接下来客轮上的生活,除了一些小小的不安,我们都满怀期待。蒂姆小声对我说:"我还从没这么兴奋过呢!"

"我也是。"我勉强笑笑。之后我也不再矜持了,"我的上帝呀,这艘船太大了!"我倒吸了一口凉气。那个要把我们从迈阿密送到罗马的庞然大物("大洋水手号")足有1000英尺长,我们就像迪斯尼乐园里的儿童一样地左顾右盼,等待上船的那一排客人也满脸兴奋,他们倒是很放得开。乐滋滋的检票员熟练地为我们办理了登船手续,然后把塑料卡递给我们,这是两周时间里我们唯一会用到的货币。轻快悦耳的音乐声在四周萦绕,这里没有婴儿的啼哭声,也没有手提行李碰撞我们,更没有发出嘟嘟声的手推车、轮椅和助力车。之前机场里的乱象一概没有。我们用不着做费心的选择——上船的舱口只有一个。所有乘客与船员都是快快乐乐的,而且举止文明。当每个人都开开心心的时候,我们对阿根廷的记忆又跳了出来,变得疑神疑鬼起来:他们为什么这么高兴?这些人都嗑药了吗?这里究竟发生了什么事?

满脸笑容的工作人员把我们接上了船。把客舱巡视一遍之后,我们冷冰冰的脸上开始出现笑容,难掩自己的喜悦之情。公用区里的装饰品闪闪发光,就像令人目眩的拉斯维加斯一样,明亮和宽敞的环境里散发着一种魔力,让每个人都觉得十分满意。我们先在外面转了转,看到了游泳池、酒吧、餐厅、图书馆、电脑室、设有美容室的休闲中心和一流的海景体操房——在体操房中可以做瑜珈、旋转、蒸桑拿、泡水浴,一切就像他们在广告上宣传的一样,棒极了!我们朝着船上的"大街"走去,路上还看到了零售商店、咖啡店和酒吧。一个爵士乐队正在酒吧里演出。大家喜笑颜开。看来,大家这么开心不是没有原因的。

"到现在为止,你觉得怎么样?"蒂姆问。我们走过刚刚打扫过的走廊，寻找我们的特等舱。蒂姆显然是想让我表扬他一番。此前，我们提到请他来负责 14 天的客轮生活的时候，我就已经声明："不负责安排的人不能发牢骚。"或许是因为我当时的口气不够严肃，所以他总是不放心。于是我觉得有必要让他放下心来，对他的辛苦多表扬几句，不过，我心里还是有些不安。

我鼓励他说："太好了，亲爱的。我们的客舱不错。从照片上看就很让人喜欢。你把客舱选在船头的想法真是太棒了，那里的视线最好。"

我刚刚说完，前面就出现一个过道，过道尽头有三个入口。其中两扇门上写着"船员专用"，另一扇写着数字"2308"，这就是我们的新住所。我们的房间在客舱的弧线上位列第一，是个比较安静私密的好住处。

我轻轻地把门推开，仔细地观察着舱内的一切，舷窗下方舒适的座位和整洁的双人大床都让我十分满意："蒂姆呀，这可真是太棒了。"此刻，我就像个孩子一样，在略显狭窄的客舱里边喊边跑。身边一个个新奇的小设计，都让人觉得船上的生活温馨极了。舱内的家具都是多功能的，可以拉开，也可以合上，想不满意都难！尤其是服务员一天会来好几次，来打扫卫生，整理房间，补给日用品，输送鲜冰，还把毛巾摆出各种颇具艺术感的造型。那时，我和蒂姆就在酒吧里打发时间，其他客人或者在游泳池里戏耍，或者在牌室里打桥牌，或者在小型高尔夫场上打球——船上的小型高尔夫球场能让你爽个够。在这样的客轮上生活，我们还能有什么牢骚呢？

过道里的扬声器还会时不时地发出声音。那是船长在用他带着挪威口音的英语发布通知，要求大家参加疏散演习。我发现，在演习过程中船客已经开始了社交活动。晚饭的时候，人们已经开始三五一伙地抢座位了，就像高中时代的抢人大赛一样。

后来,我们在回"家"的路上喝了些随身携带的鸡尾酒。我说:"真奇怪,我发现大家都在忙着拉帮结伙。"

"我也看出来了。船上就好比一个三千人的村落。人嘛,管不住自己,总会自然而然地抱成团,把自己与大家分开。你知道吗?鸡也是这样。你把新来的鸡放进鸡群,鸡群里的鸡就攻击新来的。依我看,鸡并不是唯一愚蠢的动物。"

"我们要和别人保持距离才好。不想交朋友就不要走得太近,好吗?两周的时间可不短,要是一不小心的话,下次就不好见面了。"

蒂姆笑着说:"好的。好的。"

俗话说,"林子大了,什么鸟都有"。与其他船客相比,男同性恋的发型更加引人注意,服装也更时髦,而且看起来比别人更高兴。经验丰富的船客讲述着自己搭船外出的经历,生怕自己的次数比别人少。晚饭之前,这些客人还会在专门为宠物预备的房间里聚会,出来吃饭时又个个身着盛装。他们一般很少喝船上的免费酒。喜欢健身的客人会待在健身房里不出来,而我们这些很少光顾此地的客人,为了能在跑步机上试试身手,只好等在外面。那些专好自我表现的客人,身上挂着速度表和移动电源,手脚并用,在里面跳来跳去。还有些人喜欢在赌场里与始终沉默不语的机器共度时光。对于身着晚礼服(或是自己的,或是租来的)的船客来说,正式晚会是绝对不能错过的。

在这亦幻亦真的美妙夜晚,我和蒂姆在酒吧里坐定,观察各色人等的表演,他们三五成群地走进餐厅,都恨不能把别人的光彩压下去。

第一个晚上,我们和八个人共用晚餐。帕特和乔治·毛奇夫妇也在其中，他们来自加拿大，经常坐船旅行。我们初次上船，缺乏经验，于是他们就船上的生活向我们提出了种种建议，后来我们还成了好朋友。当服务员端上沙拉的时候，船上的发动机开始隆隆作响，我朝外张望，发现码头正缓缓地向后退去，货站上白光闪烁，我们的船正在平稳地驶向大海。

随着发动机声音的节奏越来越快，我们明显地感觉到，船已经到了海上！接下来的九天里，我们将再也见不到陆地了……想到这里，我不由得打了个冷战。

晚饭后，蒂姆和我默默地站在扶栏旁，望着映在海面上的月光，倾听海浪拍击船身的声音。我把最后几瓶酒带上了船，真想在甲板上喝上几口。此时此刻，与我们相伴的是黛博拉·蔻儿、加里·格兰特、威廉·鲍威尔、玛娜·洛伊等人的幽灵，以及他们那魅力无穷的同代人。那些年我们看过的浪漫影片开始在脑海深处浮现出来，此外还有我最爱的演员弗雷德·阿斯泰尔和格林泽，他们都曾在巴黎大放光彩。这简直就是最大的幸福了。

我们在船上还遇到了不少趣事，其中之一至今铭记在心。一天晚上，我们与下午才认识的格瑞和洛林·辛格夫妇一同用餐。格瑞身患帕金森综合症，借助助力车才能行走，但这并没有困住他们。这对笃行不倦而又风趣十足的夫妻五十几年来走遍了世界上的每个角落。每当客轮中途进港时，我们总会下船放松一番——或者在港口吃一顿可口的饭菜，或者在附近的小巷里漫步——无论在哪儿，准能听见他们的笑声，看见他们的身影，此时格瑞的助力车正平稳地走在鹅卵石和砂石路面上。大西洋之旅结束后的一天，洛林和我互通邮件，她在信中写道："对了，格瑞说将爱和祝福送给你们，还说'时不我待'。"这是来自勇者的建议，值得我们终生铭记。

如今"时不我待"四个大字就在我的电脑屏幕上,它已经成了我们的座右铭。每当我们因为资金不足,或者觉得自己年龄太大而陷入无限苦恼时,我们就用这四个字来激励自己,格瑞能办到的,我们也能!

蔚蓝色的大海一望无际。客轮连续行驶九天之后,我在地平线上发现了一些小斑点。船上的人都兴奋不已,但我的心情却很矛盾:我已经从家里走出来了,为将来的生活做了充分的准备,但船上的生活实在是太舒服了,我真不想离开这个巨大的蓝色蚕茧。小斑点越来越大,最后变成了西班牙加那利群岛中最大的岛屿特内里费岛,此岛位于摩洛哥外海。经过这片海域后,"大洋水手号"驶出了直布罗陀海峡,顺着西班牙海岸线先左转后右转,最终驶向罗马。

当我们在客舱里收拾行李时,一想到大西洋之旅即将结束,一股莫名的惆怅就涌上心头。这段时间,随着船一起在大海上漂泊,我们也逐渐习惯了与一望无际的大海相伴的周而复始的生活,仿佛这种幸福生活会永远继续下去。现在旅程就要结束了,我和蒂姆都觉得特别惋惜,好在即将到来的陆地生活也让我无比期待。

我们太兴奋,昨夜迟迟未能入睡。下船之后,我们就要开始7个月的历险生活。这次旅行也是对蒂姆"100小时周密计划"的考验。

客轮派出的大巴车把我们送到了机场。过去几天的海洋之旅仿佛让我们与世隔绝,习惯了不变的人、不变的环境。如今陆地上熙熙攘攘的人群让我们大吃一惊。机场里人山人海,我们的航班也延时了,不知何时才能起飞。最后我们终于登上飞机,患有幽闭恐惧症的蒂姆挤在机舱一侧的小座位上,旁边没有舷窗。他真的太痛苦了,我都不忍心多看一眼。

因为边检的速度太慢，这一夜的等待漫长得让人难以忍受。外面烦躁不安的旅客排起了长长的队伍。等我们从伊斯坦布尔海关出来时，已经临近下半夜 1 点 30 分，此时的我们衣服凌乱、浑身乏力，而且，又身处一个全然陌生的国度，更多了几分不安。就像其他国家的国际机场一样，一个大厅或走廊的大拉门，将旅客与接站的亲友无声地隔绝开来。拉开大门之后，我觉得就像是拉开了帷幕，自己站到了舞台上，刹那间，灯光通明，噪音迸发，人们挥舞着手臂，喊着亲人或朋友的名字，还有人高举着写有旅客名字的纸片，示意他们要把客人送到指定的住地。

这时，我的喉咙发出了微微的哽咽。纸片上能有"马丁"二字吗？现在已经太晚了，我们担心之前安排的司机能不能等到我们。要是司机不在的话，我们不知道该与谁联系，也不知道如何才能找到住处。还有，我们手机的快速拨号功能在此地竟然失灵了。

我们四处张望。他来了！此刻，英俊无比的司机卡比雷与我们一样高兴，他与蒂姆亲切地握了握手，一把抓过我手里的旅行箱，领着我们快步走进了伊斯坦布尔清新的夜晚。他把我们的行李放在一辆厢式旅行车上，直到这时，我们才放下心来，活动了一下发麻的双腿。关上车厢后，卡比雷递给我们一个金色的小盒，说："请接受来自土耳其的我母亲的祝福。欢迎来到我们国家！"

我们感动极了。小盒里的糖果让我们的嘴里和心里都甜滋滋的，这是土耳其人民送给我们的第一份礼物。此后的数周，我们还将收到上千份这种令人舒心的善意。

夜色中，我们在多车道的高速路上快速穿行而过。伊斯坦布尔的灯火在博斯普鲁斯海峡上闪烁。亚洲在右，欧洲在左,灯火通明的博斯普鲁斯大桥把欧亚大陆连在了一起。最后,我们下了高速公路,驶上鹅卵石路面。在我们头顶上方的山坡上,一座清真寺朝我们飞速迫近。清真寺的六座光塔闪闪发光。一队海鸥在清真寺外飞来飞去,看上去就像一圈移动的花环。

清真寺是伊斯坦布尔的名片,我们在此地开始了欧洲之旅!

第六章
土耳其

汽车缓缓驶过伊斯坦布尔的鹅卵石路面,发动机嗡嗡作响,卡比雷把车停在已经悄无声息的大街上。那座蓝色的清真寺宛如苏丹国王,威严地坐在我们身后的建筑物上,海鸥围在他的身边盘旋。街对面有家杂货店,两个男子在店外低声闲聊。我们到最后也没弄明白,在后半夜两点的大街上,他们都是些什么人,又要买什么。尽管已经半夜两点,杂货店还是在照常营业。

卡比雷让我们先等等,之后他消失在了墙角那边。此时蒂姆和我赶紧舒展四肢,缓解一下旅行造成的疲劳。我们看了看街面,街道两侧是低矮的泥灰墙建筑。片刻之后,一个侍者打扮的男青年从墙角那边走了出来。与我们相见后,他面带微笑,打开那座小公寓楼上的一道窄门。四双鞋——两大两小——整齐地摆放在公寓楼下的土耳其地毯上。楼梯下面停着一辆婴儿车。男青年踏着狭窄、环形的混凝土楼梯把我们的大行李箱拉上了二楼,没有弄出一点动静。卡比雷提着剩下的行李走在后面。蒂姆和我也跟着努力爬上坡度很大的楼梯,强忍着才没发出喘息声。

随后,那个小青年又到街上忙活去了。卡比雷三言两语为我们介绍了室内的设施,同时为我们讲解了面前三道门的用途：一道门从公寓通向小前厅，一道门通向混凝土楼梯，最后一道通向我们的凉台。他留下名片，大声地说了一句："有什么需要的话，请给我打电话，名片上有我的电话号码。"说完之后，卡雷比就迅速离开了。

我们站在抵达欧洲后的第一栋公寓里，面积300平方英尺，有一间小卧室、一个像是给芭比娃娃用的迷你厨房、一个洗澡间和一个袖珍版的客厅。此刻，微型客厅里面已经堆满我们的行李。所有家电、家具和窗户都是新的。居然还有一部洗碗机！公寓虽小，但安排得非常合理。我们的新生活开始后，在公寓里住得时间越短，公寓的结构和舒适度对我们就越不重要。要是计划租借一个多月的话，我们就得多花几个钱，找个更大一点的地方。但若租借一周左右的话，房子只要安静、干净，有一张说得过去的床就行了。

我们借着手机发出的微光打开了通向外面的那扇门。宽大的凉台上放着做工粗糙的塑料椅子，挂着一根简陋的晾衣绳，此外还有海鸟光顾过的痕迹。但是从凉台的一侧能望见远处蓝色的清真寺，从另一边能俯瞰蓝色的马尔马拉海。有了这些，谁还会去在乎家具这种小事呢！

走上凉台，面对着眼前的这些景色，我和蒂姆不由得同时发出惊叹。转身环顾四周之后，我们两人竟然情不自禁地跳起舞来，就像闯入球门区的橄榄球运动员一样兴奋。蒂姆已经表现得很棒了。我喜欢看到他胜利的笑容。

"上帝呀！"我在感叹，"亲爱的，快看那边。"清真寺后面的一轮明月挂在天边，衬托着那六座光塔。

"还有那边的轮船。"蒂姆小声说道。一艘艘超大型油轮闪烁着灯光，船身牢牢地压在了水里，正平稳地驶向大海。博斯普鲁斯大桥上装饰的彩灯照亮了桥身的英姿。"那边是亚洲。"他用手指向那边闪烁的灯光。

热烈的拥抱和亲吻之后，我说："蒂姆，到了这一刻，所有的麻烦、压力和焦虑都值了。这正是我们一直所希望的。谢谢你!"

旅行的疲劳终于把我们从兴奋的状态中拖进了卧室。我们连行李都没来得及收拾,就一头栽倒在床上。三个小时后才慢慢地苏醒过来,醒来后发现公寓附近的大喇叭里传来了阵阵的呼号声,这是在预报祈祷时刻的来临。一个声音从远处传来,之后又是另一个更近的声音,最后众声响应,四面八方传来的声音瞬间将我们淹没。穆斯林的呼喊声如电流一般不可抵挡,直达人的心底。我们躺在床上屏息倾听。他们的声音里带着鼻音,虽然每个人的音调不同,但各种声音合在一起就汇聚成了一种令我们感到陌生的谐音小调。这种声音让人感到惊颤、怪异,却又有种莫名的舒坦。祷告声从清真寺的光塔上倾泻而下,不久之后,我们对这种每天五分钟的祈祷就习以为常了。最后,这种声音几乎没再引起过我们的注意。

我们又小睡了一会,才起来执行第一天的计划。这是我们早在布宜诺斯艾利斯的时候就想好的。蒂姆匆匆下楼,直奔街角的那家小店(它仿佛从来都不打烊),弄来咖啡和早餐,之后又找了两副餐具,同时,我则负责检查新寓所的大致情况。

日出后,外面的风光更令人惊叹了。透过古老的红瓦屋脊向外望去,一边是波光粼粼的大海,另一边是蓝色清真寺上洒满阳光的尖顶。新公寓的一切都很好,互联网也没有问题,这就满足了我们的两大需求。

唯独浴室是个挑战。之前,因为疲劳,我对此并没有注意,浴室里没有浴帘,因为浴室就是淋浴室,这在欧洲是比较常见的。淋浴的人要把物品先挪开,手纸要放到安全的地方,浴衣要扔到外面的客厅里。等大家洗完之后,还要用橡胶滚轴把湿漉漉的地面拖一遍。赤身发抖的洗澡人最好能把水倒进地面中央的排水口里。这让我很不习惯。每天早晨,我和蒂姆都斗智斗勇,都想方设法地让自己先进去——因为后洗的人必须拖地!

不久,我们就来到了外面的林荫道上,目的地是那座蓝色的清真寺。一家家小店在阳光下开门迎客,裹着头巾的母亲赶着送孩子上学,户外的咖啡店里坐满了一边喝茶一边吸烟闲聊的土耳其男子。低矮的砖墙让我们想起了纽约的东村,不过两者的颜色各有不同。五颜六色的面料到处都是。毯子、大衣、夹克、遮阳伞和家具都沐浴着鲜艳的色彩:红的、赭的、蓝的和绿的。我们好奇地闻着咖啡、烤饼和炭火烤肉发出的香味。这种薄荷香有的是从附近的公寓里飘来的,但更多的来自周围的饭店和咖啡店。男孩子手持托盘,托盘上放着冒气的盖碗、花饰精巧的茶杯和一碟一碟看起来美味无比的点心,他们在街上跑来跑去,为店主人送去早餐。这里真是一派繁忙的景象啊!大家似乎都很高兴,开怀大笑,聊个没完,仿佛他们从早到晚都能款待对方。后来的事实证明,这个猜测竟然是真的。

一路上,我们遇到过许多土耳其人。他们中的大多数,无论多忙都会与我们热情地聊上片刻,从复杂多变的天气到让人伤心的美国政治,话题五花八门。我们美国人一说到土耳其,脑海中出现的总是远古遗址、蔚蓝色的海滩、纺织品、香料、光塔和王宫,其实这里真正的财富是土耳其的人民。他们快乐、聪明、热情奔放,而且还善解人意——总会有人和我们聊个没完,一天至少会碰上一次,哪怕我们还不大听得懂对方的话。从这点可以看出,如果双方都愿意用耐心和热情来努力沟通,语言障碍就丝毫不是问题。

我们走在蓝色清真寺与圣索菲亚大教堂之间的一片空地上,圣索菲亚大教堂原为著名的东正教主教教堂,如今已改为博物馆,我们最后在托普卡帕宫外停了下来。四百多年来,此地一直是奥斯曼苏丹的王宫。以上建筑都坐落在高出地面的大平台上,居高临下,雄伟壮观。

"噢,上帝呀!蒂姆,你早就说过我会爱上这个地方,但我之前绝想不到这里居然这么壮观。"我环顾四周,热切地想把周围的景色都尽收眼底。

"你能喜欢,真是太让我高兴了!"蒂姆乐呵呵地说。把一座伟大的城市推荐给你爱的人,这绝对是人生的一大乐趣,更是一件无法估量的礼物。

我们走到清真寺的入口,迎面站立的几位女子并没有与我们说话,而是径直把一块拖到脚面的布料缠在我的腰间,然后绾了一个结。非穆斯林女子在清真寺里要身着蓝色的裙子。我听见进来的人都不由自主地发出惊叹——他们或是倒吸一口气,或是叹息,或是轻轻地"哇"了一声。穹顶耸入天空几百英尺,不计其数的马赛克瓷片镶嵌在上面。你要是站在下面,又怎能不被打动呢!彩色玻璃窗把天堂般的光线投射在大厅上,一旁的金色祭坛被照得闪闪发光。小穹顶簇拥在大穹顶周围。祷告的人跪着的地方禁止游人行走。脚下的中国红地毯上点缀着蓝色花卉。高大的蜡烛与烛台垂挂到人的高度。颜色与光焰交织起来,令人目眩。看着这一切,我和蒂姆都惊呆了,久久不能平静。

"感觉如何?"蒂姆小声问我。他明知此时我已被眼前的景象震撼得说不出话来。我一语不发,事实上也说不出任何话来。

惊心动魄的经历之后,我们都饿极了,于是迅速选了一家看起来颇为诱人的小饭馆。这是我们那天清早来清真寺的路上发现的。我们马上落座,舒服的椅子、色彩鲜艳的亚麻布餐巾和漂亮的陶瓷餐具,在我们面前有条不紊地排列开来。如同大多数地中海人的习惯饮食,土耳其食物也是以橄榄油、小羊、鱼、坚果和酸乳等著称。上述种种都出现在我们的餐桌上,而且菜品造型和上菜程序都极为讲究。我喜欢最先上来的薄荷柠檬酸乳汤,但这顿饭里最抢眼的还是甜食:丁香糖汁清煮的核桃和无花果!老板和夫人(他们还分别兼任侍者和大厨)还用动听的故事和妙趣横生的绕口令款待了我们。一顿饱饭之后我们又开始了新的探索。

那天下午我们赶到托普卡帕宫,排着长队的游客在那里等待购票,队列移动缓慢。眼前的景象让我们顿时没了兴致。我们确实没耐心,而且等待本身就是件令人痛苦的事。我们也不想把每个景点都从里到外地走上一遍。我们确实不是合格的游客。我们虽然热爱所到之地的历史,出发前也会进行研究。不过,我们显然不是那种会把每件文物旁的说明文字都读上一遍的游客,更不会在每幅画作前驻足凝视。我们更希望把纪念碑或博物馆看成一个整体,然后从中选择感兴趣的部分进行参观。到了我们这个年龄,必须要顾及自己的体力,不论我们接不接受这个事实,我们在地球上的体能和时间都是有限的。就在我们准备改变计划时,一位热情的导游走上来,操着一口流利的英语说,如果由他带领我们可以不必排队,直接到宫里挑重点的看,只需一个小时。这正是我们想要的!

蒂姆与那个人谈妥了一个能让人接受的价钱。蒂姆问:"一次几个人?"

"八个。"

蒂姆左右看看,空无一人。"他们在哪儿?"

"就站在那边的树底下。我这就过去找他们。"那人答道。

我们看着他走向缓慢移动的队伍。没出五分钟,他又领来六名游客,紧接着又迅速走进售票处的边门,弄来了八张通行证,之后就领着我们走进王宫。显然,还有不少人也希望以这种方式进去走上一圈呢!我们领教了此人的效率,所以也愿意跟在他后面。他几乎无所不知,口才也好,而且也知道如何招待客人。

我们见识了王宫最精彩的部分:向外俯瞰,伊斯坦布尔和金角湾的大好风光,让我们如痴如醉;宫内王冠上的珠宝则令我们惊叹不已。之后我们心满意足地回到"家"里,赶在日落之前坐在塑料椅子里,好好地品尝了一番鸡尾酒。

我们很享受在伊斯坦布尔度过的分分秒秒。这与我们在布宜诺斯艾利斯的经历完全不同。无牵无挂而又多彩缤纷的冒险生活,让我们品尝到了生活的美妙滋味。总之,我们为自己的选择感到自豪。

我们确实享受在这里的时光,不过,当我们决定外出寻找古老的香料市场时,那冷飕飕的天气却让我们不太舒服。我们先在地图上找了一遍,发现市场与公寓相距并不远,所以我们决定步行前往市场。不过,走了几个街区后,我们发现自己竟然迷路了——在地图上也无法确定目前所处的位置。于是,我们只好朝门道里歇息的店主打听。他朝着与我们来时的相反方向一指(后来我们又顺着他手指的方向赶了回来,如此这般地折腾了几次)。最后,我们又向一位路人打听,他说我们片刻之内就能赶到目的地。可想而知,此时我们已经越问越糊涂了。

黑压压的乌云迅速聚拢而来,要想回去取雨具已经来不及了。我们也根本不可能拦住从身边飞驰而过的出租车,因为车上早就坐上了湿漉漉的躲避季风的乘客。与此同时,伊斯坦布尔的公共汽车的发车时间对我们来说仍是个谜。等车显然是没希望的。很快,我们就已经湿到膝盖上了,最糟糕的是,还没找到方向!

为了去香料集市,我们前后走了45分钟,已经口干舌燥,而且浑身都湿透了。此刻,疲惫不堪的我们心中都憋了一股无名之火。我们钻进了一家小饭馆避雨,要来两杯饮料。饭馆里水汽弥漫,到处都是湿衣服和湿头发。等外面的雨终于歇下之后,我们付了饮料钱,并问女服务员蓝色清真寺怎么走,此时那座蓝色清真寺已经成了我们重回公寓的救命稻草。可能因为我们没点食物,她有点不高兴,用手朝我们身后一指,说:"就在那边儿。"

我们走出饭馆,心中恼火得很。我气呼呼地说:"我知道,她一定是在胡说。我们离公寓不可能这么近。我们已经走出来好几英里了!"

蒂姆抓着已经湿透的地图,翻过来倒过去,希望研究出个究竟来。他咕哝着:"当然不可能。那不等于我们在原地转圈嘛。"

但是,等我们走到街角时,抬头却发现空中那些可恶的海鸟还在围着金色的塔尖没完没了地转着——那位女服务员没有糊弄我们。我们磕磕绊绊地顺着街道走去,边走边笑,笑自己暴躁易怒、神经质。此时,一个在店门外负责招揽顾客的人说:"你俩喝高了咋的?"说的人也并非怀有恶意。时至今日,我们两人中要是有谁傻笑不止,另一个人就会模仿那个可爱的人,说:"你喝高了咋的?"五分钟后,我们终于顺利回到了公寓。时至今日,我们也不知道当时究竟是怎么绕回来的。

次日,我们终于找到了香料市场。对美食家来说,此地就像圣地麦加一样值得膜拜。市场外面悬挂的彩色帐篷下面是一个好大的苗圃。新鲜的草药和可食用的花卉散发出的馨香四处弥漫。我们转过一角,走进市场大厅。众多味道混合在一起——藏红花香、咖喱食品的味道、芥末味和大枣味——旋风般地冲向巨大的半圆形上空。与此同时,数百人簇拥在宽大的通道里,说话声与叫卖声如潮水般涌来,此起彼伏。每个小贩的货摊上都有一大堆磨好的香料。我们在里面左顾右盼，发现仅仅带走照片绝对是一种遗憾。然而，也幸好我们没有带走香料，否则我们身上将会永远散发着那天下午的辛香味了。

我们还找到了名冠整个伊斯坦布尔的大巴扎集市。那里有近4000个小商店，无数的金银首饰、食物、地毯、皮毛、香料和土耳其特色的铜器精品等各种工艺品充斥其间。与前面的香料市场相比，这里就颇为讲究了，充满了异域情调，场内的墙面和天花板上都镶了精致的瓷砖，大幅的旗帜从火车站大小的空中垂落下来。熙熙攘攘的人群身上衣服的颜色和质地种类让你惊叹不已。这里的商品真是太多了，让人眼花缭乱，我们已经无从下手了。即便是两个利比亚人，面对如此众多的选择时，也会一筹莫展的。

在伊斯坦布尔的种种奇迹中，圣索菲亚大教堂绝对能独领风骚。从蓝色清真寺的方向望过去，大教堂的穹顶之下集合了奥斯曼帝国和拜占庭帝国的建筑风格。公元537年大教堂落成，原为东正教大教堂；1204到1261年，曾经一度成为罗马天主教大教堂；土耳其人攻占君士坦丁堡之后，1453年又变成了清真寺；1935年又改建为博物馆。这座建筑的宏伟景象，用文字是无法描述的。四周的大理石墙壁和巧夺天工的穹顶，以及穹顶下方的那40扇大窗户，把我们看得目瞪口呆。这座建筑历经时间与地震的考验，十几个世纪以来，已经成为艺术史家、建筑师和工程师的圣地。

伟大的建筑总能让我们一时忘记肉体的存在，而陶醉其中；但最终熬不住肚子的抗议，我们只得出来寻觅吃午餐的地方。从高台上下来，不知不觉中，我们来到了阿克比耶克游客大街。大街从老城中间穿过，街尾坐落着四季酒店。这是一家颇为现代的酒店，门口有安保人员把守，他们对如我们一般的庄稼汉并无好感。大街的另一端是居民区，也是真正的人民——就像马丁夫妇一样——过夜的地方。街区中间横七竖八地排列着大大小小的咖啡店,白天到此地光顾的有德国人、美国人、亚洲人、斯堪的纳维亚人和年龄不同的其他游客。黄昏之后,吵吵嚷嚷的青年人自己动手从大罐子里打啤酒,还有人用餐桌上摆放的彩色水枪打水仗,一片欢声笑语。一般来说,蒂姆和我都对自己现有的这份成熟感到满足:我们庆幸自己走过了人生中许多的沟沟坎坎,变得更为成熟稳重。不过,身在伊斯坦布尔的此刻,我们真希望自己也能陶醉在那里——要上一杯扎啤,抓过一把水枪,一边欢笑,一边与二十几岁的小青年胡诌故事。我相信,如果那样,我们至少能快乐十几分钟。

我们最终还是找了个专门吃午饭的地方,那是一个户内户外都摆放着鲜艳的阳伞和小餐桌的小饭馆。端上我们桌子上的有烤肉串、米饭、茄子拌西红柿、皮塔饼、蜂蜜水果和其他的美味甜食。让我们感到意外的是,那里竟然还有人抽水烟!

午饭过后,我们从从容容地朝水边走去。伊斯坦布尔老城区的街道两旁排满了小店。店主人站在店外,以最诚挚的语言招揽顾客。一个卖毯子的对我说:"来吧来吧,把钱给我。"另一个男人因为我们每天都要从他的店前进过,张嘴就说:"早上好,我在等你们呢!"他们都很执着,态度又好,所以把不少地毯都卖给了游客。因为我们永远都是路上客,所以仅有照片和记忆可供我们收藏,但是我们也喜欢摸摸地毯,与怀着进取心的店主们逗逗乐子。走街串巷的行商也有办法哄走客人们手里的钱,尤其是在著名景点周围。我看见一个男子坐在凳子上推销一摞缎子帽。他打扮得像个苏丹国王,浑身上下毫无破绽,唯独在胸前挂着一部移动电话。正是这样奇妙的时刻让我们渴望走出家门!那一刹那,卖帽子的男人仿佛成了我们生命中的一部分,一个令我们永远无法忘怀的人。对我们而言,这些小小的印象足以汇聚成一个神奇的世界。

每天出门之后，我们都会经过一个小旅行社。渐渐地，我们与社里的负责人利姆兹也熟络了起来。他身材修长，秃顶，无时无刻不守在社里，与光顾的客人喝茶聊天。利姆兹能说一口地道的英语。对于如何才能在土耳其玩得尽兴，他是无所不知的。他的助手身材高大，长了络腮胡子，脸上挂着笑容，每天穿的都是同一件 T 恤衫。旅行社的橱窗里摆放着土耳其蓝绿海岸的照片。一天下午，我们正在研究这些照片，利姆兹邀我们进去喝茶。一小时后，我们知道了利姆兹孙子们的名字，他弟弟在芝加哥家住何地，以及他对美国即将举行的总统选举有何看法。此外，我们还预订了价格不菲的博斯普鲁斯海峡水上一日游。后来证明水上一日游还说得过去，但不如利姆兹让人开心，我们与他的友谊日渐深厚，所以这些钱花得也值。直到现在我们还与他保持着通信，希望有一天能回去体验海上四日游。我们离开的那天，他说："打个电话就行，我来安排。"他的友好总能赢得我们的信任。

在伊斯坦布尔的最后一天，我们还想去城里的几个景点逛逛。我们也已经开始在为次日早上的航班收拾行李了。飞机将抵达土耳其的心脏伊兹密尔。蒂姆走出公寓，上了凉台，望着远处的一艘客轮缓缓驶向大海。和蒂姆相比，我总是慢半拍，但又不希望总让别人等我，于是一把抓过手袋，将房门关上，说了声："好了！我们在哪儿吃午饭？"

"就在吃奶酪汤的那家小店吧。"他答道。"我马上下来。"他走进过道，拉住房门把手。"你好像锁上了，把钥匙给我，我想再带一副眼镜。"

"我手里没有钥匙。"我略感不安地说。

他皱着眉头："没钥匙，你怎么就把门锁上了？"

"我只是拉了一下而已,可能是它自己锁上的。"我辩解说。

"你呀。"他慢慢地转过身子,想打开楼梯门。不幸的是,楼梯门也锁上了。"你为什么要把门关上?我才上了凉台,还没想出去呢。"他说得相当严厉。

我也没服软:"抱歉,先生,你一出门就带着包,我还以为你都准备好了,身上有钥匙呢。"

我们谁也没说话,心里在默默地想办法。我们大中午地站在三楼的凉台上,头上也没有遮盖,塑料瓶里只剩了半瓶水,既没法回公寓,也下不了楼。我们坐在塑料椅子里,此前我们已经把椅子挪到了凉台的阴凉处。我说:"移动电话还在身上,我可以给房东发电子邮件,请他帮忙。"

"好主意。"他已经平静下来,而且对刚才的态度多少有些歉疚。

我将邮件发出,然后开始等待……没有回音。我们想呼叫楼下小店的人,但转念一想,他们都说土耳其语,我们又该如何解释呢,再说了,站在楼上朝下喊,看起来傻乎乎的,太丢人了。于是我们继续等待,默不作声,等了足足15分钟,我们不时地把椅子慢慢移向墙根,避开了恼人的阳光。这时蒂姆说:"对了,你电话上不是有 Skype 嘛。试试电话联系他。"

联系上房东之后,我说明了碰到的麻烦,他说会尽快安排卡比雷和开锁的过来。我们提出向他赔钱的事情,他说用不着,以前也发生过,听他这么一说,我们的尴尬才稍稍有所缓解。

直到凉台上的阴影彻底消失后,我们才放心地喝了几口水。我怎么也记不清拖完浴室地面后,身上是不是涂了防晒霜。正在这时,我们听见楼下传来说话的声音。锁匠打开了两道门。他和卡比雷没过几分钟就走了,卡比雷强忍着才没太取笑我们。回到公寓后，我们俩如释重负。

清洗杯子时，我听见蒂姆在另一个房间里不住地埋怨自己。"怎么了?"我问。

他怯生生地望着我："我必须要向你道歉……我简直就是个白痴。这是我在包里找到的。"公寓的钥匙就挂在他的手指上。

我们俩都乐得前仰后合。我说："我一定保密!"在写作本书之前，我一直信守诺言。

次日一早，我忙着与当地的新朋友们告别，蒂姆在阳台上招呼我，指了指等在车里的卡比雷。片刻之后，我们驶向机场，开始了库萨达斯之旅。

距离以弗所仅仅几英里的库萨达斯是爱琴海上的旅游胜地，也是古代七大奇迹之一阿耳忒弥斯神庙的所在地。昨天夜里聊天的时候，蒂姆就告诉我，以弗所原本在水边，如今却"爬上"了陆地，原因是相邻的河流泥沙把港口淤死了。

我们在土耳其的第二周就这么开始了，确切地说是在路上开始的。这与我们原来的计划有所不同，原因是蒂姆向我极力推荐了几处遗址。我们发现，要是仅仅逗留三五日的话，宾馆比公寓更划算。迪迪姆那著名的阿波罗神庙也在我们的日程之内，接下来再在马尔马里斯的爱琴海边玩上数日，等我们下一站赶到巴黎的时候，就会浑身黝黑，精力充沛!

飞抵伊兹密尔用时不长，然后我们出发赶往库萨达斯。

"蒂姆，你看看。"我嚷道。他让开一辆小马拉的大车，又避开了迎面驶来的坐满了游客的旅游大巴。"这里的乡间让我想起了加州中部!"我手里摆弄着 GPS 维多利亚。这次她与我们一同上路，正忙着下载信息，这次也是她的土耳其首演。我们都爱上了维多利亚，因为每当我们出错时，她从来都不会板着脸说"重新计算"，而是温柔地引导我们改变路线,平静地告诉我们该如何弥补过失,如何准确抵达目的地。

家庭农场点缀着起伏的丘陵,浅黄色的干草和低矮的树丛让人萌生了似曾相识之感。低矮的山岭沿着右边的谷地蜿蜒开来,左边是另一道山峦,两道山脉之间是一大片绿油油的沃土。很快,我们驱车朝山脚开去,然后又开始爬坡。驶上山梁之后,我感到一阵惊喜,但心也随着提了起来。之后我们又猛然与大海相遇,每次望着海水消失在地平线上,我都会激动得喘不出气来。即使在加州的大西洋边上生活了几十年,那种惊奇感依然没有消失。

望着外面的景色,我高兴得大呼小叫,但可怜的蒂姆却只能紧紧握着方向盘,目视前方。外面风光无限,我强忍着才没有继续评论下去,因为很明显,那对他极不公平,不过有时我还是激动得不能自已。好在他对此倒不在乎,但我知道他一定也开烦了。事实上,蒂姆驾车水平比我高,更不用说我的视力会影响到对距离的判断。但我却是个优秀的领航员,因为我知道如何哄着维多利亚完成她分内的工作。我们三个各司其职,一起战胜了路上遇到的所有困难,而且毫发未伤!

我们把车停在道边,蒂姆俯瞰着库萨达斯,下面是一个蓝色港湾。滨海大道两旁排列着公寓大楼、旅店和饭店,偶尔还会有入港的轮船出现。城里布满了地毯店、旅游用品店、百货店和船坞,船坞里面排列着漂亮的豪华游艇。我们的车继续朝前爬行,我把脑袋探到车外,寻找预订的旅馆,维多利亚则敦促我们继续朝前行驶。蒂姆忙着躲避刚刚从海滩边上来的游客,生怕碰到他们,与此同时,他还要与堵在路上的轿车、大巴和自行车抢道。

"小心骑自行车的孩子!"我喊着。

蒂姆朝我瞪了一眼:"请你不要喊了。你一喊能把我吓死！我看见了。"

我赶紧闭嘴。

当然了,汽车开出五十几英尺之后,我们的车被挡在路障后面,很难再退回去。这时,蒂姆又抱怨说:"右车道前面已经封上了,你怎么不早说呀?"

我有点无奈,出门在外的伴侣记得一定要互相爱护。如果事先没有详细的计划,我们再也不会冒险去找最近的机场了!

快要走完这又长又堵的大道时,我们的目标——卡拉文塞拉酒店——才出现。这座高大、方形、建有塔楼的建筑,是1618年奥斯曼苏丹为取道此地的高官及其扈从修建的。酒店与周围的现代建筑大不相同,从这里可以走到老城繁荣的集市。

多年之前,蒂姆就入住过这家酒店。庭院里摆放了餐桌,身着土耳其民族服装的服务员正在那里布置桌面。两名男子小心翼翼地摘下小树上的黄叶,二楼宽大的外廊上摆放着小桌和椅子,鲜艳的九重葛顺着古代遗存的大墙垂落下来。一切都棒极了!四面的墙上还挂着色彩鲜明的土耳其挂毯,为画面平添了豪华的轻柔感和珠宝般的色彩。苏丹王宫的一个房间至少可以供我享受三天!

我们办理了入住手续,这时,店主阿里走过来,向我们做起了自我介绍。蒂姆说:"我想我认出你来了!十年前的那次大暴雨,当时我就在酒店里。"

阿里反复端详蒂姆,继而恍然大悟:"原来是你,我想起来了。那是我有生以来最糟的一个夜晚!很高兴那次经历之后你还能回来。"

稍后,我们坐在外廊上望着下面的庭院,蒂姆端来一杯我们自己带的酒。我兴致勃勃地说:"给我讲讲上次大暴雨的故事吧!"

他咯咯笑着,说:"好吧。那年因为白天的太阳照晒得厉害,阿里在庭院上方搭了个大凉篷,晚上赶巧从客轮上下来了一大批客人。好几百人都参加了当晚的沙龙和宴会。就在大家玩得正高兴的时候,外面却不知不觉地下起了雨,后来雨越下越大,简直可以称得上'伊斯坦布尔的瓢泼大雨'了。大家的目光都盯在跳肚皮舞的和演杂技的身上,谁也没注意凉篷上已经盛满了雨水。""啪!"他用手使劲地拍了一下桌面,"先断了一根杆子,其它的马上也被折断了。一大摊水倾盆而下,扦子上的羊肉、撕咬羊肉的客人、乐器、餐桌、刀叉、服务员和盛装赶赴晚会的客人一下子都变成了落汤鸡。"

此刻,蒂姆已经笑得前仰后合了。"我没在里面,因为那一大摊水下来的前几秒,被我发现了,我就赶紧上了楼梯。几小时后阿里赶忙上来给客人送了三明治,因为那天晚上谁也没心情吃晚饭。我还记得第二天早上安慰他的时候,他说:'还好,谁也没伤着,那些椅子也该换换了。'我想,他的态度大体上反映了土耳其人的性格,你说呢?也许这与他们悠久的历史有关。他们知道不要在乎芝麻蒜皮的小事,要继续乐观地生活。"

听着这些趣事,我也忍不住地笑了。确实如此。我们迟早也能学会这种不拘小节的处事方式。

那天晚上我们伴着烛光在庭院里吃了晚饭。这真是个神秘而浪漫的地方,昔日的香料商也曾在此地驻足。石质楼梯的台阶上排列着一盆盆鲜艳的天竺葵。我们的客房就在楼梯上方,虽然不大,却装饰着五彩瓷砖,室内高高的天花板上镶着装饰花线。我们尽情地想象着五百多年来这个空间到底接纳过多少客人,真希望我们能听听他们的故事。

库萨达斯天天都有客轮入港,下船的游客纷纷涌上大巴车,赶到几英里之外的以弗所。他们走进古代遗址,在剧院废墟里发表演说,没完没了地互相拍照,或以胜利者的姿态坐在早已空空如也的石棺上,摆着各种姿势。次日,我们也照模照样地来了一次,唯独没雇旅行车和打阳伞的导游,在如此神圣的地方,应该心怀虔诚才对。

古希腊古城以弗所在公元前 1 世纪的罗马时期,人口就已经超过 25 万,成为了地中海地区最大的城市。这里也是西方文明源头的古希腊文明遗址所在地,但我们在感情上还是无法投入,因为数不清的胳膊肘和肩膀一直在撞击我们,还有太多的身体遮挡了我们的视线。即使如此,我们还是感到格外幸运,因为我们正踏在以弗所人收到圣保罗信函的原址上。身下石质座位所在的剧场 2000 多年前曾经有 24000 名观众观看戏剧和演出,据说,这也是古代最大的户外剧场。

接着我们走进了高大的塞尔苏斯图书馆,这是一座两层的建筑奇迹,曾经拥有 12000 部手卷。图书馆面向东方,为的是让阅览室能充分利用上午的光线。我们好不容易才走出游客聚成的洪流,游览了布满翻建商店和私人住宅的街道。考古学家为建筑物昔日的居民写了说明文字。埃及艳后克娄巴特拉的妹妹曾居其中,这里是她的遇刺地点。

黑压压的乌云迅速聚拢过来,因此我们没有逗留太久。蒂姆的那次亲身经历让我们领教了土耳其变幻莫测的天气。于是,我们飞快地逃回了外廊上苏丹的庇护所,惬意地喝起了美味的冷饮。还好,大雨并没追到家来。于是我们一边悠闲地沐浴着午后的阳光,一边闲聊着。这时,两个澳大利亚男士走上宽大的石质楼梯,后面的脚夫扛着大小包裹。我们很快就熟络起来,开始讲述起各自的经历。我们还计划一起参加次日酒店举办的晚会。

妙趣横生的鸡尾酒会很快演变成了快乐的晚餐和活泼的对话。那两位澳大利亚人,一位叫休,是律师;一位叫迈克尔,在澳大利亚驻外办事处任职。他们在墨尔本合伙经营古玩生意,每年都会出来收集古玩。

次日晚上,我们一边品尝晚餐,一边观赏演出,其中有肚皮舞、翻筋斗、苦行僧模仿秀和艳舞。之后我们又在铺着地毯的外廊上聊了好长时间,此时明月低垂,月光照在古老旅店的扶栏上。迈克尔讲了他在印度和其他地方的生活经历,那些充满异域风情的故事让我们十分着迷。他还说起了柏林墙倒塌时的亲身经历,见证了几十年来近在咫尺的亲人却无法越过那道大墙的悲哀和他们终于见面后相拥而泣的感人场面。讲到这里他的眼睛湿润了。我们都被他的故事感染了。我们谁也没料到在有生之年柏林墙能被推倒。他的这些亲身经历让人感到惊奇,我们也为这次痛快的聊天感到高兴。他还曾经在黎明时分划着小船到了恒河河心,观看数千名虔诚的信徒在圣水里沐浴,这种极具灵性的场面打动了我的心。迈克尔说,对他而言,那是一次灵魂的觉醒。

后来,我们的枕边话渐渐转入迈克尔提到的那些故事上。蒂姆说:“哎呀,还不到黎明就得爬起来,从你一无所知的陌生人那里租来破船,望着那么多食不果腹的人在河里戏水,我不明白,这究竟有什么了不起的。”

我丈夫是个可爱的人,或许只是他的灵魂还没有觉醒。

上午逛完一家钟表商店之后,我在房间外面的石质走廊上的一张小桌子旁落座,把注意力都集中在电脑上,计划写一篇横渡大西洋的博文。就在我刚刚写到最有趣的部分(当然是有关食物的部分)时,耳边传来一阵熟悉的声音。片刻之后,我又听见了同样的声音,然后又是一阵轻轻的笑声。我朝二楼的扶栏那边望去,那上面挂了一张让我们艳羡了整整一下午的土耳其真丝挂毯。酒店老板阿里和另一个男子正坐在大叶树下玩双陆棋。他们下得飞快,我几乎都看不清他们的手势。

我一直都喜欢玩双陆棋。经过内心短短的角力之后，我大大方方地走下了石质楼梯，朝他们的桌子走去。我对他们解释说，我也是一名热心的双陆棋手，希望能在旁边看他们下棋。他们客气地表示同意，示意我坐在他们旁边。接下来的45分钟真是让我大开眼界。两人都是专家。显然，在他们漫长的友谊时光里，已经下了几百次。他们以令人目眩的速度把一对骰子掷来掷去，我平生还没见过这么小的骰子。他们使用的高招，又快又险，我也从来没试过，连想也没想过。我们没有说话，但我知道他们喜欢有个身材高挑、金发碧眼的美国棋迷在一旁观战。他们的招数越来越凶险，相互之间也很少说话，只有在一方走出一步好棋或坏棋时，才会轻轻一笑，等到偶然的运气改变了棋势之后，他们又会开怀大笑。

最后，我恋恋不舍地回到楼上继续之前的写作。数分钟后，我惊讶地发现阿里从外廊那边朝我走来，他的腋下还夹着棋盘。"呃，我的上帝呀！"我心里顿时感到一阵不安。他要和我下双陆棋，这不是让我丢人吗？

双陆棋我已经下了几十年，幸运的是赢多输少。不过，我和他完全不在一个水平上。他递过棋盘，说道："这是酒店的礼物。像您这样执着的棋手，应该有一张好棋盘。"

我一时无语。片刻之后我对他说，这真是令人意外的惊喜，也是我收到的最好的礼物。虽然我们轻装旅行，但卡拉文塞拉酒店赠送的双陆棋盘在我们的行李中一直占有一席之地。阿里的美意加深了我们对土耳其人民的热爱，我们也很感谢他对客人的慷慨大方。

我们每天从庭院进进出出，注意到楼下有一家小店与别家不同。集市上的竞争者们喜欢把货物摆得高高的，旁边站着理直气壮的卖主，用吵人的吆喝声来招揽生意，与他们不同,卡亚的小店不张扬,而且上档次。酒店里与众不同的挂毯就是他们家的。他不仅有挂毯,还有高品位、高价钱的珠宝。我们与他聊过好几次,发现他很有品味,而且为人真诚,还能说一口流利的英语。

一天,我们从店外经过,卡亚在向客人演示蚕茧如何造出人人喜欢的产品。蚕茧在一米高的水槽里上下摆动,操作者脚推杠杆,蚕茧上方精巧的装置来回移动,此时操作者从蚕茧上抽出丝来,再把细丝缠到纱锭上。这是纺织上乘丝毯之前的必要程序。等表演结束后,我们与他说起要返回库萨达斯再多住几日的事情。我们提到在网上租借库萨达斯的公寓价钱太高,我们也不知道那边的详细情况。“朋友们,跟我来。”他兴冲冲地对我们说,“请来我的办公室,我们一起想想办法。”

他先让我们看了他的家庭照,两个仙女般的少女和一位不在纽约模特之下的妻子。

接下来他又敲击键盘,在一家土耳其网站上找出了一间一流的公寓,报价不过是英文网站上的一半。他说等我们再来时要替我们租一处公寓。我们听到这里心花怒放,也就是说,有朝一日我们将指望他来相助。在我们最爱的人士里面,土耳其人越来越多了。

次日,我们准备离开酒店,卡亚陪我们走向大堂。我说:“哎呀,占用你这么长的时间,真是令人愧疚。哪怕从你的店里买一张地毯也好,可你知道我们连铺地毯的地方也没有。”

他停下来,笑着说:“你在开玩笑吧?这些地毯怎么能卖你。地毯都是卖给观光客的。”

在赶往迪迪姆的路上,我们还在为卡亚的幽默发笑。古希腊四大庇护所之一的阿波罗神庙就在此地,借阿波罗神谕来传播智慧的场所也在这里。这处遗址与周围的现代建筑并不和谐。令人颇感意外的是,这里游人稀少。在那个春天的午后,我们有幸安静地欣赏那 122 根石柱基座和高耸的门廊。与以弗所不同,这里的遗址上没有其他游客。

古希腊人把他们的庙宇建在山巅之上,好让全世界的人见证古希腊人的伟大权柄。我用手抚摸着建筑物上精美的纹饰,想象着将纹饰凿刻在石头上的那个人绝想不到他的劳动成果会被千年后的人们顶礼膜拜。我们所坐的位置正是颁布神谕并预测未来的地方。我们不走其他游客选择的线路,结果竟与历史有了如此奇妙而亲密的接触。

我们还希望神未卜先知的神力能把我们从下一个宾馆里拯救出来,尽管未必灵验。发人深省的历史遗迹还不足以弥补我们在迪迪姆度过的那可怕一夜。我们之前没有注意到有关这座城市和这家旅馆的那些小字,这个教训将会与我们终生相伴。

我们本来希望在时髦的海边度假胜地度过几个夜晚,没承想却在城中肮脏、简陋的公寓熬了一晚,城里建有好几百栋劣等的混凝土公寓大楼,就像军队的碉堡一样。而且我们的宾馆里连浴巾、床单和空调都没有。所有的设施都要额外付钱,还得是现金,如果你不反对的话。所有这些都用小字写在网站上了,不幸的是,我们浏览时并没发现。更糟的是,宾馆的管理者爱听欧洲的垃圾音乐,音调高得让戴着一副耳塞、一副眼罩的女人完全无法入睡。等到我们要退房的时候,我们喊来的那个青年男子还摆出了要动武的架势。不用说,大家的感情是相互的。

结果,我们提前一天离开了这里。即使伟大的阿波罗也不能强迫我们再忍受一夜的折磨。再说了,我们还急着赶往马尔马里斯,那个自从我们点燃浪漫之火后蒂姆就反复提到的神奇的地方。

"亲爱的,马尔马里斯是我们歇脚的好地方,然后我们再到巴黎。我告诉你,那个海湾可不一般。两个山脉在爱琴海相遇,好不壮观……"一提到马尔马里斯,蒂姆准会没完没了地唠叨。

"那家酒店都把我想疯了。"他又来了,"那里真是没说的,环境幽美,房间的条件棒极了,还有一流的食物和服务,而且便宜! 这很重要,因为我们知道巴黎可不是个省钱的地方。在马尔马里斯,我们一定能玩个痛快! 在那里,我们可以安静地看书,游泳,还有各种娱乐设施。那里安静、平和,是以色列人常常光顾的地方。你一定会爱上那里的!"

尽管以前就听他说过——蒂姆总是抑制不住地重复这个话题,一说到那里他就会兴奋得不得了——我每次都会报以热情的回应,装作才听说一般。毕竟听上去那里还是不错的,尤其是有了上次糟糕的住宿经历之后。

建筑和环境与广告宣传的没有出入。没说的! 一个身着制服、精神抖擞的行李工取走了我们的行李,接待员也很有礼貌,宽敞的大堂和酒吧令人难忘,里面还摆放着各种诱人的用品!

制服先生用高尔夫车拉着我们行驶在树下的鹅卵石小径上。我们喜欢可爱的四分式建筑。走进房间后,我们的视线可以穿过小阳台,望到海滩那边的大海和高山。这里真的棒极了! 蒂姆已经对他的明智选择乐不可支了。

我们走上阳台,贪婪地拍下一张张没有遮拦的外景,这时我听见"轰"的一声,接下来又是一阵"轰轰"的声音……难道又是那种恼人的欧洲的垃圾音乐?! 在漫长的四天里,这音乐简直成了我们如影随行的噩梦。难道是当蒂姆不在的时候,令人讨厌的俄罗斯人占据了此地? 要知道,对他们来说,花不了几个钱就能从莫斯科飞过来。肌肉发达的俄罗斯男人,剃着短发,拖着妻子和一帮孩子来南方的海边度假。他们穿着90年代迪斯科影片里的那种休闲款式的衣服。他们占据了每一寸空间,行走在大堂里,站在游泳池边上凡是能站人的地方,鼓励自己的孩子们尽可能地锻炼身体和音带。因为吃喝娱乐一揽子的费用都已经在房费里了。

我不知道这一次那些小字母能不能拯救我们。幸运的是,汽车救了我们。白天里的大多数时间我们都会避开这里,去外面用餐。晚上,我们不得不用沙沙作响的空调来抵挡那些垃圾音乐的吵闹声。

当然,我们也会晒晒太阳,看看美景,再吃上一顿额外付费的海鲜晚餐。

最后一晚,我们将与土耳其告别。晚饭上我们为结交的新朋友和亲眼所见的考古奇迹干杯。这次的土耳其之旅丰富了我们的经历。我在想,要是接下来的旅行也能有这么多的乐趣,哪怕会遭遇瓢泼大雨或者别的什么阻碍,我也永远不会怀疑自己的选择了。然而,时至今日,"轰咔咔轰"的音乐还是会让我会心一笑。说到底,拥抱挑战,战胜挑战,才是我们的乐趣所在!

第七章
巴　黎

　　对面的女人从反光的玻璃窗里伸出手来，修剪着窗台上姹紫嫣红的天竺葵。花箱下面白色和紫色相间的小花从三楼一直垂落到下面的人行道上。她家风格讲究的石材别墅让人想起了《建筑文摘》上的图片。与眼前的别墅一样，女主人也堪称十全十美。浅黄色的开司米毛衫外面挂着一串珍珠项链，与女主人完美卷发的颜色相映成趣。

　　眼前的一切，真是让我羡慕嫉妒恨哪！

　　但这是她的错吗？她一直生活在巴黎，而我只不过是在此地短暂停留的过客而已。

　　就在我满腹心思看着她时，面前的电梯门打开了，我拉着蒂姆走进公寓。他咧着嘴咯咯笑着。我问：“有什么好笑的？”

　　“听我说，刚才我都看见了。我需要出去买几件新衣服。”

　　“你在说什么？”我有点跟不上蒂姆的思维了。他比大多数人都要思维敏捷、发散。我觉得这是他的个人魅力之一，或者说，大多数情况下如此。

　　“刚才我转过街角去勘察地形时，看到一条长凳上坐着一位身材高大的黑人，他穿了一件金黄色的卡夫坦长衫，还戴了一顶土耳其毡帽。"

"那又怎么样？非洲人这身打扮，我见得多了。"我说。

"我敢打赌，他们肯定不看风格保守的《华尔街日报》！那才是真正的巴黎人呢！"

这都哪跟哪呀！男人们着装时髦，读物却如此保守。等我明白过来之后，我们俩都大笑不止。笑完之后，他又说："我要买件新衣服。在巴黎，我的这身衣服不合适。要知道，巴黎可是无奇不有啊！"

后来我们买了一条浅色的男式花巾。蒂姆漫不经心地把围巾甩到脖子上，还戴上了他上次来巴黎买的贝雷帽，换上了印着"自由万岁"的 T 恤衫，现在他看起来都快成法国人了。

前一天抵达巴黎的时候，公寓的主人安迪娅出来迎接我们，当时我就知道，以后的日子一定会很快乐。她已经在巴黎生活了 35 年，为人热情、长相标致，而且身材匀称。来自布鲁克林的她，已经在巴黎拥有了一所英语学校。安迪娅大方、风趣，而且精力十足。承蒙她的关照，我和蒂姆都特别开心。我马上就预感到，她一定会成为我们的好朋友。

我们临时居住的公寓并不大，仅有一间卧室，但里面十分干净，装修也极为讲究。室内的互联网畅通自如(简直太棒了)，有一扇大窗户和一间开放式厨房，光线里外通透。在街对面，与那位开司米女士的别墅相邻的地方，坐落着一栋典雅的法式三层小楼。这栋小楼与周围颇具现代感的建筑在风格上格格不入。安迪娅告诉我们，为此一位知名的先锋派建筑师曾经劝说楼里的房主们用围着楼房拍击玻璃箱子的方法来集体抗议。我们俩都不知就里，却觉得无比新鲜。我们用了一整天的时间来琢磨那位设计师的用意，但还是猜不透。楼房里的住户每天都会从我们公寓的安全出口进进出出，闹哄哄的。一个颇具影星范儿的法国家庭也住在附近的公寓里，他们有一辆大轿车，房间里却脏得一塌糊涂。我们再次发现自己喜欢对别人的生活评头论足，就像在布宜诺斯艾利斯时一样。

我们住在巴黎第十五区，这是一个令人颇感舒适的社区。这里应有尽有，比如小饭店、奶酪店、葡萄酒店、肉店、报刊杂志摊、花店、鞋店和时装店，地铁站也在附近不远处。两周一次的农贸市集也从这里一直绵延了六个街区。在这里，既能与当地人一同生活，又不必接触游客（游客一般会选择时髦的城区）。我们兴奋得简直无法入睡，觉得自己真是找了个天堂一样的好地方！

巴黎分为二十个区，第一区位于中央，其它街区呈扇形，按顺时针方向依次排开。我们所处的位置在中央之外的第二圈，周围有好几个地铁站。邻居们都以礼相待，尽管我们之间在语言交流上还有些麻烦。

一般而言，法国人都会英语。但是，哪里都有例外，总有人不爱说英语，所以我们也学会了"*Pardonnez-moi, Je ne parle pas français*"①。先为自己的无知道歉，再奉上真诚的微笑，一般来说，对方也就不好再装下去了。接着，他（或她）会略表惋惜地笑笑，之后努力与我们沟通，或者用英语，或者用手语。为此我真心地感谢那些曾经体谅和帮助过我们的人。

我们的楼里还有另外一个房客——范尼·阿奎特·根瑟林太太。她是一位颇具才华的陶艺家，她的窑炉就在地下室里，与洗衣房相邻。通向洗衣房的过道里安有定时灯。欧洲人为了节省能源，一般都会在楼道和公共厕所里安装定时灯。这使我们想起了布宜诺斯艾利斯楼道里与此相同的设

---

① 意思是，请大家原谅，我不会说法语。

施。走出通向地下室的电梯后,你最好先打开电灯,否则,很容易陷入一片黑暗里,磕磕绊绊地把脏袜子和内衣乱丢一地,还生怕扔进窑炉旁边的那个大窟窿里。对我们这个年龄的人而言,那可绝对不是一件好玩的事情。

定时灯并不是促使我们想起阿根廷的唯一物事。布宜诺斯艾利斯简直就是南美洲的巴黎。这两座城市难分彼此。刚刚来到巴黎的时候,我还恍惚,是不是又回到了南半球。转过街角,朝下面的林荫道望去,大街两侧是漂亮的法式别墅。我对蒂姆说:"天哪! 快看看这条街。我刚才一直以为又回到了布宜诺斯艾利斯!"

"这种错觉我也常有。我还等着大家用'不行'来回答我的每个问题呢!"他开玩笑地说。

还好,一连几天,周围的人都对我们以礼相待,那种错觉也就烟消云散了。我们终于确信自己身在巴黎了。

抵达巴黎之后的第一个上午,安迪娅嘱咐我们,说会与我们保持联系。她走之后,我们又开始了原定计划,先顺着大道走一个街区。饭店的菜单一般都贴在外面,我们路过时很高兴地发现,许多食物都符合我们的口味。我们俩含着口水,趴在橱窗上欣赏精致的巧克力和如同珠宝店里钻石一样的糕点,还看见了家乐福分店,这家国际连锁店仿佛在世界任何一个地方都有分店。我们还找到了几个小百货店和地铁站。这下好了,我们终于可以尽情地体验巴黎生活了!

我们把来巴黎后的第一顿饭安排在了街角的一家正宗的法国饭店。这家小店有自己的特色,墙面是桃花心木的,吧台上以传统的方式镶了锌板,服务员身着长长的围裙,餐桌旁的食客在那里低声闲聊。

就在公寓外几个街区的地方,我们找到了一家电影城,还在路上惊喜地发现了一家鸭店,里面摆满了各种形式的鸭肉制品和鹅肝酱:新鲜的,罐装的,坛装的,凡是你能想到的品种这里都有。后来,此地成了我们频频光顾的场所,原因之一是我欣喜地发现对动物肝脏从来都没有兴趣的蒂姆竟然也开始改变了。这种发现,就像见证一个人的罗曼史一样。这可不是一般的碎鹅肝小店,这里的鹅肝食品非常地道,有手工的、家制的、原汁原味的法式鹅肝酱,而且还伴有精心制作的脆皮烤面包。一切抵抗都是徒劳无用的。要是想让蒂姆从这些诱人的鹅肝制品中抽出身来,绝对要有 12道禁食大法才行!果不其然。数日后的一天,当我们心满意足地打道回府时,蒂姆一边嚼着刚买的法棍面包,一边含糊地说:"亲爱的,我们家里的鹅肝酱还够不够?要不我们再去那家鸭店转转?"

鸭店的附近还有一家大型奶酪店和法式蛋糕店——面包的香味从早到晚四处弥漫。接下来的生活一定无比美妙,尽管我们深知每天必须走上 40 公里,才不至于在体重上发生严重变化。

那一周,要完成原定的计划并不容易。我们清楚,若是依着自己的感觉的话,就简单多了。我们恨不得次日上午就赶到香榭丽舍大道或者在卢森堡花园里散步。不过,我们也知道,只有先安排好行李、收拾好厨房,才能有更多的时间体验巴黎的美妙与浪漫。

第二天,我们又碰上了那位"非洲朋友",这次我亲眼目睹了蒂姆第一天提到的那身装束。他身着鲜艳的红色长衫迎面走来,手里还攥着最新的《华尔街日报》,仪态大方。我生怕失礼,因为他可能会误解我的窃笑。我当然不是在嘲笑他,而是在笑他手里的那几张毫无生气、可怜兮兮的报纸。报纸配上他漂亮的真丝裤和飘动的长外衣,还真是别有一番风味。不仅如此,他的头上还戴着土耳其毡帽。乍一看,他足有 7 英尺。

那天我们买了一辆漂亮的防水双轮手推车,以便把买来的东西拖入公寓。这辆小车与我们在阿根廷的那辆差不多。现在,我们每到一个地方都会买上一辆,从佛罗伦萨到墨西哥,我们暂住的公寓里都留下小推车的轮迹。要是不怕被人当成老爷爷老奶奶,手推车在大城市就是必不可少的。相信我,要是有过拎着三十几磅的塑料袋在鹅卵石上走过几次的经历,你是绝对不会在乎是否被人当成毛驴的。我惊奇地发现,随着出门在外的时间越来越长,你会越来越不在意自己的外在形象,无论在外人的眼里是傻是痴;而且内心的"自我"——不管过去如何膨胀——也会慢慢缩小。

上了年纪的人确实不容易适应新环境,尤其是与年轻人相比,老年人就更笨手笨脚了。作为老年人(我更喜欢自称为"经验丰富的人"),我清楚自己在做什么,别人也对我们有所要求。但是,事实上,并非事事都尽如人意。那天下午在巴黎的地铁站,我们初次购票的经历就让我心里很不是滋味。售票机不喜欢我们的信用卡,改用现金之后,又把我们的欧元吐了出来。身后排队的人以法国人特有的方式不耐烦了——低叹,跺脚,朝你贴过来,间接地告诉我们"快点"。最后,一个工作人员把我们叫到了他的亭子旁,亲手把票卖给了我们。我和蒂姆真不希望再遭遇类似的尴尬,于是每次都会提前到售票处把钱充足。当然,售票员也并不是每次都在现场。这种时候,我们只有咬紧牙关,在售票机上再试一次,哪怕身后有人叹息,有人跺脚,哪怕自己会变得狼狈不堪。最后,我们终于找到了其中的窍门,也体会到了事后的满足感:我们还行!不必事事仰仗他人!

说到这里,我觉得很有必要提一下:既然现在已经上路,就必须学着坚持下去,不去顾忌他人的抱怨和白眼。我们要继续走下去,直到自己满意为止;即使别人把我们当作糊涂虫,我们也不在乎,因为我们知道自己不是!最后,我们甚至掌握了售票机的工作原理,也因此而产生了巨大的成就感和自信心,就像掌握了一门新的技能一样。

我们在巴黎的初次购物花了一个多小时,因为我们还要专心"研究"那些近在咫尺的美食。对如饥似渴的美国人来说,大多数法国市场都是宝藏。奶酪盒子里以高度艺术化的造型摆出了五六种纹理清晰的蓝奶酪、羊奶酪——或是卷在草叶里,或是卷在面粉里——还有那种味道难闻的奶酪,虽然味道不好,但口感天下无双。我们又用了不少时间来研究核桃、油菜籽、橄榄、胡桃油和从水果、葡萄酒与某种不知名的作物里酿造出来的醋,以及来自国外的各种佐料。当蒂姆发现为各种拌好的鹅肝和鸭肉制品专设的柜台时,他的眼睛都发光了。我们还找到了鸭罐头(把豆子和鸭子混在酱里腌制多日)、咸菜和橄榄专柜,甚至就连普通的面包专柜也让我们惊喜不已。

蔬菜水果专区也是琳琅满目,摆满了刚刚成熟的桃子、油光闪闪的鲜梅、透明的小番茄。我们两人都是水果爱好者,还没等看见其他食品,就一股脑地把水果倒入了随身的塑料袋里。

我们乐不可支地来到出口结账,女服务员用询问的目光打量着我们选购的水果和蔬菜。"嗯哼",她朝我们一笑,又转身对装袋子的小伙子说了几句,后者取走了我们的袋子,女服务员继续忙着把条码号输入收款机。

后来我们才知道,在法国选好要买的东西后,要先装入塑料袋,然后附近的服务员会过来帮你称重,服务员按下印有所购物品图标的按钮,等印有价钱的标贴出来后,购物者再把标贴贴在塑料袋上。我们忙着装袋,结果错过了好几道程序。但不论是收银员还是其他顾客,谁也没有埋怨我们。在法兰西的初次无知被好心人大大方方地原谅了,这是我们爱上这个国家的又一原因。

我们匆匆返回公寓,看着袋子里的战利品,我们理应犒赏自己一番。于是,我们直奔最爱的一家巴黎餐馆。这是一家位于圣母院附近小巷里的老字号。多年前路过巴黎时,我就在里面吃过一顿,虽然一些人将其视为普通的旅游场所,我们却觉得店内食物的美妙口味始终没变,服务也很到位。

蒂姆和我一前一后,沿着河边走去。周围的行人步履匆匆,我们需要跟上他们的节奏。虽然一路上小心翼翼,还是碰上了好几根柱子,有几次差点撞上行人,但是我们并没停下脚步,直到发现走错了方向。"见鬼!"蒂姆咕哝了一句,左转钻入了另一条巷子。

"亲爱的,应该是那边。"我善意地提醒蒂姆。

我们徒劳地转了好几次,还险些被撞到,这时我说:"我们能不能在那边坐一会?"我用手指了指附近空着的长凳。

蒂姆还在躲闪迎面走来的行人,最后勉强同意:"好吧,先歇歇。"

听到蒂姆的指令,我连忙坐下,深深地吸了几口气。

蒂姆知道我的苦恼,如此匆忙的节奏让我疲于应付,他轻声说:"亲爱的,全世界每个城市里的人都是这样,匆匆忙忙的。他们不是在度假,更不会平白无故地招待我们。"

"是呀,那我们为什么要泄气,要不安呢?难道我们不能理解他们吗?"

"我们只不过需要适应而已。像你说的,这边的景色未必好看。"蒂姆说,"但亲爱的,我们需要打起精神。适应新文化难免需要一点耐性,在这方面我还不如你呢。"

我看了他一眼,点头称是,心想他的话确有几分道理。如果我们希望成为真正的世界公民,就应该把"奢望"关在家里的储藏室里,还必须学会适应!我当场发誓,这句话要终生不忘!

重拾信心之后,我轻轻地吻了吻他的面颊。"谢谢!你是对的。蒂姆先生,请继续带路,多绕几圈也没关系。"

历尽艰辛,我们终于找到了那家餐馆,它也没有令我们失望。蒂姆的餐盘里盛着热气腾腾的清炒韭菜,上面点缀着嫩嫩的煎鸡蛋和小葱,色香味俱全。我也如愿以偿地享受到了一等一的清炒小羊肝,这是我从没尝过的美味。我们大口咀嚼着拔丝香蕉、香草和冰激凌。吃完之后,我们又绕了几个街区,走向塞纳河中心岛上的那座闻名世界的巴黎圣母院。

我曾在不同的季节和时段多次参观过巴黎圣母院,但这次来访依然令我怦然心动。一座建筑物为何会有如此大的魅力,而且还设计得如此讲究?南北两厢探出的圆花窗营造出了一种强烈的艺术效果,在我心中留下了深刻的印象,这一切都让我惊叹不已。教堂一侧的玫瑰园和高高的飞拱也让我如痴如醉。

或许是因为触景生情,我提议为一对年轻的亚洲夫妇拍一张与圣母院的合影,再请他们为我和蒂姆也拍一张。后来的几个月里,这张照片对我们至为重要。谁能料到这张照片竟然在国际大报上成了我文章的插图呢?这又一次证明了"是"的力量。

当然,考虑到目前颇为紧凑的计划,说"不"也很重要,毕竟我们还需要不时地为自己充电。拜访过巴黎圣母院之后,俄罗斯人对马尔马里斯的入侵、巴黎之旅以及随后的种种挑战,让我们疲惫不堪。四海为家并不是日复一日地外出度假。我们也需要适当的休息,就像在家里一样。

所以,那天晚上,我们关上房门,脱下"正装",蒂姆继续摆弄着电脑上的视频软件。我找来了让人无法抗拒的焖豆罐头、冰箱里的沙拉,再加上之前蒂姆顺手买回来的刚刚出炉的法棍和几张馅饼,一顿丰盛的晚餐几乎近在眼前了。

出门在外,我们总会找机会与女儿及朋友们通电话,但这需要考虑到欧洲与加利福尼亚之间九个小时的时差。她们喝咖啡的时候，我会在 Facebook 或者 Skype 上用那天的第一杯隆河谷葡萄酒为他们庆祝。那天我们通过 Skype 与蒂姆的女儿阿曼达聊了好长时间，还看见四岁大的肖恩在游泳池里来回扑腾！我们的确想念亲人，这也是唯一让我们伤心的地方。众多家族活动也没法到场，我们知道外出的日子里，家那边一定发生了不少有趣的事情。有时我们确实渴望他们的拥抱与亲吻，渴望家庭聚会，希望每天都能与亲朋好友联系。我们没法亲耳聆听家族聚会上的演讲，好在如今的科技已经越来越发达，我们可以借助一种新的交流方法来弥补这一切。

温馨的通话结束之后，曾经一同度过的时光就显得更加珍贵了。或许彼此分隔也是一种另类的亲密接触。

听完新闻后，蒂姆又开始摆弄起他的那些电子插件来。突然，他脱口喊道："搞定了！"

"怎么回事？"我问。

"终于成功了。你看见这个插件了吗？一头连在电脑上，另一头插在电视上的那个。哈哈，亲爱的，今天晚上我们就能收看《当哈利碰上莎莉》了！"

谁又能说我们落伍了呢！我们发现了高清接口的秘密。上帝知道，之前找不到高清接口的时候，我和蒂姆是怎么熬过来的。从此以后，无论走到哪里，都会有一个三合一的"小剧场"（装在行李箱里正合适）：电脑、高清接口和小小的音箱。无论是在船上、在公园里，或是其他任何地方，只要我们愿意，都可以营造出家的感觉！

"那好，你先歇着，我把晚饭给你端到沙发上，你这个科技达人。"我笑着说。

一只炖鸭子，几杯让人陶醉的法国波尔多葡萄酒，再为经典电视剧里的男女主角抽抽鼻子，外面的小雨飘落下来，巴黎大街的灯光一闪一闪的。此情此景真让人难以忘怀。

　　说到下雨,我们总会根据天气情况制定外出计划。因为最近一周都下雨,所以我们决定将采购生活用品与造访第一天遇见的电影院两项任务合二为一。我们推上小车,半路上买好东西,又拜托电影院的一位漂亮姑娘帮我们保管起来。走入粉红色的放映厅,我们发现里面配备的都是天鹅绒座椅。灯光暗下来后,我对蒂姆说:"嘿,你看,洗手间的标志就在放映厅前面!"很明显,法国人研究过人类一天要上几次洗手间,所以他们体贴地把洗手间建在顾客最需要的地方,比如电影院里。你不必等着无法抗拒的内急把你强行拖走(这意味着你会错过最精彩的场面,如引爆炸弹或夫妻接吻),就可以到放映厅的后面,使用门后的卫生设施,在炸弹爆炸和嘴唇相接之前,把一切都搞定。在巴黎,我们每周至少会看一次电影,一连看了好几部在美国本土还没上演的片子。因为影片在加州还没有上演,所以在网上评论电影时,加州的影迷就完全插不上话。借此取笑他们,也成了我们旅途中的一个乐子。

　　心血来潮的想法也能左右我们一天的生活。遇到这种情况,我们一般都会满怀激情地跟着感觉走。有一次,我们没用多长时间就来到了苹果手机专卖店,之后又转到皇家路,那里有威登、迪奥、圣罗兰和其他品牌的专卖店——我们当然不会进去的。最后,我们在一家价位相对适中的时装店——Gap 专卖店,结束了这次计划之外的观光。

　　我找了一件褐、蓝、黑三色相间的花纹外衣,裹上之后舒服极了,而且它让我看上去轻了 10 磅。我又买了一件复古蓝毛衣,披在肩上就像凯瑟琳·德纳芙一样漂亮。蒂姆的深黄色灯芯绒细纹短裤看起来太有法国范儿了,我真希望他张嘴就能说一口流利的法语。

　　你现在可能会问,居无定所、四处流浪的我们怎么还会买衣服。下面是我们有关行装的一些小秘密。

我们之所以轻装上路，就是为了走到哪里都可以买衣服！买到新的后，再把旧的扔了。当然，以只有碰到爱不释手的才买为原则。那些拥有固定衣橱的人才会同时拥有十件毛衣和七条裤子。

第一周结束之前，我和蒂姆已经深深地爱上了这座城市，而且决定来年再回来住上三个月。安迪娅与乔治斯的公寓很棒，可惜已经预订出去了，于是蒂姆只好另找地方。因为我们知道自己以后还会回来，所以遍游巴黎的急迫感也就不再那么强烈，索性开始在街上闲逛起来。要是碰上下雨天，就干脆关在公寓里写作、阅读，或者在雨后散步，呼吸清新湿润的巴黎空气。这种奢侈而舒适的生活，每一分钟都值得我们珍惜。

我和蒂姆渐渐地爱上了欧洲人的生活方式。尤其是到了礼拜天，大多数人会与他们的孩子一起外出嬉戏，在公园里散步、野餐，一起骑自行车。平时车水马龙的繁忙景象消失了，大部分店面也关门歇业，人们都会趁着周末好好休息一番。

一个周日，我们来到卢森堡公园，玛丽·德·美第奇于1611年修建的王宫就坐落在园内。因为玛丽·德·美第奇是佛罗伦萨望族的一员，而且这个家族从15世纪就开始资助文艺复兴时期的各项艺术活动，所以王宫的风格与佛罗伦萨的皮蒂宫颇为相似。

卢森堡公园位于市中心，是巴黎最受欢迎的公园之一。游人步行就能到达，园内活动众多，适合不同年龄段的游人。巴黎人周日常常会在此散步、野餐，为孩子们租来玩具船，然后让他们在王宫前面的天文泉里追逐嬉戏。孩子们还可以在大树下的卡丁车道上飙车。男人们则在几个场地上玩地滚球。人们斜倚在开阔的草地上，或吃饭，或读书。恋人们安静而幸福地坐在长凳上。周围上百个形态各异的雕塑安放在60英亩的大花园里。种种景象让人赏心悦目。

在巴黎，一切都与美食有关。我们很容易就选定了一家别致的小咖啡店，然后边吃边环顾四周。附近的亭子下面渐渐地聚满了人。人群中央，身着金穗黑衣的队员们手里拎着乐器，互相吻着、聊着，摆好了乐台和椅子。片刻之后，救世军乐队集结起来，送上了一场一个小时的音乐会。他们的曲目单里既有摇滚乐，也有古典乐。这个周日的下午如此迷人，也是我这一生从未经历过的。这才是真正的礼拜天啊！

那天的场景令人感动。但遗憾的是，因为语言不通，我们无法与周围的人倾心交谈。孤独感一直是"游牧生活"的一大挑战。两人之间无论多么融洽幸福，都需要与外人接触。在旅途中，我们发现，无论是新近认识的朋友，还是留在故乡的亲友，都有他们自己的责任和兴趣爱好，我们不能仅仅因为自己来了就强迫对方改变计划，更不能因为自己偶尔想电话联系对方，就让人家改变日程安排。或许，这就是自由的代价。

说真的，我有必要找个人好好说说话了，好让自己的内心不觉得孤独。麻烦的是，要说点悄悄话，就得有个闺蜜！可是，我在法国连一个女性朋友都没有！于是，我们又开始在巴黎四处觅友。

我们参加了每周一次的旅行者与当地人的联谊会，组织者是美国作家吉姆·海恩斯。30年来，他始终对陌生人开放公寓。我曾经在《纽约时报》上读到过他的消息，出门之前就通过电子邮件和他联系好了。这次的安排很有意思，只需30美元，他负责提供一顿简单的晚饭和普通的葡萄酒。我们的目的是认识更多的朋友，所以这次看似简单的聚会实质上意义非凡。吉姆身着红围裙，坐在自助餐餐台尾端的高凳上,一边收钱一边与新来的人闲聊。人越聚越多,起初他们还像被汽车灯照到的鹿一样,但不到 5 分钟,人群里的声音就越来越高了。大家都急着发言。哪怕 100 个人挤在 20 平方米的房间里,都丝毫不能影响大家的兴致。我和蒂姆结识了不少和我们一样逗留巴黎的游客。尽管如此,当我们走向地铁,准备回家时,蒂姆说:"我在里面没找到投缘的,你呢,亲爱的?"

"我也没有。我真希望安迪娅能过来。她活泼可爱,和她在一起才有意思。那天见面之后,我就觉得我们分不开了。我也好想见见乔治斯。你说我们要不要打个电话?"

"亲爱的,先别打,再等几天。不要轻易打扰别人。他们有自己的生活,我们只是过客。"我叹了口气,没有反对。

幸运的是,我们到家后收到了一封安迪娅的邮件。她邀我们明天晚上到她家喝鸡尾酒。我和蒂姆大喜过望,顿时觉得巴黎的日子完美了!第二天晚上,我们就兴冲冲地带着一瓶葡萄酒和几枝鲜花,六点准时按响了她家的门铃,激动得就像第一次约会的孩子。

他们的公寓漂亮极了,里面既宽敞又舒适,而且灯火通明。房间里摆放着他们从国外带回来的各种纪念品。他们的公寓曾一度与我们的卧室相连,如此说来,我们还是邻居呢。与上次见面时相比,安迪娅的热情与魅力分毫不减,她那英俊的百分之百的法国丈夫乔治斯也十分好客。他们两人有让人艳羡的运动经历,那些经历对我们来说无比新鲜。蜜月期间,他们爬上了乞力马扎罗山,而我们却只是在圣米格尔大街上轻轻松松地走了两周。他们骑车、远足、开摩托车、跑马拉松,这些运动对我们这些爱看电视的"沙发土豆"来说,既浪漫又陌生。

我们的第一次"约会"很快就变得无拘无束,那真是令人惬意的时光。我们一起吃饭,闲聊,还因同样的事情捧腹大笑。他们还分享了在法国生活的许多小窍门,如果没有他们的指引,我们永远也不可能知道。凡是与法国相关的事情,都是我们的话题:从历史、政治、建筑、语言到食物,尤其是食物,任何来过巴黎的人都会喜欢这里的美食。我还听到了一些广为流传的趣闻。其中的主角与我并不相识,但无所谓,别人的荒唐行径也足以让我有所感悟。说起来也有意思,了解越多,我就越觉得自己像是在巴黎生了根,与这里的生活有了联系,而不再是匆匆过客,尽管这里只是我的临时家园。

一天晚上,我们在公寓社区下面的一家大饭店饱餐一顿后,开始聊起了法国人的国民性和法国人与食物之间的特殊关系。乔治斯借着这个话题,为我们列出了一大堆法语中与食物相关的惯用语。这些惯用语个个形象生动,乔治斯索性为我写了下来:

"*Il y a du pain sur la planche*" 字面意思是,"面板上还有面包"。在法语语境中,可以理解为,"我们可以先休息了"。

"*On a mange notre pain bland*" 字面意思是,"我们先吃白面包"。在法语语境中,可以理解为,"我们先挑容易的来"。

"*Ce n'est pas d'la tarte*" 字面意思是,"这不是馅饼"。在法语语境中,可以理解为,"此事棘手"。和英语中的"*A piece of cake*"意思正好相反。

"*Ça va mettre du beurre dans les épinards*" 字面意思是,"这是在菠菜上放黄油"。在法语语境中,可以理解为,"这能让收支相抵"。

"*Il pédale dans la choucroute*" 字面意思是,"他脚踩德国酸菜"。脚踩在德国酸菜上是啥滋味?不知所措,对不对?就是这个意思。

"*Il s'est fait rouler dans la farine*" 字面意思是,"他卷到

面里啦"。他真被卷到面里了。

"Ça ne mange pas de pain"字面意思是,"它不吃面包"。在法语语境中,可以理解为,"没什么大不了的"。

可以看出,法国人对吃喝丝毫不含糊。就算他们不吃不喝,也一定要过过嘴瘾。

我们的友谊就像"mange de pain",真是一件当务之急的大事,至少对我和蒂姆来说如此。安迪娅与乔治斯慷慨好客,我们在巴黎的生活也从此变得一片光明,为此我们会永远感激他们(我们至今还是好朋友,一直保持联系)。我们已经把巴黎当成了自己的家,每年都会与他们见上几面,这也成了我们外出旅行的一大乐趣。

次日下午,我在卧室的壁橱里翻来翻去。蒂姆问道:"嘿,你在那里干什么?"我探出身子,看着他在电脑上打字,说道:"为明天的活动找衣服呀。你有什么好的建议吗?"

"亲爱的,你穿什么都很棒。而且,明天茱莉亚并不在场。"他顽皮地笑了笑。

对我来说,明天绝对是个不同寻常的日子!我决定在蓝带厨艺学校听一堂烹饪课,那里是烹饪领域神圣的殿堂,也是美国人的宠儿茱莉亚·查尔德的圣地,更是我个人美食之旅的巅峰。

相信读者已经发现,我简直嗜吃如命!自从1965年一位朋友送我一本原版的《法国烹饪艺术》以来,我就希望能有机会朝拜这座圣地。近半个世纪后,这个愿望终于要实现了。烹饪学校就在我们社区。我那善解人意的丈夫得知此事后,提前一天就帮我找到了学校所在地。对我来说,如此重要的时刻,一秒钟都不能浪费!

尽管没有必要,我还是定了闹钟。就像六岁的孩子急着要过圣诞节似的,我恨不得跳下床来直接冲到街上去。

次日,我转过街角,来到了这所著名的烹饪学校。身着厨师服装的年轻人列队走入大楼，他们的手里还拎着皮革刀卷。他们的职业真是让我羡慕不已。我这辈子，遗憾的事情并不多，但要是能重新活一次的话，我一定会以烹饪美食为毕生事业。做一名烹饪专家简直就是我梦想中的职业（事实上，我差点就成了其中的一员，我曾经经营过一家奶酪公司，那是我职业生涯中最有价值的经历之一。你绝对想象不出我有多么喜欢摆弄那些大炉子，还有那些高大的搅拌器）！

很快，我坐在小礼堂里，工作台上方放着一面大镜子，烹饪老师的每个手法都可以看得一清二楚。助手忙前忙后，大厨在一片掌声中走进礼堂。他的知识面很广，说话也很风趣，尤其是当他用动作来讽刺那些荒唐而滑稽的烹饪做法时，更显得趣味无穷。此时，他连连摇头，不相信加利福尼亚人竟然将填鹅视为非法行为，竟然因此而无法享受真正的鹅肝！

大厨准备了一顿饭，从开胃菜到甜食，简直无所不有。每做完一道菜，他都会请我们品尝一番，就像在大教堂里分发圣餐一样。我在烹饪学校的店里买了一条最好（也是最贵的）的围裙。工作服把我裹得严严实实，上面缝制了不少口袋，还有专放温度计的衣兜。穿在身上的时候，我觉得自己快变成大厨了。我的开瓶器上贴着精致的商标。在它的帮助下，我信心大增，每周都会有几次这样来劲的时刻。这次短暂的课程之后，我学会了世上一流的烹饪技巧。等我心满意足地回到公寓时，善解人意的蒂姆以令我满意的方式被打动了。就在那天晚上，我还穿着崭新的围裙为他演练了一把。

离开加州之前，我在《华尔街日报》上读到过一对加州夫妇写的关于如何与世界各地的人换房的文章，换房期限至少六个月。从文章上看,他们在巴黎的时间与我们的恰好吻合。于是,我给吉姆·格雷发了一封邮件,提议与他们夫妇共进午餐。我们在社区的一家餐馆碰面,要了一份蒂姆最新喜欢上的大份罐制的酱卤牛脸肉。

我一边嚼着蒂姆的鹅肝和脆皮面包,一边说:"我敢打赌,吉姆,读者一定非常喜欢你的文章!你写得太好了!"

他说:"确实如此,大家的反应出乎我的意料。读者要求我继续写下去。我已经动手了。大家对换房的兴趣,真是让人始料不及。"

"事实上,"他接着说道,"你的博客也很棒!接到邮件后,我们就看了你的博客,真是太棒了,你的文笔也非常好。愿意的话,我可以帮你和报社联系,他们一定会对你的故事感兴趣。"

对话继续着,而我却开始走神了。我在想,我为《华尔街日报》写文章?你在开玩笑吧?!吉姆的这个提议让我受宠若惊。谁不想用漂亮的羽毛打扮自己呢?我也喜欢写作,暗地里也渴望能写出些名堂来,但我的胆子还没那么大,不敢相信有谁会对我写的东西感兴趣。毕竟,在过去的二十多年里,我只是著名艺术家盖伊·迪尔的缪斯,默默地站在幕后,帮助他取得成功,仅此而已。就像我认识的其他艺术家的妻子一样,我也把自己称为"谁谁谁的妻子"。处理生活中所有的琐事,这是我的工作和乐趣所在,为的是让他专心从事艺术创作。他工作勤奋,才气也大,他的努力观众一眼就能看出来!我只需要负责管钱、布置房子、计划旅行、安排聚会和管理日历,在一旁给他打气喝彩、奉上珍贵的灵感。在宴会和展览会上,如果盖伊的才能被众人认可,我这片绿叶也会觉得心满意足。

盖伊去世后,我与诗人兼小说家的蒂姆结合,希望还能继续扮演缪斯,营造一贯的家庭氛围,支持他的写作事业,帮助他成为最最成功的作家。我从来没想过先让蒂姆扮演临时的缪斯,我来扮演作家!

在圣米格尔酝酿旅行计划的时候,我确实写了些文章,但我并没当真。蒂姆已经开始安排在返回加州的路上参加圣迭戈的南加州作家大会的事情。因为我要陪他过去,所以他建议我先写一章,至少先把提纲列出来,分发给与会的几位出版代理。他的建议让我惶惶不安,因为我一向不是聚光灯下的焦点人物,只是一个习惯了站在幕后的普通女人罢了。我又怕扫他的兴,只好勉强写了几章。此外,还有一个原因,蒂姆忙着写小说,我也不至于无事可做。喝鸡尾酒的时候,我们交换着阅读对方的文字。现在回想一下,那也真是一大乐趣。

蒂姆总是热情不减,在墨西哥的时候他还劝我印制名片,开会的时候好递出去。

我抱怨道:"我不用名片,搭你的顺风车就行了。再说了,我该如何介绍自己,'主厨兼杂役'?"

他顿了顿,又说:"不,你可以写上旅行作家嘛。"

"什么?你糊涂了吗?"

"听我说,亲爱的,"他诡谲地笑笑,"你在旅行,对不对?"

"对呀。"

"你能写,不是吗?"他笑得更顽皮了。

"是的,我能写。"

"这就对了,你已经是一名旅行作家了!"他的逻辑逗得我大笑起来,我勉强同意把这个可笑的称谓印在名片上。后来,每次碰上开大会递名片的时候,我都很尴尬。出版代理认为我们的构思颇有创意,也热情地招待了我们。但是,很明显,当时我的文章还没引起他们足够的重视,所以也就没了下文。值得庆幸的是,蒂姆的小说被他们收下了。我的文章则石沉大海,对此,我倒有点如释重负的感觉,正好可以回家开始我们的新计划。

我反复回想着作家大会的情景,最后鼓足勇气对吉姆说:"我把这个投出去怎么样?"

我原以为他可能会无情否决这个提议——这个坐在旁边要当作家的人是谁呀?!幸运的是,吉姆热情地答复了我:"嗯,好的,我建议你写一篇1200字左右的短文,记得用邮件发给他们。他们不喜欢附件。"

这就完了?听他的口气,似乎这只是件小事,好像我是要给朋友和家人写博文一样。鼓足勇气写文章,然后再等着退稿,这可不是我想要的。但是,不要顾忌内心胆怯的声音,勇敢地接纳内心真实存在的写作欲望,于是我大着胆子说:"太谢谢您了。我真心期待您的回应!"

餐馆外面,六月里的阳光暖融融的,我们与吉姆·格雷夫妇道别,大家相互拥抱,约定以后再联系。回到公寓后,我又把晚上的对话提炼了一遍,不让自己继续胡思乱想,冷静下来,重新找回从前当"啦啦队长"的感觉。

次日,吉姆发来邮件说,《华尔街日报》考虑发一篇我写的文章。

哎呀!现在真是后悔都来不及了。缪斯已经拉开帷幔,就要出来当作家了。

多年前我经营过一家公关公司,助理当时对我说,她能根据一些蛛丝马迹预测出我何时要写东西。据她所说,付清钱款,清理写字台,把不重要的事务推给别人,再削好所有的铅笔,准备好宣传资料袋、新闻发布会和个人简历,等等,凡是有助于推迟写作的事我都会毫不犹豫地做起来。作家的一张白纸,就像画家雪白的画布一样,充满了各种可能性,同时也生怕达不到预期的效果。自从开通博客之后,我就忐忑不安。但是,这次又不同,是《华尔街日报》的一位编辑说要

我和蒂姆在圣米格尔拉奥罗拉艺术中心留影

圣米格尔竞技场上的"斗牛士"蒂姆

布宜诺斯艾利斯的临时公寓

名冠伊斯坦布尔的大巴扎集市

古希腊罗马时期的古城以弗所

土耳其帕加马的宙斯祭台

好友安迪娅和乔治斯

奥赛美术馆

我在法国蓝带厨艺学校留影

我与蒂姆在巴黎圣母院前合影

我与女儿罗宾在佛罗伦萨合影

威尼斯

我和蒂姆在佛罗伦萨的玛莎家参加晚餐聚会

我在维罗纳观看歌剧表演

伦敦的临时公寓

蒂姆在康沃尔做行程计划

简·奥斯丁和 J.K. 罗琳的文学作品里反复出现过的英格兰小镇巴斯

海克利尔城堡，英国广播公司推出的《唐顿庄园》曾在这里拍摄

蒂姆在莫赫悬崖

琳妮在凯里郡肯梅尔

我们在马拉喀什的家庭旅馆

蒂姆和一名商贩在马拉喀什杰马夫纳广场合影

葡萄牙圣乔治城堡一角

读一读我的故事。一种矛盾心理让我左右为难。耍笔杆子明显不是我的强项。那是蒂姆的事儿。我没法坐下来写作，于是只好选择了逃避，忙别的去了。

一如过去，巴黎的美妙足以让我把一切烦恼都抛之脑后。我们在"邮票餐馆"吃了午饭，用"邮票"来形容这家餐馆并不过分，因为其素朴的空间仅能容纳 24 个餐位。英国厨师克里斯·怀特以传统的法国手法为食客烹饪美食，他与助手在小得不能再小的厨房里转来转去，单单看着他们忙活就是一大乐趣。眼前的景象使我想起莉迪亚的墨西哥厨房里旋转的那些女人。蒂姆独自大嚼着肥肝酱饼，我望着眼前的烤猪手和土豆苹果泥上的鹌鹑，后一道菜上还加了少量的柠檬汁。

吃过饭后，我们来到了市政大厅，从 1357 年开始，这里就是市政厅了。"草坪椅子上的那些人在干什么？"蒂姆问。

我顺着他的目光望过去，看到数百人正悠闲地坐在椅子里，还有人坐在撑着浅黄色的遮阳伞的桌子旁。"不知道。现在是周三午后三点钟。他们能干什么呢？"后来我才知道，他们正面朝着塞纳河的方向聊天，当然了，还喝着葡萄酒。我对蒂姆解释："喔，蒂姆，看看那个大屏幕！他们在看法网公开赛！"

果不其然，这些人正在以典型的法国方式停下工作看网球呢，他们已经沉醉其中了。身着工作服的人们抬出椅子，互送小吃，一个个大大方方的，全然不顾工作时间不得擅自外出的规定。

蒂姆说："在巴黎住了几周之后，我开始明白这些人为什么会这么幸福。过去我一再听到'总的来说，法国人工作是为了生活，而不是相反'，此言不虚。虽然他们也喜欢自己的工作，但是，你有没有注意到，出租车司机、服务员，就连那些一身蓝色工作服的清洁工好像都有一种满足感？他们互相都很尊重，我没看见任何人把劳动者当成二等公民。"他一边走一边拍照。

我说："你说得对。这里的人平时都比较忙，但他们五点之后就不会继续工作了，礼拜天还会出来，花上好多时间享受美味的午餐和晚饭。我想他们也不会把宝贵的早上时间浪费在办公室。你想想，那么多漂亮的公园……大家都会利用起来。你还记得吧，昨天下午在塞纳河边有好多野餐的家庭，他们喝着葡萄酒，望着河里的船，与孩子们嬉戏，一同度过大好时光。我真想在临走之前也享受一次！"

我们继续朝前走去，这时我开始更深入地思考法国人对金钱和工作的态度。按照法律，这个国家的每个人都可以享受一年八周的假期。有一次，我想请人为我特大号的脚做双鞋，那位鞋匠却对我说："要等到明年了，因为我七、八月休假。"你想想，在美国，一双拖鞋都要卖到250美元的鞋匠会说出这样的话吗？

据我们观察，法国文化未必能够培养出上进的企业家。然而，法国文化足以造就伟大的鉴赏家——关于酒、食物、艺术、音乐和美，他们有独特精准的鉴赏力。还有，要是法国工人不喜欢哪部法令，他们可以用罢工的方式使巴黎的一切陷入瘫痪，好让外界知道他们的想法。法国人对个人权利的态度，才是最让我羡慕的。

我们来到街对面，继续沿河走去。剩下的时间足够拜访奥赛美术馆了。这是世界上最大的印象派作品收藏地。美术馆在1900年世博会之前建成，原来作火车站使用，1939年关闭，1986年又改建为美术馆。这座建筑本身就是件艺术品。事实上，奥赛美术馆和传统的艺术圣地、卢森堡公园的所在地蒙帕尔纳斯，正是马丁·斯科塞斯神奇的影片《雨果》的灵感来源地。影片讲述了一个生活在大钟背后的孤儿，为了不被送进孤儿院，设法让大钟准时运作的故事。美术馆内宽阔空间和无可挑剔的自然光线使其成为我欣赏心爱的画作的好地方。主楼内高高的天花板营造出与比邻画廊相呼应的亲密氛围,也增强了参观者与艺术品之间的互动。我们尽情地享受这里令人惊叹的藏品及其周围的环境。在美术馆最顶端的廊道(也就是曾经的车站钟楼)上可以眺望塞纳河,下面的景象令人震撼,此时,我已经泪流满面。有时泪水凭空就下来了,让我猝不及防。当我回到与已故的丈夫盖伊曾经一同走过的地方,或是碰见他可能喜欢的景色时,我就忍不住地想到阿尔茨海默症从他身上夺走太多了。这种情感并不妨碍我对蒂姆的爱。有时候,曾经拥有过幸福婚姻的人更容易尽情地享受爱情。

蒂姆拉过我的手说:"好了,亲爱的。想想盖伊的一生,他拥有过自己热爱的事业。这是多么幸运的一件事!最最重要的是,这个幸运儿和你一起生活了 20 年!"盖伊在我心中的地位,蒂姆完全能够理解,我们时不时还会指出彼此具有的盖伊可能喜欢的特质。蒂姆很重情义,这是我看重他的又一原因。

他笑了,抚了抚我的面颊。我真幸福,这个男人知道在我伤心的时候该如何哄我。

我们又来到坐落在巴黎高地上的蒙马特区,这里是艺术家的聚集地。特劳斯·劳德雷克和他的同代人在这里留下了他们的足迹。毕加索、达利、梵高及其他炫目多彩的人物也都在此地生活和工作过。我们又从异常陡峭的台阶爬上了圣心堂,数千名游客站在那里,只为一睹巴黎最令人难忘的景色。城市的轮廓在教堂下方绵延了好几英里。当我们来到山巅时,却发现缆车轻易就把事先浏览过旅行手册的客人送上山来。我们羡慕地望着这些游客,但也只好默默地安慰自己:这么好的锻炼对砰砰跳动的心脏、汗津津的身子和酸痛的膝盖大有益处。

然而,爬山对我的已经卷曲的头发可没什么好处。回到公寓一照镜子,我马上意识到,再也不能推迟头发护理了。

　　我只好再次请安迪娅帮忙,向她说了自己的难处:两个星期在船上,两个星期在土耳其,在巴黎又连续待了半个月,如今我的头发需要一次全面护理。无论梳理得如何巧妙,我都无法掩盖下面的白发,两鬓的白发与乔治·华盛顿或芭芭拉·布什的已经不相上下了。对此,有人可能会说,他们两人的白发多少还与他们的容貌相衬呢。

　　她说:"没问题。你们家附近就有一家店,技术不错,价钱也合理。不过,你身在巴黎,有必要做一次优质的护理。依我看,你应该去巴黎的国际发屋。那里价钱高,但是你一定会变成一个幸福的女人。不过,那个地方,必须预约成功才能进去! 要我明天给那里打个电话吗?"

　　我顺从地点了点头。

　　我可不希望一个人去国际发屋接受挑战。于是,数日之后,我拉着蒂姆,经过香榭丽舍大道来到了富兰克林·德拉诺·罗斯福大道。不大不小的金字招牌(请注意修饰语"金"字,让人自然联想到"镀金的""闪光的"和"昂贵的")说明我们已经来到了时髦大街上的那栋新古典风格的国际发屋。走上宽大的台阶,进入的是白色大理石大堂,其周围镶着镜子,装修素雅,大堂上方垂下的一盏水晶大花灯闪闪发光。这时,一位笑容灿烂的年轻美女走了过来,用法语和我们打了声招呼,我用自己"标准的"让人脸红的法语含糊地回了一句。她示意我稍等片刻。

　　我从公寓出来时还以为自己的仪表相当时尚。事实上,我确实下功夫打扮了一番,在首饰和化妆品上也格外用心,生怕逊色于讲究风格的法国女人。然而,走进发屋后,与这里的时髦环境相比,我发现自己简直就像流浪女一样。蒂姆连忙提醒我,那位女士从衣物间朝我走来,递过一件白色罩衣。我回头望着蒂姆,表情惊恐,仿佛女士送来的是解开扣的紧身衣。

幸运的是,衣着完美的意大利经理罗伯托及时出现,我的不安很快变成了喜悦。他的英语乃至行事风格都给我留下了深刻的印象。他太会接待顾客了。片刻之后,"流浪女"的恐惧烟消云散,我最终相信,自己还是能够回归文明世界的。

罗伯托扶着我的手臂将我送入了理发室。这里的顾客和理发师都身着优雅的白色衣服,头顶的水晶花灯光芒四射。古驰和香奈儿的手提包在顾客令人艳羡的鞋子旁有序地排列着。在节奏舒缓的古典音乐里,还能听见"咔咔"的剪子声和轻轻的说话声。与美国不同,在这座"美的神庙"里,没有通俗的摇滚乐、说唱乐来烦扰顾客。

落座之后,罗伯托和我随便找了些话题聊了起来。与此同时,身材高挑、金发碧眼的卡伦已经给椅子上的高雅女士做完了头发,朝我们走来。她与罗伯托用法语讨论着我可怜的发型,语速奇快。谢天谢地,他们没发出"嘘"声,但我能感觉到他们对我的同情。

罗伯托用英语向我解释,我需要先染发,然后再找卡伦。他陪我走下弧形的压着白地毯的大楼梯,来到地下室的发廊。顾客们坐在各自的小格子间,旁边摆着古驰或者香奈儿的手提包、克里斯提·鲁布托和周仰杰的名牌鞋子,一缕缕染了色的头发并不是包裹在普通发廊通常使用的厨房银箔里,而是包在彩虹色的玻璃纸里,它们宛如一个个等待派送的圣诞礼物花篮。

罗伯托找来洛尔,洛尔赶紧来到我的格子间,用手碰了碰我那褪色、过度漂洗、根部泛白的头发,一边摇头一边发出"啧啧"的声音。她与罗伯托就我目前的状况开始了热烈讨论。最后,罗伯托轻轻拍了一下我的肩膀,笑容灿烂,说我很幸运，遇见了好人洛尔，她一定能让我重新变成女神。

　　洛尔回来时手托银盘，盘子里放着各种小罐和画笔。很快，我看起来与其他优雅的女子一样了。此时我的脑袋已经变成了豪猪的模样，一根根头发闪着光泽。我发现，其他顾客都在一边呷着香槟酒、吃着小份的精致午餐，一边专心地翻弄最新的时装杂志，接受坐在小凳上的设法摆出舒服姿态的女青年为她们修理指甲。我不想引起别人的注意，悄悄地走进了铺着大理石的洗手间，自拍了一张戴着塑料头盔的照片，以便平时关注我博客的朋友们在愿意的时候可以尽情欣赏此刻我这副滑稽的模样。此刻，我心满意足。

　　出来后，一身白衣的姑娘带我去了洗发区。这又是一次天堂般的经历。温暖的椅子摩挲着我的身体，就像身处健身房里一样。此地与过去我常常光顾的发廊大不相同，那里的洗发师只会一个劲儿地摩擦我的脑袋，一边按，一边与另一个同样心不在焉的洗发师唠叨个没完。这里的闲聊却让人心情愉快。我的脖子慢慢地适应了洗发盆上的陶瓷靠垫。德桑洗发液的效果很好。太舒服了，要是他们不反对的话，我真想一直享受下去。等我从幸福的昏睡里醒来后，那位姑娘已经用热毛巾裹好了我的头发，又如外科大夫一般熟练地把毛巾折好。要是此刻我也有一款古驰香包和克里斯提·鲁布托的名鞋，我就可以加入"时尚女郎"的队伍了。

　　罗伯托来得不早不晚，领着我走上楼梯，再次与卡伦碰面。在她的帮助下，我拥有了梦寐以求的发型。我们互相亲吻了对方。来到付款台前，一眼瞥去，账单上的数字令我吃惊。好在我当时已经乐翻了天，赔上一半的存款我也愿意！罗伯托递过来几个小信封，我为洗发的姑娘、颜色师和新朋友卡伦额外送上了几笔小费。

　　蒂姆还在大堂等着我。脱去漂亮的白色亚麻外衣之后，我又重新换上了实用而乏味的黑色外套。罗伯托把我们送到门外,我又重新变回了可怜的流浪女。但是,我这个美国流浪女,此刻已经拥有了巴黎最时尚的发型!

在巴黎的那段时间,我们根本顾不上埃菲尔铁塔,也没时间拜访吉维尼。后者是莫奈的故乡,与巴黎相距不远。由于天气的原因,我们也没在塞纳河畔野餐,相反,我和蒂姆常常会在公寓里亲自动手,桌上摆满了从市场上买来的美食和食品室与冰箱里储藏的食品。在许多地方,六月正是夏季的开端,但巴黎的六月却是另外一番景象——凉风拂面和淅淅沥沥下个不停的小雨。遇上下雨天,我们就没法外出野餐,头发更会变得一塌糊涂(我可不希望再找罗伯托、洛尔或卡伦做一次护理了)。天气又或是变得又干又热,连待在地铁里都成了一种煎熬。聪明的来访者一定要未雨绸缪,同时将一切尽可能地为我所用,这也是我们在此后的生活中牢记于心的。

我们在优雅的巴黎街道漫无目地走了好几百英里,还在蒙巴纳斯公墓混了一个下午,长眠于此的诗人、小说家和作曲家们在树下互不打扰地安息着。我们还在法国文化巨人,如波德莱尔、萨特和贝克特的墓地附近缅怀许久。

最后,我们还品尝了美味的炒鸡蛋、长面包、法式奶酪、鱼子酱、蜂蜜、熏鱼、沙拉、欧芹、芝麻菜、核桃油与清醋拌生菜。等我们重新回到到处都是"普通"食物的地方,我甚至都开始幻想法国冰箱和食品室里的藏品了。我喝了一杯前一天晚上留下的索维农白葡萄酒,蒂姆喝的是不掺酒精的德国啤酒。他还播放了玛黛琳轻爵士乐。我们看着身着红衣、表情严峻的夫人在专心做事,与此同时,街对面的明星妈妈也上了她的宝马轿车,一溜烟地开走了。此刻,我们觉得就像在家里一样,一切都是那么自然,舒服极了。

我们已经开始了无牵无挂的生活!就像当地人一样,我们有自己的生活节奏，不必匆匆忙忙的，而且还有自己的朋友和社交生活。我们梦寐以求的新生活终于步入了正轨。

巴黎的生活就要结束了。一想到这点，我和蒂姆就忍不住地黯然神伤。虽然我们一再控制自己，但是行李箱里的行李还是多出不少。之所以还没有太过沮丧，完全是因为我们已经打定主意：明年还要来巴黎住上三个月！

那天下午，我开始思考如何才能写出符合《华尔街日报》这种国际大报风格的文章。凡是与写作相关的东西都涌进了我的大脑。不过，构思文章的时候，我发现读者可能会对我们卖掉房子去旅行的生活方式感兴趣，而且我们也可以从其他志同道合的朋友的经历中有所收获。我和蒂姆不仅胆大妄为，更与旁人对我们的期待大相径庭。

迄今为止，我们在外面遇到的所有人几乎都被我们的选择深深吸引了，我的博客上读者访问量也与日俱增。他们提出了不少问题，比如我们是怎样摆脱缠人的房子和日常琐事的，保险、签证、租房和交通问题是怎么解决的，此外，更重要的是，没有了固定的住家、成天四处飘荡的我们，现在又作何感想……与大家分享退休后的另一种生活方式，这本身就足以让我克服原本会有的恐惧，继续走下去！我相信，总会有人质疑我们的选择，但是，被拒绝和妥协不应该是放弃梦想的理由。退一步讲，即使我们的计划在未来的某天终止了，我也还有机会重新过上稳定的晚年生活，再继续高高兴兴地扮演"谁谁谁的妻子"。

在巴黎的最后一晚，我们一直忙到很晚才入睡，计划接下来的行程，给远在大洋彼岸的子女和她们的孩子打电话，因为我们无法预料未来几天互联网是否能正常使用。

每次开启新的旅程之前，我和蒂姆都会变得紧张焦虑，这都快成为我们的一个新习惯了。或许这也没什么大不了的,只不过是新的旅程又带来了新的问题:会不会因为什么原因而延误时间?用不用再带上一条合身裤子?电话里罗宾不高兴了吗?在戴高乐机场租来的汽车,路上会不会出问题?⋯⋯

次日早上8点,我们意外地听到了阵阵敲门声。不可能是司机(我们由司机送到机场,然后再去租车),他应该30分钟后才来;也不可能是安迪娅和乔治斯,他们一般都会睡到早上9点。然而,真的是他们,就在门外!安迪娅穿着一身运动服,手里还端着咖啡,他们是来为我们送行的!他们还说不久后再次相聚,我们被感动了。大家互相拥吻,一同把行李箱拖出了门廊。"再见!"安迪娅喊道,手里还挥舞着修理花草用的剪刀。我也不停地摆手,为我们的深厚友谊暗自高兴!

我朝街尾扫了一眼,发现那位"非洲朋友"还在那里。他还穿着那身颇具王室风范的衣服,上面印着紫色的数字和黄色的条纹。说实话,我不知道他看《华尔街日报》的目的是不是炒股票。

出发的时候,安迪娅和乔治斯送了我们几个飞吻。我和蒂姆的那包要送洗衣店的脏衣服还堆在他们身边的过道上,那是我们在巴黎一个月幸福生活的见证。

我们恨不得时间能过得快点,再体验一次巴黎之旅。

第八章
意大利

　　我们开着租来的标致，从戴高乐机场出发，汇入车流。一路上我和蒂姆都没说话，唯有 GPS 维多利亚用纯正的英国口音发出清楚无误的指令，听上去镇定自若，即便出现差错时也是如此。到目前为止，她已经成功引导我们走出了墨西哥和土耳其，在这次驶离法国的路上，她还将为我们提供优质的服务。随后的意大利之旅，以及在英格兰、爱尔兰和葡萄牙的日子里，都会有维多利亚的身影。为此我们要感谢她才是。

　　在维多利亚的指引下，我们进入了法国勃艮第地区。

　　我们首先来到了古村落韦兹莱。此地因其 10 世纪的修道院为世人所知。这里风景如画，让人感觉如入幻境。从安静祥和的村庄里探出的尖塔，在葡萄园附近的草坪上吃草的母牛，一路上的景色让我兴奋得大呼小叫，连嗓子都快喊哑了。一如平时，可怜的蒂姆并没能欣赏多少路边的风景，但还是要感谢上帝，至少他看见——也避开了——所有莽撞的司机、乱走的牲口和迎面而来的拉柴的马车。我们都觉得自己无比幸运——自由自在、身体健康，周围还有可供自己尽情享受的大好风光。

　　我们赶到韦兹莱后，发现眼前的"波特和金狮"酒店和我们想象中的一样,棒极了!复折式屋顶、法国蓝百叶窗,以及四个大烟囱下方的鲜红色的窗框,使这家酒店颇具特色。进入大厅之后,展现眼前的是:奢华的地毯、颇具历史感的古董家具和发光的黄铜饰品。"见到你们真是太高兴了!"漂亮的接待员说,"你们的房间在四楼。我们现在还没有电梯,但明年翻修后就会有一部。"

多少有些扫兴,因为我们对明年的事情并不感兴趣。今年的天气很热,楼梯又陡,我和蒂姆都累坏了,根本没力气把随身的行李拖到楼上。于是,我们反复拜托服务员为我们换个房间,无奈的是,我们的窘状并没能打动对方。

此刻,我们碰到麻烦了。"好吧,只能这样了。"说完,我们走向汽车的后备箱。"我们可以就地重新安排,一晚上也用不了多少东西。要是把这些行李都拽到楼上,非得喊救护车不可。"

"你真想在停车场里翻箱倒柜,像个村妇一样吗?内衣、袜子到处乱飞?"

"喔,亲爱的,冷静一下。"我开玩笑地说,"别怕丢人。这些人我们不会再遇到了。"

就这样,停车场上"丢人"的一幕开始了。我们把化妆品和内衣装了更小一号的袋子。眼前的场景让过路的客人感到好笑,但我们从头到尾都没有在意他们。拖着各种行李,喘着气,我们又返回了大厅。服务台后面的一个小伙子一脸不高兴地望着我们,也没出来帮忙,而是吩咐女服务员过来。显然,这个女服务员不仅是接待员,还是搬运工!她拎起两个袋子,朝楼上走去,还鼓励我们跟上。她健步如飞地一口气爬到了四楼,而尴尬的我们已是上气不接下气了。

稍事安顿之后,我们踏上如画般的小鹅卵石路面,与其他的来访者一同前往那座中世纪的大教堂。三百年来,朝拜者们频频汇集在此,再一起赶往西班牙的圣地亚哥·德·孔波斯特拉神庙,以此来完成他们虔诚的朝拜之旅。西班牙的那座神庙是中世纪最为重要的朝圣地之一。1190 年,狮心王理查和腓力二世奥古斯都就是在这里开始了第三次十字军东征,那时欧洲的精英们希望能够收复圣地。教堂之内,修女和神父还在祷告,汇聚在一起的神圣谐音在高大的拱廊上空来回飘荡。在教堂内摇曳的烛光下,我们甚至能感觉到历史上数百万虔诚朝拜者的存在。他们曾经在这所庄严肃穆的教堂内歌颂自己的信仰。教堂的神秘与圣洁让我和蒂姆受到了强烈的震撼。

美丽的景色是永远都说不完的。一番游览之后,我们腹中空空如也,回小酒店之前,我们计划先找一个咖啡店,停下来歇息片刻。蒂姆累得够呛,毕竟这是他今年第一次在欧洲驾车。后来,在酒店的餐厅里,服务台后面的那个小伙子与我们打了招呼,态度没有多大改变。他现在以总管的身份管理酒吧。我们先前看到的为客人停汽车的那个小伙子为我们送来了菜单。

我们已经糊涂了,仿佛《弗尔蒂旅馆》里的故事又出现了。先前在走廊里推清洁车的女服务员又来收拾餐桌。此刻,我们真希望约翰·克里斯能走出来痛打曼纽尔,也就是那个令人讨厌的男服务员。不过,出来的是那位先前为我们办手续和拎袋子的漂亮姑娘。她为我们端上了法式蜗牛、酥皮点心和奶油色的酱汁,还有蒂姆爱吃的鹅肝。法式蜗牛和鹅肝很棒,蔬菜的味道也可口,葡萄酒更是一等一的美味!

这顿饭很快就被我们一扫而光,色香味都不比巴黎餐馆的差,这倒令我们颇感意外。蒂姆说:"亲爱的,这顿饭真不错。不过,以酒店的管理方式来看,那个大厨一定还是个花匠、电工,或者别的什么。"

显然,在这个不大的乡间酒店里,员工们个个身兼数职。一个漫长而炎热的夏季还在等着他们呢。

次日一早,还是那些分工不清的服务员为我们送上了一顿可口的早餐。之后,我们拖着行囊上了汽车,在维多利亚的指引下,向海边驶去。

我们首先要翻越阿尔卑斯山脉,这是法兰西和意大利之间的通道。如果当年罗马人能够不惧严冬翻越山峰,征服当时的高卢人,那么我们或许可以选择一条更暖和(或稍稍暖和)的路线。路过瞭望台时,我们下了车,一边惊叹着四周的风光,一边回车上找衣服。然后继续朝前开去,周围仿佛有上千个隧道,外面还下着大雨。这对频频陷入幽闭恐惧症的蒂姆来说,可不是什么理想的地方。我转过身逗他说:"嘿,快看那边!法国人会在隧道里面每隔一段安上了蓝色的霓虹灯……这样可以帮助司机和前边的汽车保持安全距离,以免追尾或者在 10 英里长的隧道里无聊死。"

他哈哈大笑:"亲爱的,谢谢你形象的比喻。你是我最大的安慰!"

与法国人相比,意大利人完全是另一种风格。等我们把车开上山腰时,就没有蓝灯提示那些爱冒险的大男人了。司机们都在互相超车,忙着赶路。我闭上双眼,努力控制自己,不然非喊出来不可。这是我们最先感受到的意大利风格,或许这也是意大利人送给我们的见面礼。他们开车的风格,与他们的说话风格完全一样—— 一个字"快"!

多亏了蒂姆和维多利亚,我们安全地驶出了大山,这时我才放下心来(温度也更高了)。紧接着,我们驶入了可爱的海滨小镇圣玛格丽塔-利古雷,此地位于热那亚的东南方向,离菲诺港不远。讨人喜欢的房间外面是舒适的阳台,站在这里可以俯瞰波光粼粼的大海和整个小镇。海滩上摆着一排排睡椅和阳伞,身着制服的服务员会不时地为晒太阳的人送来饮料和浴巾。眼前的景象与我想象中的意大利海滨旅游胜地一模一样。谢天谢地,我亲爱的蒂姆还善解人意地追加了预算。这下我们能在这里尽情地享受了。我母亲称我们的这种做法为"扮大款"。

现在,我们已经习惯在连续而漫长的外出旅行之间安插简短的休假,原因就和美国人的周末外出一样:放松和恢复精力。出门在外的人也需要歇息,不论身在何地,都用不着整天忙着购物、煮饭、洗衣服。

我们又在利沃诺住了一晚,那家大酒店刚刚装修一新,与我们住过的其他地方都不一样。走廊里的大理石长达数英里,房间里有高高的天花板和面积不小的浴室,最独特的是酒店楼顶的超大号游泳池,在那里,客人可以一边游泳,一边欣赏地中海的美丽风景。落日斜照,坐在楼顶的凉台上悠闲地用餐,我们的短假就这样画上了圆满的句号。

你现在大概也知道了,蒂姆和我很少拌嘴。然而,次日佛罗伦萨混乱的交通状况却差点让我们恶语相向。环形的交通枢纽和红绿灯是用来调控车流的,有时你会在一个出口同时碰上好几条可供选择的路线。要是选错车道,麻烦就大了,因为大多数街道都是单行道,你没法在短时间内绕回来。在更加现代化的城市,你右转三次总能回到原地,然后再调转车头,开上正道。但是,这种方法在古老的城市就行不通了。蜿蜒曲折的街道,很容易让游客迷失方向。佛罗伦萨的交通拥堵很严重。司机常常把半个车身停在人行道上。其他车辆,哪怕是一辆小车,也没法轻易地从中间驶过。有时,我们不得不冒着车外的后视镜与停在路边的车辆发生刮碰的风险,才能勉强爬过去。这些情况真是让我们伤透了脑筋。

平心而论,这种现象也并非佛罗伦萨所独有。为数不少的欧洲城市都是一千几百年前建成的,其中大多数是呈环形发展起来的,教堂或主教堂位于中央,所有的公路都从中央向外辐射,如同照射出来的阳光一样。这也是当时设计者的目的所在。从地图上看,这并不复杂,但如果真要在路上驾车行驶,你绝对会因为视线问题而分不出方向。

在如此恶劣的交通环境下,我的工作就是在 GPS 上输入信息,然后紧盯着地图,还要注意外面的车道,及时提醒蒂姆转向。他则负责左躲右闪,把我们安全送达目的地,只要撞不到行人,冒再大的风险都无所谓!一路上,我们两人都绷紧了身上的每一条神经,说话自然也是火急火燎的。

"嘿!"我正咕哝着行车路线时,他高声喊道,"看看那边的小通道,要进去吗?"

我赶紧查 GPS 上的路线图,该死的阳光几乎让我无法睁开眼睛,"稍等,太晃眼了!我看不见!"

"不着急,这周末告诉我就行。"他故意说。

"慢着,小兄弟。地图上没有隧道,但是也不必上坡,最好是跟着车流走。"我也没好气地回应着。

当然,他也没听我的,直接驶入了下道口。可想而知,后来我们又被迫折返回来,在车流中行驶了半英里,围着某位不知名的将军的纪念碑,在拥挤的车流中一连三次改道,如此这般,最后才走对了方向。我们的情绪却并未因此好转。

"喔,好啊。"我们开上正确的车道之后,他抱怨说,"一片混乱,我现在没办法了。"

"尽快调转方向,再驶向国家大道。"维多利亚不紧不慢地发号施令。我瞪了 一眼,在佛罗伦萨调转车头?还不如派我到《纽约时报》当编辑呢。我们没理维多利亚一板一眼的指令,把车开下路面,拽出一张纸质地图。在地图与重新启动的 GPS 的双重协助下,我们才慢腾腾地驶出了市中心,开向目的地。

上道之后,我们终于可以放心地欣赏这座城市了。建筑物上涂着的粉色、赭色和黄褐色已经褪去,一片斑驳,屋顶上的红瓦沐浴在阳光里。宽阔的大道两侧绿树成荫,遮掩着骑在战马上的将军铜像和古罗马大理石神像,这些神祇与天使雕塑相映成趣。我们又经过了珠宝店和丝巾店,几乎每个街区都会有一家冰激凌店。在人行道边的咖啡店里,客人们一边悠闲地喝着浓咖啡,一边嚼着午后甜点。

刺耳的汽车喇叭声打断了我的观察,心情烦躁的蒂姆骂了一句,打出一个国际上通用的手势,以此来表达他的不满。之后,他突然兴奋了起来:"哇!你看!玛莎说过的加油站,还有那家熟食店!我们应该拐进去了。我们成功了!"

回想起来,就像在伊斯坦布尔寻找香料市场的那次一样,我至今都没想明白,我们是怎么找到这处新家的。从佛罗伦萨出来就够麻烦的了,仿佛这还不够,我们每次外出回来,在路的末尾处都会有一个大转弯。那个转弯来得太急,蒂姆一次性成功通过的次数少得可怜。他一般都要先停车,再倒车,然后才能从另一个角度转入,还要同时顾及双向驶来的汽车和摩托车。路过下一个转弯时,蒂姆还不得不狂按喇叭,生怕有人从狭窄的小巷子里连喊带叫地跑出来,撞个车毁人亡。与爱尔兰人相同,意大利人开车无所顾忌,仿佛坚信来生一定会更幸福(我相信他们不少人能得偿所愿)。

到达新家后,出来迎接我们的是一只摇着尾巴的狗狗、我们的男主人弗兰西斯科和女主人玛莎(玛莎还身兼园丁和女佣人的角色),以及一位过路的邻居。大家七手八脚地帮我们把行李箱拖上了陡坡。快到大门门口的时候,我忽然觉得,就像进入了《托斯卡纳艳阳下》的场景一样。

眼前的公寓太大了。我们已经习惯生活在 500 平方英尺公寓里。此地少说也有 1000 平方英尺!从房间里能清晰地看到外面的葡萄园、别墅、教堂和果园,以及绿色田地边上的那一排排意大利柏树。在城市中央,佛罗伦萨的大教堂闪闪发光。凉台上还装有户外壁炉、下水池和吃饭用的案板。根据事先的安排,我们还可以使用这里的游泳池,如此一来,我就可以边戏水,边眺望周围的景色了。这真是太棒了!

次日晚上,身为佛罗伦萨律师的弗兰西斯科与玛莎邀请我们到他们楼下的屋子里一同吃晚饭。弗兰西斯科走后,我们收起了玛莎送我们的冷饮和小食品,这是待人友善的玛莎送我们的见面礼。蒂姆欢喜地喊道:"这可太好了!我们要在这里住上两个月!好好享受生活。我们可以上午写作,下午出去逛街。我相信住在这里写小说,一定很有效率!你也能有足够的时间完成《华尔街日报》的文章。我们晚上回来再一起游泳,然后吃顿简单的晚饭——要到凉台上吃!"

他这个人一向条理清晰。感谢上帝,要是旁人就会麻烦多了。我真羡慕他的热情。

"简单才是关键所在。"我说,"在巴黎住了一个月,又在路上熬了四天,几顿晚饭不吃才好呢。"

说话的间歇,我已经喝了一大口基安蒂红葡萄酒了,又忙着伸手去抓准备涂在自家制面包上的新鲜奶酪,最后还吃了几口在阳光下晒过的美味西红柿。

女主人玛莎是我在洛杉矶的一位好友同父异母的妹妹,玛莎是百分之百的意大利人。这个美丽活泼的女子将银发绾成迷人蓬松的发髻,身上穿的是飘逸的轻质外衣,正好适合此地的气候。多年前,玛莎曾经去加州探望哥哥,她哥哥是一位作曲家,也是盖伊和我的朋友,所以玛莎和我也彼此熟悉。蒂姆和我去年还造访过玛莎的乡间庄园,那里也被称作珀西亚诺城堡,坐落在卡森提诺谷地,离佛罗伦萨一小时的车程(是的,我是说她住在城堡里)。这一次我们计划游览佛罗伦萨,所以等房客走了之后,她就把公寓打折租给了我们。目前我们还没碰到任何麻烦。

次日,玛莎开车送我们到艾斯兰加大超市。她以典型的意大利方式教我们如何利用附近的地标来认路。"隔离带那边的几棵柏树,看见没?"说完,她连忙打了个转向,让开一辆载着一家四口的小黄蜂摩托车。"你们在那里转入弯道,然后左转。"她一边说,一边用手指向一栋橙黄色瓦顶的长方形建筑,好像刚才与小黄蜂摩托车差点相撞的经历不曾发生一样。"你们看,一过大楼你们就能看见那棵大松树了,然后再右转。"

我们来回转动脑袋,试图记住所有路标。我来告诉你,佛罗伦萨的每个社区大概都有 5000 棵松树和 6000 棵柏树,而且,每栋楼房几乎都有橙黄色的瓦顶。玛莎是个好老师,但我们显然不是好学生。后来,我们每次外出购物时,至少会走丢一次,有时还不止一次。但是,正如意大利人说的:"这就是生活!"

那天晚上我们准时参加了晚餐聚会,5 个国籍的 12 个人聚在玛莎和弗兰西斯科的凉台上。除了我和蒂姆之外,大家都能说好几种语言。我甚至一度怀疑,我们是不是来到《好胃口》杂志的照片插图里了?面前一大堆魅力无穷、长相聪明的人坐在彩色的桌子旁边,烛光闪烁着,桌上还有正宗的托斯卡纳食品和喝不完的好酒。颇具绅士风度的欧洲人对我们这些不太幸运的凡人还是通情达理的,他们把自己的话翻译出来,让我们也参与其中。几种语言讲出的故事和众人的笑声一直传到了山腰上(笑声是相同的,讲意大利语、法语、英语或克罗地亚语的,都是一个笑法)。

聚会继续进行,蒂姆提到希望能够再次拜访佛罗伦萨。那些客人,连同玛莎和她丈夫,都为这座城市的环境伤心不已。这令我们非常诧异。

"这是什么意思?"我问,"18 个月之前我们到过那里,非常迷人!比萨饼、雕塑、精品店、无与伦比的艺术和建筑……怎么说变就变了呢?"

"所以我们提前告诉你们,免得你们到时候失望。"一位名叫阿尔塔·麦卡丹的客人善意地提醒我们。他是一位旅行作家，曾编辑过40册的蓝皮意大利旅程指南。他接着说道："我们这座城市在经济上遭受重创，近来形势严峻。没有足够的资金，昔日的井然有序已经不复存在了，真让人心痛。"

塞尔维亚人德杨·阿塔纳科维奇是纽约大学视觉艺术专业的一位教授，也在一楼租了一间公寓，他附和着："你们知道现在的佛罗伦萨吗？已经变成了文艺复兴的迪斯尼乐园了，依我看，还是肮脏的乐园。游客平均要花上四个半小时游览城市，因为与世上任何大小相等的城市相比，这里的艺术收藏是数一数二的。但这座城市却没钱清扫街道，没钱照顾流浪汉。这真是令人震惊，也令人伤感。"

"游客难辞其咎。"克罗地亚的朋友指出，"有人坐大客车从威尼斯或罗马赶过来，排上几小时的队，等着看大卫的塑像，然后再返回大巴车，却把成吨的垃圾留在身后，可是他们仅仅消费了一块比萨饼和一支冰激凌。"我们知道他的意思。我们上次来的时候就想到了这个问题，因为我们发现在学院的艺术馆里，游客排成的队伍一眼望不到头，他们等在那里为的是看看米开朗基罗那件享誉世界的大卫塑像。这与我们对艺术的追求大不相同。坐在桌尾的女士在威尼斯教授艺术史，那座城市也是游客频繁光顾的地方。据她所说，威尼斯也遇到了相同的问题。

品尝完甜品之后，他们又端上了咖啡。此时德杨和克罗地亚人就现实本质问题开始了一场深入的讨论，讨论深深地吸引了在座的每个人。说真的，我疲惫的大脑已经跟不上他们的节奏了。

那天入夜之前，我们身披睡衣坐在临时公寓的凉台上，又在身上喷了些驱蚊水。我们把晚餐的情景又回忆了一遍。蒂姆说："经过这样的夜晚，我才明白我们的内心为什么会选择现在的这种生活。我已经很久没听到这么有营养的餐桌会话了：塞尔维亚的教育学家与克罗地亚的统计学家讨论数学等式和概率能不能用来证明或反证。等到他条理清晰地论证完毕时，我才最终相信他们设计的问题确实高明。这真是一场出色的晚会表演。"

我呷了口酒："是呀。虽然我当时不停地左顾右盼，但是也听了不少有趣的谈话。你和那位造船者交流了吗？他曾经一个人驾着帆船横渡大西洋。那真是一次伟大的胜利！不过，佛罗伦萨的没落也真是让人扫兴。"

蒂姆倒出最后一滴基安蒂。"这样吧，过几天我们自己去看看。"

次日上午，按照习惯，我们先出去买了些日常用品。然后，我们坐进停放在别墅外的汽车里，耐心等待意大利那热得像有 150 华氏度①的气温降下来，与此同时，我们也做好了心理准备，再次挑战意大利糟糕的交通状况。蒂姆做了几次深呼吸，打起精神，然后将汽车开下斜坡，驶向了波伦亚大道。他以赛车手马里奥·安得雷蒂的勇气穿过弯道和死角。一路上蒂姆的车技，真是令我对他刮目相看。当一辆摩托车贴着我们一闪而过的时候，他还能保持一半的镇定（注意：我说的是镇定，不是安静）。

历经千辛万苦，我们找到了艾斯兰加大超市，哪怕维多利亚不大好使，哪怕我们并没发现玛莎说的柏树或其他路标。换句话说，我们是凭本能找到的，大概这也是我们经验的一部分。艾斯兰加与其他大型超市差不多，但不同的是，其具有明显的意大利风格——这里混乱、拥挤，到处都是匆忙的顾客，他们对碍手碍脚的闲人可没什么好感。

---

① 华氏度，温度计量单位。摄氏度与华氏度的换算关系为：摄氏度＝（华氏度-32）/1.8。此处 150 华氏度约为 65.56 摄氏度。

我们很快发现，在艾斯兰加购物简直就是一项竞技运动，既需要技巧，又需要决心。演练程序如下:超市中央摆放着一台分发购物手套和塑料袋的机器。购物者必须先戴上一副塑料手套，扯下几个塑料袋，然后开始挑选。用手挤压是不行的，你要先看，再挑，最后用戴着塑料手套的手迅速地把东西装入塑料袋。

最初几次，我把购物车拉在身旁，结果引来周围顾客不停的推搡。开始的时候，我真是烦透了。我从来没把意大利人当成粗人。一般来说，碰到拥挤的场合，蒂姆就会明智地站到后面，原因很简单，因为我才是赤膊上阵的那位。他负责在后面替我观望。数次之后，他指出，意大利人通常会把购物车放在超市中央，然后再拿上塑料袋四处选购，所以他们不会互相磕碰，他们的车也撞不上番茄箱。原来如此，等我适应了他们的购物习惯后，麻烦就少多了。适应当地的习俗，这也是一名合格旅行者应该具备的重要品质。

再说说如何选购农产品。挑完水果和蔬菜之后，就得加入到秤站前面杂乱无章的队伍里。顾客必须自己把物品放在秤上，按下标志按钮。要是按钮上没有所购之物的标志，就得自己输入产品号码，号码印在之前放置物品的箱子上。要是记不住箱子上的号码，就意味着得把位置让给你身后的顾客，身后的顾客可不是谦逊、照顾队友的法国人，意大利人会主动用装满辣椒的袋子在后面推你。然后，你需要赶紧找到那些放置水果和蔬菜的箱子，同时还要让开霸道顾客的胳膊肘，并小心大脚趾别让快速经过的购物车压扁了。取回号码后再重新排队。最后，把机器吐出的贴标粘在塑料袋上。

一般来说，我专买按钮上有标志的农产品，因为我永远记不住箱子上的号码。还有，似乎总是有一位身材瘦小的意大利老太太在我的脖子下方或上方——因为我们的身高不同——不停地喘气，大概是我出了洋相，在贴标志的时候把打印出来的标志、手套和塑料袋弄得一塌糊涂。这时候,我那位坐在板凳上观望的队友就会乐得笑出声来,后来我才明白其中的幽默所在。

经过最初的数次尝试之后,购物就容易多了。等我们知道顾客的习惯和店里的程序之后,我们才开始享受起意大利店里琳琅满目的货物来。那个夏天我们不知吃了多少形状如小礼帽一样的白桃、熟透的西瓜、鲜鱼和让你没法形容的番茄,这番茄就像邻居亲手种出来的一样美味。日后玛莎还教给我制作托斯卡纳面包沙拉的方法,那种不放盐的托斯卡纳面包就是其中重要的食材。我们还吃了不少腌制的意大利火腿、橄榄和其他开胃食品,那都是天底下最好的。

为了吃的死了也值,但意大利司机却不值得我们付出这样的代价。在意大利的时候,我们似乎成了每一位托斯卡纳司机的目标。离我们车尾很近的司机和不友好的摩托车手成天无缘无故地攻击我们。因为蒂姆开车的水平确实不错,而且也讲究文明,所以我想不出别的原因。于是,我们请教玛莎,他们为什么总要找我们的麻烦。玛莎同情地看着我们说,我们车后的蓝色英文字母 F 是根源所在。"F"指的是法兰西。玛莎说她认识的意大利人都对法国人没有好感,他们不是冲我们来的,所以不用多心,顺其自然吧。

对我们来说,不幸的是意大利人的脾气不太好。当地人告诉我们,这个国家正经历着两百年来最热的天气。日复一日,热浪滚滚,到晚上热浪也不退却。

天气太热,我们只能在早上的时候出去转转,然后赶紧逃回公寓,而且还不敢离开几部风扇风力所及的范围。一日,我们守在公寓里,傍晚来临后,拉开百叶窗,这时蒂姆说:"我觉得自己就像文艺复兴时期烤箱里的鼹鼠一样!"他说得对。要是不拍拍苍蝇的话,空气中连一丝风都没有!

即使如此,在那些炎热的下午,我们还有个庇护所:游泳池。游泳池在公寓上方,所以游泳的时候能看到佛罗伦萨的全景。在热浪稍稍减退的时候,我们就会带上饮料、快餐、书报和电脑,在树荫下度过整整一个下午。我们阅读、聊天、写作,外面的知了也配合地演奏着夏季的音乐,一切妙不可言。然后我们再一头钻进凉爽的游泳池里。

阳光每天都要把山峦和城市染成一部金灿灿的艺术品。那些著名的意大利画家能在他们的作品里把如此奇妙的天空作为厚礼赠予世人,也就不难理解了。金色的光线也把我们的朋友朱迪·布彻吸引到了佛罗伦萨,她来这里的大学学习艺术。自从我们在墨西哥相识,就一直联系不断,她也是我们这个不断扩大的外国朋友圈中资深的一员。我们会永远感谢她之前的提醒。朱迪也在佛罗伦萨中部的阿诺河附近租了一间公寓,女房东是她在阿拉斯加的一辆大巴车上认识的。

我们约定与她在圣灵教堂外的广场见面,然后一起到她的公寓吃饭。此时蒂姆和我已经知道该如何把车停在火车站附近,也就是圣玛利亚修道院的所在地。事实上,火车站的诱人之处就是其宽松的地下停车场,因为进出容易,汽车也不必晒太阳。但是,等我们艰难地从公寓驶出佛罗伦萨,经过阿诺桥的时候,已经是汗流浃背、气喘吁吁了。我们高兴地发现朱迪正等着我们呢,她领着我们走进了一栋小楼。

我们有说有笑,庆祝彼此的再次相聚。公寓里传统的厢式电梯下来后,幽闭恐惧症患者蒂姆无论如何都不肯上去。我们只好把他推了进去,他说:"好吧,我希望电梯内有所不同——从外表上看,它就像一口棺材!"

上次朱迪的大巴车之旅确实走运,因为她的艺术家朋友已经把公寓粉刷一新,颜色也与鲜花盛开的院子相得益彰,院子周围是五颜六色的古瓦屋顶。室内的颜色也很有格调,里面还有最新款式的家电和家具。更重要的是,里面还装了空调。要是没有蒂姆,我一定会请朱迪把我变成她的新房客!

在她读书期间,我们在佛罗伦萨一同吃了好几顿大餐,她也会来我们的别墅游泳。一天下午,我们穿着湿漉漉的泳衣坐在那里,嘴里喝着冷饮,想把注意力集中到外面的风景上,不去在乎周围的气温。这时,她承认,这次在佛罗伦萨的经历,让她有点失望。这与我们的感受如出一辙。我们相信她,因为她是一个自信、颇有胆色的旅行者,适应性也强,她知道该如何适应一个陌生的环境。她说:"你们知道,以佛罗伦萨现在的条件,外人根本没法爱上她。我恨不得马上摆脱这里的高温、肮脏和拥堵。说实话,我打算提前离开,然后去德国。"

我们决心去适应环境,继续与酷暑战斗。一天上午,我一边喝着咖啡,一边眺望着佛罗伦萨的风光。这时,我脚下的水龙头剧烈地抖了起来,我赶紧跳开,咖啡杯也飞了出去。蒂姆站在凉台远处的角落里,正准备浇花,结果被这一幕逗得捧腹大笑。我也笑着与他一起开始了我们的泼水大赛。

他说:"等我们浇完花就进城。至少饭店里还有空调吧。我们还能去看看风景。"

他使劲地朝我身上泼水。我早就不管什么时不时髦了。在如此炎热的天气里,头发都快烤焦了,你还能怎么办?

等身上干了后,我们来到车站对面的旅行社,找来一张像样的城市地图,艰难地走向佛罗伦萨大教堂。我们贴着楼边走,太热了就钻进商店。到了下午两点,气温还在上升,拜访博物馆是不可能了。现在,我们能想到的只有游泳池。

在佛罗伦萨的那个夏天,我女儿罗宾的到访绝对是一件大事。她前后共住了十天。我们一直盼着她来,她抵达的前夜,我几乎没有合眼。我们买了一大堆食物,还把鲜花摆在为她准备的小房间里。她的小房间有两大亮点:一是房客可以马上钻进游泳池;二是可以享受神奇的空调。我们提前一小时离开公寓赶往机场接机,因为佛罗伦萨的道路就像迷宫一样,我们需要为自己并不高明的驾驶技术和维多利亚可能出现的失误留出足够的时间。不过,那天维多利亚并没遇到麻烦。

时隔多日,再次见到我可爱、美丽又活泼的罗宾,真是把我们高兴坏了!我们装上行李,驱车回家。一路上大家热烈地聊个没完。但回程路线却让我们陷入沉默。佛罗伦萨有太多的单车道和单行线,往往来回不能走同一条路线。维多利亚选的线路大概是最近的,需要爬上一座又窄又陡的小山,而且还有一个大弯道。车门险些蹭到一面石墙上,两者之间的空隙也就仅能容下一根发丝。我们还不能倒车,因为路面太陡。我们还没法前行,不然就会蹭到墙角。蒂姆只好一寸一寸地挪。我们紧张得快要说不出话来了。我回头朝正在倒时差的女儿一看,她已经把毛衣蒙在头上了。她该不会是在默默地祈祷吧?

后来每当遇到类似情况时,我们就变得更加谨慎,生怕再次路过地狱的大门。我们把这次经历讲给了弗兰西斯科和玛莎听,他们连连摇头。他们都很熟悉那个地方,而且,就连他们自己也说,宁可绕上几英里,也不会走那条路。

女儿罗宾的阳光性格和不俗幽默感,给我们持续高温的日子送来了清新的空气。我们喜欢领着她一起欣赏佛罗伦萨为世界献上的精美礼物。

玛莎和弗兰西斯科还邀请我们和罗宾一起去珀西亚诺。汽车在乡间蜿蜒行驶了一个小时,沿途的卡森提诺谷地上坐落着好几座城堡和风景如画的小镇。上个世纪60年代,玛莎的父母与意大利政府一同翻修了城堡的塔楼。

我们驶过拐角,朝高处的城堡开去,罗宾高兴地喊了起来:"哇,真是不敢相信。我看过照片,但没想到这么雄伟。你们不是说但丁在里面住过吗?"

"那是他们说的。翻修城堡时,他们从里面搬了出来,这才发现很早以前就有人在此地生活,证据表明,那些先人生活的时代比城堡落成的时间还要早。蒂姆和我以前就来过这里,我独自在里面走了几分钟。大家都在外面。但是我发誓,在无边的空寂里,我听见有人发出了'沙沙'的声音,就好像幽灵一样,但并没伤着我。玛莎说里面没鬼,但她还说自己从来不在里面过夜,一个人的时候只会使用城堡一楼的一间小公寓,因为之前有镇上的人在里面住过。"

我们赶到城堡的时候,弗兰西斯科正斜倚在一张大躺椅上读书,椅子放在花园里的大树下面。他用左右拥吻和可爱的笑声迎接我们,之后领我们走进城堡。城堡内部典雅极了,其中最明显的是朱丽叶时代的窗户和几个小阳台。城堡外部也是无比浪漫,垂落下来的藤蔓在秋日里染上了一片深红和金黄。城堡建在高地上,与谷地那边的另一座姊妹城堡遥遥相对,但丁在那里写出了《地狱》的一部分。大概但丁也是个四海为家的人,才会从一个城堡搬到另一个城堡。

如今城堡的一、二、三层作为小型的博物馆和会议室来使用,四层以上是生活区。令人感到意外的是,生活区相当舒适,里面摆放着舒服的软垫座椅和绣着花纹的沙发,还有一张吃饭用的长桌和十二把椅子,每扇窗户下面都有装了垫子的座位。厨房不大,但功能不少,从阳台上还能看见外面的农庄和草场,以及远处起伏不平的托斯卡纳山峦。城堡里几乎每层都有装修讲究的卧室,可以通往最高处的大凉台,在凉台上喝鸡尾酒是再好不过的选择了。玛莎的娘家人在楼里安了一部仅能容纳两人的小电梯。但是,如果遇上需要翻修家具或翻新椅面的时候,工人要想把家具搬到楼下,就不可能了。从城堡出来之后,玛莎领我们来到山上阿诺河的发源地,阿诺河全长 150 英里,流经佛罗伦萨后,注入比萨附近的伊特鲁里亚海。河水在这里不过是不足 6 英尺宽的小溪。潺潺溪水居然能汇聚成大河,真是让人难以置信。小溪在城堡附近聚成一池深水,四周古树掩映,然后跳过一道小坝,流向佛罗伦萨。我们望着儿童在河里戏水,在岸上玩耍,恨不得也跳进水里。在如此安静的地方,看到人们玩得高兴,难免让人心生羡慕。从混乱的城里出来之后,我和蒂姆都想在乡间歇息一下,而且让罗宾看看托斯卡纳的另一番景象也是一件让人高兴的事情。那里的风光是她在旅游巴士上永远也看不到的。

我们拉着她到斯蒂亚吃午饭。斯蒂亚位于山脚下,是一个风景如画的村庄。我们选了一家之前曾经吃过的饭馆。下山的时候,我就兴致勃勃地对她说:"罗宾,在你去过的饭店里,这家绝对是数一数二的。"

小店装修讲究,室内浅绿与浅粉巧妙地搭配着,餐巾干干净净,刀叉白光闪闪。与大城市的相比,这家小店也毫不逊色。我发现这里的拔丝水果与冰激凌太美味了,怎么也吃不够!凡是他们推荐的我都要了,我们吃过的 15 道菜,样样令人无法忘怀。坐在对面的罗宾吃饭时不住地翻动眼睛,此乃我们家里惯用的暗号——"在我吃到过的食物里,这是最棒的!"看到她如此高兴,我也激动不已。她还是从前那个讨人喜爱的罗宾,就连店主和他母亲也被我们的欢乐气氛感染了。

饭后我们又拜访了镇上的教堂,玛莎把我们引荐给身材矮小、胖乎乎的神父。他很高兴地接待了来访者,颇为自豪地领着我们参观小教堂的重要部分。我们与他聊了片刻。他走后,玛莎说:"村上有人恨不得把他杀了。"

"到底是怎么回事?"我问。

"因为他每小时都要敲钟,日复一日。他还把钟设计成电子的,声音相当大。"

"要是你住在这里,我猜,你早晚能习惯的。"

她哈哈大笑,"教堂旁边的旅馆要是你的,你就没法习惯了。没人会在店里住上两夜。这里的店主都快破产了。神父还是按时鸣钟,谁劝都不听。今晚镇上又要开会,不过,未必能有结果。神父很固执。"玛莎把双手伸向空中,手心朝上,这是意大利人的传统动作,我们在意大利已经见过多次,意思是"我服了还不行吗"。

我们和罗宾进了几次城,游览了许多景点:维琪奥桥、博物馆、纪念碑和大教堂。我们还和她一起坐汽车来到西耶那,还坐火车去了威尼斯,但是外面太热了,我们外出的时间都不长,倒是在水池里度过了不少时间。罗宾善解人意,也不抱怨。即使天气再热,有她在身边,我们就知足了——不用为孩子们分神,也没有其他社会义务。我们还一起玩纸牌,轻轻松松地促膝长谈。出来这么久,我和蒂姆对家乡芝麻蒜皮的小事也会感到好奇,非要听听不可。最令人高兴的是,我们能一起开怀大笑。我认识不少风趣的人,罗宾也是其中之一。她拥有不同于旁人的幽默感和无穷无尽的想象力。我和蒂姆都希望她以后也能看望我们,继续体验我们的新生活。

把罗宾送走之后,蒂姆和我默默无言,多少有些伤感。我们继续着原来的计划,与此同时,还要逃避酷暑,以及不让自己太过无聊。天太热,我们根本没法进城,原想开车到乡间转转,但那里气温也不低,最后只好乖乖地守着电扇,等待太阳落山。蒂姆坐在餐桌的一端,写着他的侦探小说,上边的电扇恰好能吹到他。我坐在他的对面,继续修改即将寄给《华尔街日报》的文章。连日来我几次鼓足勇气,终于决定把文章发给报社。

我习惯在小博客上写文章,现在,却要把文章发给《华尔街日报》，一想到这里我就不知所措。蒂姆是家里的职业作家。我只不过是个业余写手罢了。

可怜的蒂姆反复听我给他读文章，次数太多，我相信他心里一定恨不得把电脑砸在我的脑袋上。可是，蒂姆总是体贴地说："亲爱的，索性咬咬牙，把文章发出去。已经写得够好了！"

我感谢他的鼓励，但我还是怕丢人，不敢听对方说"谢谢了，夫人，不行"。最后我自己也受够了，还没等大脑反应，手指就按下了"发送"键。

我指望文章在网络空间里慢慢传送，或许，仅仅是或许，报社的哪一位能抽时间写一封客气的退稿信。相反，令我大感意外的是，数小时之内我就收到了回复：《华尔街日报》同意发表！我们大喜过望，也不知道我们以后的生活会因报社的回复而发生多大的变化，或者，在下个月之后的漫长岁月里，我们就再也不能浪费时间了。现在，我们还没能充分意识到即将发生的变化。但是，那晚的葡萄酒倒是被我们喝掉不少，我们再次庆幸"是"的魔力！

次日早餐后，气温不降反升。我说："亲爱的，我们已经在意大利多花了好几周时间，我不知道还能不能再坚持下去。我们还是走吧。你说呢？"

蒂姆寻思片刻，对我说："我也想过这个问题，也在找机会，但我们手里还有维罗纳的剧票呢。我真希望能在奇妙的罗马竞技场里看一场《阿依达》和《图兰朵》。要不我们再待几天，看完再走，好吗？"

他的想法是对的。我们不顾路上一辆又一辆迎面而来的大卡车，驱车来到维罗纳。维罗纳是一个善解人意的城市，天气比佛罗伦萨的舒服多了，人们可以晚上出来散散步，我和蒂姆就很喜爱那里的建筑风格和干干净净的林荫道。悠闲热情的市民与散漫轻松的生活正合拍。莎士比亚的一部剧作也使维罗纳大出风头。我们不顾满街的行人,夺路来到朱丽叶从来没站过的阳台下。

午饭时分,我们在广场一字排开的众多饭店前停了下来,选了其中的一家。这里的食物很棒。我们先吃了些新鲜的沙拉。这种天气,沙拉最受欢迎。接下来是做工讲究的脆皮比萨饼,奶酪放得不多不少,上面还有意大利香肠。手脚麻利的男服务员双眼中闪烁的幽默感,就连他那严厉的表情也无法掩饰。我们与他开玩笑说,要是他能为我们留下前排的座位,我们晚上还会回来。果不其然,歌剧开始之前,我们又来这家饭店吃晚饭,于是他领我们来到一张二人餐桌,这个位置正好,可以看到别处无法欣赏的风景。让人意想不到的是,他居然还记得我们。

这里的食物总能给我惊喜。奶油色的意大利拌饭里有很多晶莹的海贝、大虾和八爪鱼,蒂姆也很喜欢这里的意大利面。这一次,男服务员显然已经把我们当成了老朋友。我们倒不知如何是好,因为他给我们提供的服务太周到了。

直到结账的时候,我们才知道为何自己能享受如此待遇。只见这位男服务员犹豫片刻,用手一指蒂姆手上的银质骷髅指环,这枚戒指是蒂姆为纪念滚石乐队的凯斯·理查兹才戴在手上的。服务员轻轻一笑,挽起袖子,也露出了同样款式的银色骷髅手镯。我拿在手里仔细端详了半天。随后蒂姆又拉低 T 恤衫,露出里面用皮绳挂着的银色挂饰,又抖了一下 T 恤衫,然后像孩子一样咧着嘴笑了起来。你猜得没错!蒂姆的 T 恤衫上印着一个精致的黑骷髅。他们两人就像重逢的老友一样,默契地大笑了起来,惹得周围顾客都把目光投向了我们!谁能想到一个骷髅戒指竟然给我们带来了好运,享受到了饭店里最好的座位和最棒的服务呢?这又一次证明,意大利人与其他地方的人并无不同,也会回应他人的热情和尊重。

饭后，我们又朝古竞技场走去，落日下的石质墙壁发出粉色的光，优雅的拱门轮廓变得更为鲜明，我们从已经矗立千年、欢迎过数百万游客的大门走了进去。

在如此宏大的场面下观看大型歌剧，这种机会绝对不应错过。太阳从圆门的一角落下，我们找到自己的座位后朝四周的观众席望去。四个高大的拱门是原建筑唯一的遗存，它们赫然伫立在天空下面。"快看那边！"蒂姆自豪地对我说，仿佛他才是这里的导演。这时，数千名演员捧着闪光的蜡烛缓步走进了竞技场。令人震撼的场面就这样开始了。

圆形竞技场面积的三分之一改建成了戏台。古角斗场建于公元 30 年，足以容纳 30000 名观众。演出中，两批白马拉着战车优雅地走上舞台，40 名由男子装扮的古罗马战士在最高的台阶上一字排开，手擎火炬，与此同时，300 多名演员高声歌唱。一连两晚，我们沉浸在灯光、服装、造型和音乐组成的奇观里，场面如此宏大。或许这会是我今生唯——一次欣赏这种恢宏的大型表演。我以前在纽约、伦敦、好莱坞和洛杉矶也看过不少大型演出，但唯有这次，演技、布景与音乐的结合堪称完美。蒂姆是个歌剧迷，此前来过维罗纳，这次他不仅观看了演出，还发现我对如此少见的场面也同样如痴如醉。

次日，我们又驱车赶往的里雅斯特。之所以选择的里雅斯特，是因为我们六七十年代读过的冷战小说经常以此地为故事发生地——的里雅斯特让我们联想到尔虞我诈的间谍，他们头戴软呢帽，鬼鬼祟祟地传递情报。的里雅斯特在文学史上的地位也吸引着我们。詹姆斯·乔伊斯曾在此地生活过一段时间，其间写出了《都柏林人》的大部分内容，把斯蒂芬·赫伦也写进了《一个青年艺术家的画像》，还开始了《尤利西斯》的创作。乔伊斯和其他作家如伊塔洛·斯韦沃和翁贝托·萨巴等经常光顾这里的一间文学咖啡馆，后来，的里雅斯特逐渐变成奥地利里维埃拉的文化与文学中心。作为亚得里亚海的第三大港口,的里雅斯特的历史可以回溯到古罗马时代,这也是我们无法拒绝这里的原因之一。之前,我和蒂姆都没来过的里雅斯特,所以此行就更像一次冒险之旅了。

我们赶往的里雅斯特,驶出一片深林,经过一个急转弯后,在我们远处就是一处悬崖,悬崖之下就是一碧万顷的亚得里亚海。的里雅斯特围着深水湾形成一道弧线,漂亮的别墅修建在山崖上面,有序地排列开来,直抵大海。

蒂姆预订了杜奇德奥斯塔大酒店。1873 年以来,这家酒店已经接待了很多身份显赫的访客,服务堪称一流。它位于镇上的最佳地段,所在的广场正对着亚得里亚海。广场四周建有高大的新古典风格的建筑,夜晚灯火通明,建筑内部装修得奢华无比。与意大利的其他地方不同,这座城市充满了欧洲中产阶级生活情调。奥匈帝国覆灭后,的里雅斯特被意大利兼并,但其独特的奥地利风格却完整地保留了下来。

酒店内身着海军制服、戴着肩章、系着铜扣的行李工,在不停地擦着黑木地板。印花墙纸和天鹅绒的长椅彰显着酒店昔日的风姿。我们的房间里也装了不少内嵌式家具和镀金边的植物彩画。

市中心禁止车辆通行,一条小型运河从中流过。无论从哪个角度看,这里都不能与威尼斯相提并论。按照惯例,我们准备启程去宽阔的广场和狭窄的小巷,呼吸一下那里稍显清凉的空气,因为此地的气温比佛罗伦萨连月来的高温低了不少。我们还希望能有一个揣着情报、鬼鬼祟祟的家伙从某个附近的街角走出来。我们喜欢现在居住的这家酒店,也十分享受这座城市清爽的环境,它们与我们在欧洲见到的其他城市大不相同,但这里也弥漫着一种令我们稍感不安的忧郁情调。第二次世界大战的那段黑暗历史——在毒气室里杀害犹太人——留下的污点，是这座城市的美丽所无法掩盖的。

回到佛罗伦萨的公寓时，那里依然烈日炎炎。我们扔下包裹，飞快地钻进了游泳池。游泳时，蒂姆说："几周之后就要走了，可是我们还有一项任务没完成。我想去普契尼的家乡看一场《波西米亚人》，希望你能和我一起去，但天气预报说那晚卢卡的气温在104华氏度左右。那些穿着羊毛大衣、戴着围巾的演员，如果在台上昏过去怎么办，你想过吗？"

"别说他们了，我们也有可能热昏过去。你不是说我们要走好半天才能到剧场吗？我不知道那是不是最好的安排。"

"或许不是，我们还是把票送给玛莎，然后赶紧离开这里吧，你觉得怎么样？我已经找到一个适合的地方，离巴黎不远，还车也方便，然后再去伦敦。我们在伦敦的临时公寓建在一座漂亮的小镇上，室内装了三部空调，一定棒极了！"

我吻了亲爱的蒂姆之后，一溜烟地回房间收拾行李去了。我们现在就像身在热穴中的鼹鼠一样，恨不得马上逃出热浪滚滚的地道！

数日之后，我们打电话给玛莎，通知她我们已经平安抵达下一个目的地，她说她的女儿后来去看了那场《波西米亚人》，回来后说在演出过程中几名演员和观众都热得昏过去了，对此我们并不惊讶。我们为自己的灵活安排而感到骄傲，也为那些为了艺术不畏酷暑的人感到遗憾。

次日，我们盼着能早点离开，就连那些在隧道里疯狂开车的司机也同样如此。越接近阿尔卑斯山，周围的温度就变得越低，很快就降到了80华氏度左右。在路上的两天，哪怕迷路时，我们也没吵过一句。因为我们摆脱了佛罗伦萨的热浪，就像一对逃出学校的孩子一样兴奋。

我们艰难地驶出了最后一段的隧道,还在一家大饭店停下来吃了顿午饭,之所以选择这家饭店,是因为草场上那些与真牛一般大小的纸牛。吃完牛肉三明治之后,我们又看了一眼他们孩子的"博物馆"。眼前的一切告诉我们,他们家对农场的牛是多么体贴。我们还看了他们的照片,照片里的孩子们兴高采烈,大口嚼着牛排三明治。"端上餐桌之前,先要把牛杀掉,我想象不出他们是怎么和孩子们解释这些的。"蒂姆说。

我们驾车赶往卢瓦尔河上的慈善院,慈善院所在的小镇还保留着以前的塔楼和鹅卵石街面,未来的几天我们将在这里度过。"我有个小小的惊喜还没告诉你。周末镇上还要举办布鲁斯音乐节!据说几位知名的演员也会到场,我已经预订了门票。"蒂姆看着我,咧嘴笑着说,"喜不喜欢?"

"与《阿依达》相比,布鲁斯音乐节也是个不错的选择!"

我们入住的这座 15 世纪的建筑,属于美国人凯丽和拜伦·哈克。他们把楼房改建成了好几个公寓。我们的房间在最顶层。上面的小凉台与附近中世纪的教堂的高度平行,音乐会也会在教堂内举办。凉台不仅地方大、景色好,而且也可供我和蒂姆纳凉。

音乐会上的表演非常精彩,虽然演员的演技不是最棒的,但现场的布景足以弥补一切,大家都很高兴。观众们也常常逗得我们发笑,因为他们中的不少人凭自己的印象,以为美国人听布鲁斯的时候总会穿着印有"花花公子"或哈雷·戴维森标志的 T 恤衫。教堂古老而又庄严,里面没有空调,所以没过多久,观众和演员的身上就湿透了。坐在我们前面的一个德国人索性把水倒在自己脑袋上。最后,对马丁夫妇来说,炎热还是战胜了音乐会带来的快乐。第一场表演一结束,我们就逃回了隔壁的临时公寓,好在我们的屋子里还有三台空调可供享受，而且由于距离较近，我们在屋子里也能听到现场歌手演唱的布鲁斯音乐。

其间，我和蒂姆还一起在卢瓦尔河畔野餐，一起乘坐火车赶到巴黎，为的是能和亲爱的安迪娅和乔治斯再吃上一顿午饭。在镇上散完步之后，搭乘火车赶往巴黎与老友享用午饭，我们觉得自己就像世界公民一样！当蒂姆习惯了法国乡间的景色后，在我们眼里，那里变得更为诱人了。两小时愉快的车程把我们送到珀西车站，下车后顺利地上了地铁，期待着与巴黎朋友再次相聚。我们来到卢森堡公园旁边的街上，他们如约而至。我还设法在上次的发廊又待了几个小时，出来后感觉自己时髦多了。凡此种种都是为了赶到下一站——凉爽、多雨的不列颠——做准备。之后我们又坐火车赶回了卢瓦尔河畔的小镇。走进清凉的公寓时，我们觉得自己就像回到了曾经的黄金岁月一样。一切都很完美！我们庆幸能与自己喜欢的人共度幸福时光。凡此种种，让那些不太好过的日子也显得有些意义了。

后来，我们又从巴黎转了回来。在意大利的经验使我们深信，新朋友和旅行能激发我们的活力，只要我们笑对人生，不断适应，就能战胜任何艰难险阻。不仅如此，在意大利汲取的经验还使我们有了新的发现。我们不得不说，将来如果再遇到低房租的情况，我们一定要兼顾其他方面的因素，不要想当然地以为一好百好。我们现在才知道，七、八月份是意大利一年中最热的时段，租用一间装有"传统的意大利空调"（其实根本没有空调）的房间是完全行不通的。当初我和蒂姆就是为了省钱才租下那间房子的，以后我们一定要吃一堑长一智。现在，我们已经拒绝了几处低租金的公寓，因为我们必须要考虑到租金之外的方方面面，免得日后失望。

我们在这次旅行中也有很多有价值的发现：先试着倾听

自己内心的声音,就像观看恐怖片时,发现男演员就要走入杀手藏身其中的房间时,你和其他观众一定会在心里喊:"不要进去!"我认为,大家都需要多经历几次,才能真正汲取这种教训。幸运的是,与影片中走入杀手陷阱的那位可怜的男演员不同,我们落入陷阱后,还能择日重生。

第九章
不列颠

"不！不！不！我就是不倒车！指示牌说什么我才不在乎。真是岂有此理！"蒂姆一边拍打方向盘，一边喊着。

他盯着正前方的路标，又狠狠地瞪了一眼 GPS 维多利亚，伸手关掉了汽车引擎。面前的指示牌上写着"车辆慎入"。透过溅满雨水的挡风玻璃，我们发现五英尺外的路面上是黑乎乎的一片泥泞，而且到处都是水洼。

"好了，好了，消消火。"我一边说，一边拍了拍蒂姆按着变速排档的左手。是的，是左手。今天是蒂姆这辈子第一次左侧驾驶、左手变档，他还不习惯从左侧的后视镜里回望交通状况，因为这与我们平日的习惯正好相反。这是英国人和他们几百年来统治的殖民地才有的习惯。

那天上午，我们从伦敦的希斯罗机场上了汽车，计划要在天黑前赶到巴克劳伦农场，也就是 B&B 在科尼什海岸的连锁旅店。我暗自祈祷不要再遇到什么麻烦事。不过，天不遂人愿。毕竟蒂姆连试驾的时间都没有就直接上路了。上世纪 90 年代，我曾经在爱尔兰住过几年，其间有过几次驾车经验，我没有觉得左侧驾驶有多困难。不过，当时我还年轻（所以胆子大），而且几乎每次都有爱尔兰的老司机在身旁悉心指导，独自驾车外出之前还会专门练习停车。可以说，我上路之前得到的帮助要比可怜的蒂姆多得多。

我们顺利地驶上 M3(一条东西走向的六车道干线)。有了在高速路上数小时的驾驶经验后,蒂姆觉得多少掌握了左侧驾驶的技巧。英国的交通井然有序,司机技术也好,而且讲文明。大概是因为在自家的地面上,那天 GPS 也没出错。说真的,此时的维多利亚要比在意大利和法兰西的时候轻松自如得多。

蒂姆说:"亲爱的,你知道,左侧行驶对我来说并没什么大不了的,只是后视镜让我不舒服(他始终没习惯从左侧的后视镜回望往来车辆,但总的来说也没那么困难),不过我就要习惯了。"

片刻之后,我们从高速公路上下来,驶向了第一个环形道口。就在此时,戏剧性的一幕出现了。在意大利和法兰西,我们需要从右侧上道下道。在英国却正好相反。车辆从左侧进出道口,所以习惯右侧驾驶的司机会下意识地朝右边张望,如此一来,注意力自然都会放在右边。每做一个动作时,司机都必须先通知大脑把注意力转过来。这绝对是一件麻烦至极的事情。如我说的,变档需要左手操作,后视镜也在左边。在交通繁忙的路口上,你习惯向右侧张望,结果却发现要找的东西不在那里,难免会让你烦躁不安。

维多利亚、蒂姆和我合力才驶出了第一个环形道口。在我们驶入交叉口之前,我先要研究一下地图,然后告诉他:"好了,再走 3 公里你会看到一个交叉口,从一点钟方向下道。第三个下道口。一点钟方向。明白吗?"我尽力把话说得明白些。

"明白。"他从牙缝里挤出了两个字,手还死死地握在方向盘上。

十次变道,能有五次没找对道口。我们不得不来回兜圈子,直到驶入正确的车道,再从正确的道口下来。每当我们选对了道口，没人朝我们按喇叭时，我们就会像打了胜仗的将军一样高兴。

在驶往巴克劳伦的路上，我们看到了风格朴实而又布置精巧的村落，那里有地地道道的农舍和农舍主人精心打理的花园。汽车一路上经过了小巧的村庄、树林、田地，还有古色古香的石头堆砌的围墙，墙上爬满了青藤。路上的风光太美丽了，充满了英伦风格。汽车越是靠近康沃尔郡的深处，公路就越窄。那些低矮的围墙离我们越来越近，也越来越高，到了后来都能高出我们的车子两三英寸了。我们的视线受阻，对面驶来的汽车差点与我们迎头相撞。蒂姆本能地使劲朝左打着方向盘，好几次都险些撞到路边上。更倒霉的是，车外的毛毛雨一直下个不停。挡风玻璃上不太听话的雨刷开始发出"吱吱"的声音，"吱吱……吱吱……吱吱"，弄得我们的司机心神不安。

公路猛然变成了一车道，对面的汽车还一个劲地朝我们驶来。我们还发现路旁有泥泞的小道。每次我们与对面的车相遇时，总有人先倒车让路。他们开的大多是大型越野车或者四轮驱动的大家伙——与宇航船差不多大。将汽车倒入不及车身一半的空间，对他们来说好像不算什么，但却把我们累得够呛。此时蒂姆和我已不再说话。偶尔的喘息、抱怨、叹息成了我们唯一的交流方式。

最后，在B&B旅店老板的电子邮件和GPS的双重指示下，我们才慢腾腾地开进了农场铺着砾石的停车场，这次维多利亚终于熟悉了自己祖国的公路状况。真不错！猫途鹰网站（Trip Advisor）上面列出了不少令人艳羡的风景。不过，在雨雾之中，我们连房子都看不大清，就更不用说风景了。我们从车上下来，浑身水淋淋地跑到门廊下避雨。这时门开了，房东琼·亨利赶忙把我们让进屋内。房东身材矮小，脸上挂着笑容，腰间扎了一个干干净净的小围裙，上面还印着草莓图案。"我们一直在等你们。天气太糟了。快进来吧。等会儿再搬行李。先上客厅去。喝茶还是喝咖啡?你们饿了吧?"

就像满心委屈的孩子看到妈妈时的心情一样,我们此刻满心感激,感谢房东的善良与款待。她让我们先在客厅里休息一下,附近有一座电壁炉,然后又送来了咖啡和自制饼干,还有一个好消息——明天艳阳高照!

一对年轻的英国男女坐在客厅的沙发上。那女子的名字(弗里斯·姆恩卡农·诺斯)就像艺人的艺名一样。她告诉我们,她从小就生活在巴克劳伦农场。她的男友肖恩·托曼是一位机械师。外面的雨势稍缓之后,好心的小伙子肖恩不忍心蒂姆独自一人在很陡的楼梯上拉行李,挺身而出。那天我们确实需要很多帮助,也得到了很多帮助,对此我们始终心怀感激。

这座老宅是典型的英国风格:玫瑰花、小雕像、饰有花纹的茶杯、高高挂在墙上的小花彩纸、吱吱作响的楼梯和浴室地上的油毡(浴室的被子和浴巾也很干净),我们就像来到了温馨的外婆家一样,棒极了!

隔壁的农场改成了一家小饭店。真幸运!否则,我们现在宁可饿死,也不想在那种道上继续开夜车了。

琼递给我们一个手电筒。我们自己来到隔壁,吧台旁的几个人有说有笑。我们递上晚餐券,喝了杯酒。在楼下,我们惊讶地发现了一个温馨而诱人的餐厅,在里面吃了一顿令人回味无穷的美味牛排。尽管白天遇到了些麻烦,却也收到了许多善意的帮助,这是一件值得庆幸与感恩的事。

夜里大雨不停地敲打着卧室的窗户。我看着蒂姆,叹息着说:"亲爱的,这样折腾一天之后,有几次我都问自己,我们是不是疯了。我已经累得不行了,我知道你也是。我们是不是太逞能了?"

确实如此,一路上陪伴我们的只有潮湿、冷风和种种意料之外的麻烦事,我们现在已经筋疲力尽了。这一天下来之后,我们心里已经没底了,因为未来几天迎接我们的依然是重重难关。我们不知道接下来的英国公寓是温馨的安乐乡还是简单粗糙的大车店,更不知道入住之后是否还会有一系列意想不到的麻烦。我们还有伦敦、爱尔兰、摩洛哥要去,还要在巴塞罗那度过几个夜晚,然后才能在回家的路上倒在特等舱里——谁知道那艘船是否能令我满意?一想到这些,浑身疲乏的我就难受极了。再说了,我们两人的生日也快到了。这一切都快让我们无力招架了。尽管身体还很健康,但年龄不饶人,我们的抵抗力已经越来越差了。与前几年相比,颠簸一次之后,现在的我们需要更长的时间才能恢复。

　　"不,我不这么看。"显然,蒂姆这是在为我壮胆,"一天之内走了这么远,我们不该急着赶路。下次再也不要一口吃个胖子了。我敢打赌,明天一早你就能恢复如初,到时候你还会想在周围转转呢!"

　　蒂姆的话一向没错。琼的天气预报也精准无误。次日清晨,户外的一大块翠绿色的玉米地在阳光下闪闪发亮。从玉米秆和玉米穗的间隙中望过去,康沃尔的海岸在阳光的照耀下闪闪发光,大风吹开了白色的浪花,呼号着飞过树林。我们顿时又来了精神,因为昨天在温馨的房间里盖着羽绒被舒舒服服地睡了一夜,清早又在老式的餐厅里吃了一顿地道的英式早饭——绣花餐巾布和手绘细瓷大盘子、银质烤面包架和可口的香肠。我们迫切希望看看康沃尔的真面目。早先的烦恼已烟消云散了。

　　我是英国犯罪小说的忠实读者,对 P.D.詹姆斯、露丝·兰德尔和伊丽莎白·乔治那些复杂离奇的神秘小说百读不厌,所以我有资格告诉各位,在这些小说里康沃尔具有一席之地。在英国的犯罪小说里,总会有人从康沃尔陡峭的悬崖上摔下去,或是被人推下去,或是猛然听见一声枪响。作为读者,我很期待能够身临其境地感受那种氛围。事实也证明,这里和我的想象大致吻合,只是多了几分自由自在的浪漫色彩,还充满了悬念和暗算(对我们来说,就是一次次闪开那些在窄道上疾驶而来的越野车和满载着一捆捆干草的拖拉机)。虽然蒂姆仍然格外紧张,但最后还是顺利地开了出来,而且毫发无伤。

次日上午,短暂的好运就离我们而去了。外面细雨蒙蒙,大雾一片。我们吃了琼的营养早餐,饭后,年轻朋友肖恩和蒂姆拖着行李出了前门。才走了一趟,他们就发现我们汽车的左前轮出了问题,显然是在窄道上来回刮碰马路牙子损坏的。肖恩开始修胎,琼的丈夫罗伯特也过来帮忙。我从窗户里朝外张望,却发现蒂姆在模仿马克·吐温小说里的汤姆·索亚:他站在树下,嘴里叼着雪茄,看着人家蹲在砂石地上修车胎。我觉得蒂姆应该为自己的行为难为情,但在我看来,他毫无愧疚感。这个场面反倒提醒了我,我顺手拍了一张照片,作为永久纪念,拍下了他干完活手还不脏的"窍门"。

赶到下一个小镇的时候,我们用新胎换下了旧胎,之后驶向巴斯。这是一座从简·奥斯丁到 J.K.罗琳的文学作品里曾反复提到过的英格兰小镇。我们在一家气派的旧旅店度过了两个夜晚,然后乘出租车进了城,参观了著名的罗马热水浴池,这浴池是乔治王时代风格的遗存,之后又外出购买了毛衣。户外的温度一天比一天低。我们两人浑身乏力,希望在伦敦附近先找个地方安顿下来。我们就像普通的旅行者一样,已在路上连续行进三周了,此刻,我们迫切需要舒舒服服地休息一下。

我们在科茨沃尔德地区的几个村子里稍作停留,参观了附近的巨石阵。令人伤心的是,由于英国政府用绳索把石阵围了起来(目的是防止游客胡乱触碰),这里远古天文台以往的神秘感早已不复存在。如今我们只能从外面瞻仰巨石了。此外,巨石阵的附近也建起了快餐店、厕所和游客接待站。这些设施都是必要的,与这里的环境颇为协调。但我还是觉得很幸运,因为多年之前我就和父亲来过这里,那时我的父母都在伦敦。当时我们只要停下汽车,穿过一片农田就可以到达巨石阵。那时候的巨石阵遗址上空无一人。我们一起撑着雨伞,默默地站了好久,心里猜想,五千到七千年之前的古人究竟是如何搬运这些巨石的,而且还奇迹般地建造了这样一栋与夏至日初升的太阳形成一线的环形建筑。我始终对自己与父母一起分享的那一刻记忆犹新。

看过巨石阵之后,我们驱车赶往伦敦。我发现,此时蒂姆的车技已经很娴熟了,偶尔还能扫一眼窗外的风景。看来,他的进步还真不小。"到现在为止,一切顺利,不过我在想你昨晚说的那些话,也许明年我们该重新制定计划了。"

"这是什么意思?"我问。

"亲爱的,在一个国家旅行,从头到尾都不固守那些惯常的旅行路线,这是一些旅行者的旅行方式。我们确实爱探索,但我们不妨改变一下方式。因为我们不像他们,他们还有家可回,回家后也可以放下行李舒舒服服地休息。但是我们不行。我们出门在外,不仅没有一个熟悉的环境休息,还必须在外面安个新家。"他拍了拍我的膝盖,"所以,我们必须换一种方式。我相信,我们会找到更适合自己的办法。"

我觉得蒂姆说的没错。事实上,他也在努力调整我们的计划。他在网上不停地更改轮渡、航班、汽车租赁以及其他的一些相关计划。就我们现在的这种生活方式来说,他对细节的关注可以决定我们的出行能否取得成功。当我们考虑下一年身在何处时,未来是无法预料的,有些意外会大大地改变我们的行程。我们的生活虽然可能会变来变去,却永远也不让人乏味。

在巨石阵与我们在不列颠的新家之间的公路上驾车格外轻松。我们曾担心陷在伦敦繁忙的车流里,所以绕过了伦敦,也很容易就找到了位于汉普顿王宫附近的新家。习惯了英国司机的节奏之后,蒂姆已经很少慌慌张张地来回转动方向盘或者朝其他司机吼叫了,磕碰马路牙子的事情也没有发生过。在洒满阳光的四楼公寓等候我们的是房东罗宾·赫布莱特。后来,事实证明此地是我们一路上最满意的公寓之一。我和蒂姆一下车就喜欢上了这里,一间可以用来放置行李的宽敞的客厅、一间舒适的卧室,还有一间整洁的厨房,此外,楼道里的电梯也是一流的。在这座干净、明亮的大楼里,一切应有尽有。不要再提康沃尔的那个被人精心照料的花园了——这里才是我理想中的英国天堂!

等罗宾离开后,我说:"呵,蒂姆呀,这次你真找对地方了! 这里太好了,而且泰晤士河就在对面。快过来看! 泰晤士河上的风光一览无余。这下又能好好享受一番了! 谁会相信我们从公寓里出来,几分钟就能走到一个应有尽有的大市场呢? 我们可以好好逛逛伦敦的大集市!"

他脸上挂着笑容,心里也美滋滋的,因为他的努力得到了我的表扬。"嘿,我们该出去转转了,回来再收拾行李。"

沿着泰晤士河岸的拉船道走了一会儿后,我们又朝下走去,两边都是树木、别致的房子和酒馆。一艘艘赛船在河面上疾速而过,他们的领队高声地喊着号子。人行道上有各种各样的行人:跑步的、推婴儿车的和骑车的。河面上到处都是帆船和摩托艇。有些地方的河面宽度不超过 100 米,所以要想在水上来往自如,没有经验和技能是不行的。空地上主人和宠物一起玩着飞盘游戏,孩子们或是追逐嬉戏或是在荡秋千。离我们公寓不远的地方有个小码头,它外面的拱门上面用航海蓝写着"渡口"二字。

我们找了个离公寓不远的地方坐了下来。蒂姆说:"我有预感,这次会是一次全新的体验! 未来几天里,我们在伦敦会比在其他地方更轻松。我们也喜欢这里的生活方式,我都快觉得自己是这个社区的一部分了。"

"你说得太对了,"我拉着他的手说,"每次我们一到伦敦,总会陶醉其中。我们已经爱上伦敦了。亲爱的,你的选择是对的。我爱你!"他攥住我的手,从长凳上站起身来。在那个九月的午后,这条长凳俨然成了我们的私人物品。

我们准备回去收拾新家。蒂姆说:"你听我说,我来收拾行李,你出去把我们的生活用品买回来。我打赌,你一定能把购物车从两栋建筑中间的过道上顺顺利利地推回来,然后我再把东西搬进去。"

我带着采购单去了附近的乐购超市,这是一家遍布英国和爱尔兰的大型连锁购物超市。我足足用了一个小时购买生活必需品。我喜欢购物,更喜欢美食,最重要的是,这是我四个月来第一次在食品袋上看见熟悉的英文名称。英国人为人谦让,和谐的购物氛围正是我所喜欢的! 这里的货物品种可能比不上法兰西和意大利的那么丰富,但胜在购买方便。我装了满满一车的生活用品,比如果酒和巧克力,还有一些水果、蔬菜和肉。结完账出门时,考虑到买的东西实在不少,我打算先把东西运回去,等卸完之后再把车送回来。我兴冲冲地把车推下人行道,经过一个小邮局,之后开始横过车道。

就在这时候,推车卡住了。左推右推就是推不动,此时,我开始嘟嘟囔囔,嘴里唠叨的话也不是我这个年纪的女人该说的。最后,我丢下车子跑过车道去喊蒂姆。真倒霉! 我还从来没听说超市的手推车也会抛锚!

等我第二次到超市购物时,才发现头顶上的一个黄色霓虹灯大标志上写着,手推车离开超市一定范围后轮子会自动锁死。我朝那家小邮局扫了一眼,这才明白他们的服务台就在里面。刚才那帮家伙一定是躲在那边看我们这些美国佬出丑呢!在世界各地的旅行生活中,我们起初并不知道当地的习惯,惹出一些尴尬和笑话也在所难免。

我在处理手推车问题的时候,蒂姆已经打开行李,逐件核查了公寓里的具体情况。接上了互联网之后,我们可以免费使用罗宾为我们提供的无线网络了,还能在 Skype 和 Face Time 上与家人和朋友聊天。虽然电子邮件很方便,但也比不上直接倾听你所爱的人谈话、看见他们的面容来得温暖人心。对于常常出远门的人来说,表面上不重要的细节实际上相当重要。连月外出之后,家里的生日派对、孩子们入学后的第一场舞会、当地的新闻,就连天气预报这种以往枯燥无聊的节目也有了一种全新的意义。一个孙女还向我们展示了她的小狗与人握手的可爱样子。对于远离亲人的我们而言,这种看起来微不足道的小把戏无疑能缓解我们的思乡之情。

我们用了一个晚上的时间来和四个家庭的亲人嘘寒问暖,这使我想起了多年前我父母在国外旅行的生活。与那时相比,现在的变化真是太大了。他们是真正的旅行先驱。我父亲在上个世纪 70 年代退休之后,就和母亲一起卖掉了房子,把家里的东西存了起来,在外面的世界一连走了七年。那时候,他们还没有便捷的互联网去安排行程、租住公寓……在那些日子里,我们只能通过写信、邮递照片等方式联系对方,一般需要提前几周就约定下次联系的时间,然后满心欢喜地等待从摩洛哥或者意大利打来的电话,即使通话的声音质量不高、通话时间不长、费用还很高。我的父母都是爱好冒险的人,他们最后一次去国外旅行时,已经 80 多岁了。蒂姆和我都觉得他们完全有资格做我们的精神向导。

要是他们知道我们如今在世界各地追寻他们的足迹,还过着卖掉房子去旅行的生活,一定也会替我们高兴的。

尽管我和蒂姆都很喜欢现在落脚的小镇东莫利塞,但我们还是盼着能尽快赶到伦敦。汉普顿宫廷火车站位于铁路支线的一端,这条支线的服务范围涵盖了英格兰东南地区。在火车刚刚诞生的那个年代里,火车并不是每天都能发车的。此时,看着眼前的火车站,我的脑海里忽然浮现出了詹姆斯·斯图亚特、加利·格兰特、雷·米兰德经典电影里的场景——"不好,现在非走不可了,我们必须赶上5点2分的火车",然后马上把手里的表揣进兜里。那个时候,哪里能想到,有朝一日每天都有火车通行而不必苦苦等待呢?我们有一张火车时刻表,很快就查到了在火车出发前五分钟赶到车站的准确时间。火车上的大多数乘客都是来参观这里与车站同名的著名王宫——亨利八世与他的六位夫人以及数不清的情人都曾在此生活过。等当地人和游客涌出车厢后,我们就在电子眼上刷票,在车厢后排找到了自己心仪的地方,然后大大方方地拿着一份在车站上买的英国报纸,外加一杯咖啡,一边努力让自己融入当地人的生活环境,一面享受着驶向滑铁卢站的25分钟车程。

滑铁卢站是这里的交通枢纽。起初,这座大站让我们觉得无比神秘,商店、酒吧、通勤族、游客和骑自行车的路人,都能引起我们的兴趣,但是,时间一长,我们就觉得滑铁卢也和之前的小车站一样了。你可以从伦敦去任何地方——搭乘火车和地铁走遍整个不列颠,而且不必走出车站。我们这些加利福尼亚人上下班不知浪费了多少时间。对我们来说,如此高效的公共交通简直就是个奇迹。

回程稍显麻烦。我们或是准时赶上火车,或是通过其他方式。"其他方式"指的是再等上30分钟的火车,这也还说得过去。不过,要是错过了晚上10点30分的倒数第二班车,我们就得再多等上一个小时,凌晨1点之后才能回到公寓。我还没尝过赶不上末班车的滋味,但是我可以告诉你,从考文特花园经过滑铁卢大桥,在冷飕飕的小雨里又找不着出租车,一路步行赶上滑铁卢站发出的最后一列火车,那可不是一件舒服的事情。

在伦敦,我和蒂姆总希望能在匆匆忙忙的购物和逛街之后,返回自己的公寓。我们把公寓当成了自己的专属阁楼,因为我们住在公寓的第四层。由于位置的关系,我们每天都可以从高处俯瞰下面的泰晤士河。我们走过小径,信步来到村中央,一路上停下来与当地人或河边的人聊上几句。后者系好船后,或是购物或是遛狗。我们还看到渔夫躺在帆布椅子里,周围放着冰柜、工具箱和背包,他们一边向我们炫耀着手里的战利品,一边不厌其烦地描述自己的捕鱼技巧。不过他们的口音太重,我们只好赔上笑脸,一个劲地点头称是,实际上却一个字也没听明白。尽管如此,我们还是喜欢与他们的这种互动。我说过,我们太喜欢欧洲的礼拜日了,因为这里的人确实在休息,也知道自己该如何利用周末的空闲时间。他们的这种生活方式对我们也有所启发。

有一天,我们发现了1871年成立的莫利塞板球俱乐部,据说这是英格兰史上最古老的板球俱乐部。比赛的场面堪称经典。队员身着闪闪发光的白色短裤、内衣和V字形领口的运动衫;台上的观众看似悠闲,但都身着盛装,一副预科生的模样——卡其布裤子、浅格子T恤衫和拉尔夫·劳伦腰带,肩上搭着的开襟毛衣在锁骨上方轻轻地打了个结。孩子们打球时,他们的爸爸妈妈会像美国橄榄球场上的爸爸妈妈一样,又喊又叫,有时还会激动得跳起来,指挥他们的威廉或波希把投球手刚刚发出来的球深深地砸进洞里。

我们发现,泰晤士河的下游有个入口,那里是亨利八世从伦敦去他乡间王宫的必经之地,附近的渡口有一个小码头，渡船会把乘客安全送到汉普顿宫、金斯顿和泰晤士河上的里士满。在一个阳光明媚的日子里，我们和同行的几个人一起排队等船，向船长交过船票钱，我和蒂姆选了两个视线好的位置。小船驶出之后，我们看见岸上的别墅、精心打理的花园和天鹅绒一样的草坪，还有停在码头的漂亮游艇。人们在不同的站点上上下下，泰晤士河上平静的生活令我们心驰神往。对这里的居民而言，泰晤士河面就像大街一样，只是交通工具不同罢了。

我再次为自己明智的选择而暗自庆幸，因为我们确实在国外享受着真正的美好时光。一些经历看似无足轻重，比如与渔夫们闲聊、观看孩子们打板球，却让我们亲眼见证了生活的丰富多彩。晚年能有这些经历，也是出乎我们意料之外的。

我们又来到泰晤士河上的里士满，顺着纤道走下去，看到有人坐在对面饭店旁的树下吃午饭。一家咖啡馆的铁制桌椅安静地躺在柳荫下面，旁边还有几株枝繁叶茂的无花果树。我们走上前去，在靠近路边的一角坐下，正好能欣赏到河里的划船比赛，男女赛手驾着小船熟练地绕过浮标。我负责去取午餐，蒂姆则在餐桌旁边安静等待。

等我取回三明治和饮料之后，蒂姆正与邻桌一位迷人的成年女性热烈地聊着。她叫比阿特丽斯，从小生活在里士满，每天都会一个人来河边吃午饭。她用颇具教养的英语说："我丈夫哈罗德简直就是个独行侠。最近我刚刚退休，还以为他能陪我一起出去兜兜风、跳跳舞。可他只喜欢和自己的朋友打高尔夫球。天气这么好，我想让他陪我出来一起吃午饭，可是他不同意，最后还是跟朋友一起打高尔夫球去了，直到傍晚喝茶的时候才会回来。今天我又是孤零零的一个人。他这么待我，连孩子们都生气了。你们说我该怎么办？"

三个人面面相觑。我知道她可怜，她丈夫全然无视她的要求。愤怒的表情从蒂姆的脸上闪过。这么多年，丈夫一直让她失望，我们为她伤心的同时，也帮着她出了不少主意，比如参加舞蹈队、加入俱乐部，或者再回学校去学习她真正感兴趣的知识，总之就是在丈夫改变之前继续她自己的生活。

　　蒂姆把果酱倒在法式炸薯条上，问："最近有什么事情影响到他了吗？"

　　"大夫又给他开了些治疗前列腺的新药。"

　　"那你为什么不找找大夫，请他调整一下药方呢？""医生"蒂姆一边吃着三明治，一边绞尽脑汁地想办法。

　　比阿特丽斯和我都疑惑地望着蒂姆，难道是药的问题？"他对你冷淡，有多长时间了？"我希望能了解更多细节。

　　"让我想想，有44年了，从我们结婚之后就这样了。"

　　这才是问题所在。显然，44年来比阿特丽斯总是忙于工作，竟然没注意到她嫁了一个——怎么形容呢——混账丈夫。我建议蒂姆到他们家去，照着她丈夫的鼻子狠狠打上一拳，然后上船走人。这话逗得他们大笑不止。比阿特丽斯认为蒂姆能打赢。蒂姆？我看未必。

　　朝比阿特丽斯挥手告别后，我们坐上了驶向莫利塞的渡船。后来，我还经常提起她。与一个人一起生活了44年，竟然还不知道对方是个什么样的家伙，这不荒唐吗？她的经历简直可以写一出黑色喜剧了。我们不知道，除了无视丈夫外，她还能做什么。我真希望她能走出家门，或许这才是最好的解决方法！遇到这种事的时候，我自然会想到亲爱的蒂姆，感谢他的善解人意。

　　在我们四海为家的旅行生活中，与各色各样的人相遇、相识是最有趣的经历。应邀到别人家里喝杯酒、吃顿晚饭，哪怕只是喝杯咖啡，对我们来说也格外重要。对于四海为家的人来说,进饭店、住旅馆就像家常便饭一样,因此,我们非常渴望能在一个实实在在的家里,哪怕只能待几个小时。一说到家,人们总会问我们,没家之后最怀念家里的什么。我和蒂姆总会异口同声地说:"家具!"当然我们最最想念的还是亲人和朋友,不过,一把已经用过多年的舒服的椅子,又怎能不让我们这种常年漂泊在外的人向往呢!请想想:谁能舍得把贵重的家具放在出租屋里一次次地租给陌生人?我们租来的房间虽然大多数都能让我们满意,位置也好,干净,设备齐全,但我们从来没碰上像样的沙发或真正舒适的椅子。不知何故,床都说得过去,但椅子什么的就不能提了。

一路上,我们几乎没享受过舒适的椅子,有几次,我们的行为都让别人觉得不可思议。我们住在东莫利塞的时候,老朋友玛尔戈和里克·李克波诺住在伦敦,他们邀请我们礼拜日到伦敦吃午饭——英国人和爱尔兰人称之为吃烤肉——午后在他们宽大的别墅里还小聚了一次。寒暄与拥抱一结束,蒂姆和我就飞快地扑进客厅,坐进了柔软的皮椅里,一会儿高兴,一会儿叹气,玛尔戈和里克都吃惊地看着我们,以为我们疯了。他们每天都能坐上这些椅子,对他们来说当然无所谓!我们解释说,柔软的坐垫外加舒服的靠背,这是我们在路上最想念的。于是,他们索性让我们在大椅子里坐上一下午。哪怕午饭用猫食招待我们,我和蒂姆也绝无怨言,只要能多坐半个小时就行(后来,我们又吃了一顿丰盛的晚餐,他们餐厅里的椅子也被我和蒂姆占领了)。

我们学着改变对舒适家具的偏爱,强忍着在参观大房子的时候对家具视而不见。后来,我们乘火车去参观温莎城堡,特别喜欢里面的厨房。这间厨房一直没被废弃,贝蒂和菲尔①回家后就一直在用。一天上午,蒂姆开车拉着我穿过

① 贝蒂和菲尔分别是伊丽莎白女王和菲利普亲王。

车流和雨雾来到了海克利尔城堡。这是一座大庄园,英国广播公司著名的系列电视剧《唐顿庄园》就是在这里拍摄的。城堡面积足有5000英亩,是我们见过的最宏伟、最美丽的建筑之一。城堡的风格低调、显而不露,对此,蒂姆和我都感触颇多。只有身临其境的时候才会发现,这个家里收藏的价值连城的绘画和古玩要比电视剧里看到的多得多。中午时分,我们游览了大花园。蒂姆感慨地说:"这个地方真是让人流连忘返。唯一的遗憾是我们不能试试里面的椅子,不过,我打赌,里面的椅子一定比不上里克的皮椅!"

一碰到晴天,我们就会跳上火车,赶到伦敦城里。那些令人念念不忘的地方能占去我们一整个下午。维多利亚和阿尔伯特博物馆(英国人习惯简称为维克和阿尔)是世界上最大的装饰艺术博物馆。这里也是不列颠奶奶的储藏室,即使在安装了新展柜和新奇的互动程序之后也依然如此。上个世纪六十年代以来,我至少每隔十年光顾一次,这里似乎总是装满了值钱的好东西,估计是这些东西的负责人找不到合适的地方存放。嵌花的墨水台、人发制成的花边手镯以及十八世纪的圣诞卡片,与无价的装饰品、艺术品、挂毯和考古发现的珍宝一同陈列在里面,几个星期也看不完。我们还走进威斯敏斯特教堂,缅怀长眠于此的王室成员、诗人、音乐家和僧侣。在大英博物馆里,我们对埃尔金大理石雕再次发出感叹,这批石雕是1803年英国人以"保护"的名义从希腊众神庙里抢过来的,后来又拒绝返还。宏伟壮观的大英博物馆坐落在一条林荫道上,两百年来,附近的一家家酒馆为疲劳的游客接风洗尘。这座博物馆会永远吸引你,让你心生敬畏。我们每到此地都会参观新的展区,同时也会尽量省下体力去拜访曾经的旧爱。

波托贝洛路因其周六的户外市场而为人熟知,市场延伸了好几个街区,这里也足以让我们花去一个下午。事实上,只有在这里我才能给蒂姆一丝惊喜，因为我以前就来过这里。为了招揽生意而频频甩卖的小店紧靠着销售高价珠宝的大型店铺，此外还有高价推销名画的画廊和推车叫卖塑料玩具的行脚商。砖石结构的商店让人着迷，帐篷下的那些小贩也能让人感到惊喜。蒂姆和我仔细察看银器、旧书和早年的珠宝，偶尔也会有所发现，比如一个香槟酒搅拌器——以前男侍者为了讨好女客，常常会用它来搅灭酒杯里的泡沫——此外，还有一盘盘的独眼镜片、看剧用的单筒镜和上百种其他奇物。这是闲逛者的天堂，我们要经得住考验才行，不然又得加重行李的重量了。我们储藏室的盒子里也装着一些奇妙的小物件——一个纯银瓶塞、一个 1848 年的银质名片盒（盒盖下面还刻着原主人的名字）和一张旅行用的写字台与原装铜盖玻璃墨水瓶——都是我以前辛辛苦苦从波托贝洛拖回家的。等我们再度安顿下来之后，我一定要把这些心爱的藏品一件件摆出来，那绝对会像过一次圣诞节一样，令人惊喜愉快！

　　随着时间的流逝，这里的天气也一直在变。商量之后，我们都觉得有必要花上几个下午的时间在牛津大街寻购一件合适的毛衣和外套（之前我们就决定在伦敦购买，因为不可能整个夏天都拖着衣物到处走）。循着购物街的方向，我们来到熙熙攘攘的人行道上。在这里，我们发现，由于年龄的缘故，我们的速度明显慢下来了。伦敦到处都是步履匆匆的行人，他们并不理会那些慢腾腾的略带彷徨的路人。不过，他们也并没有针对我们的意思，只是一次次的推碰不能不引起我们的注意。最安全的方式是"一"字前进。如果有必要，我们就在某个店铺门口停下来，而不是停在人行道上。英国人一向以善解人意著称，路面上和灯杆上都会有指示语，提醒行人走下马路牙子之前一定要先朝右看看。

我们偶尔也会在城里吃饭,然后一起去看演出。在伦敦看话剧或音乐剧是一种享受。与其他城市相比,伦敦的剧院更小一些,也显得更私密一些,能够营造出一种更有个人色彩的氛围。考文特花园在剧院区的中央,24 小时灯火不熄,游人和看剧的观众络绎不绝,还有繁忙的酒吧、饭店和 T 恤衫与礼品店。我们看了两场音乐剧和一场话剧,之后赶紧过桥来到滑铁卢车站,因为我们必须赶上 2 号站台发出的最后一列红色的小火车。话剧《火战车》看得比较过瘾,它的舞台布景与众不同,台上还有一条不长的轨道,一群体力充沛的演员在上面跑来跑去。等到剧终观众鼓掌时,演员们也回报以同样热情的掌声,有些观众甚至还冲到了舞台上。原来,夏季奥运会刚刚结束不久,获得奖牌的英国运动员也应邀在舞台上演出了。我们和其他兴奋的观众一起为他们的高超演技喝彩。对我来说,这个夜晚意义非凡。我们深受周围涌动的自豪感和快乐气氛的感染。我始终认为英国人具有大无畏的精神。我的童年正好赶上第二次世界大战,直到现在还隐约记得曾经的新闻图片,片中的儿童在轰炸后的瓦砾中捡东西,还有一队队的难民为避免可怕的轰炸,登上火车逃离伦敦。那种民族主义在英国时有爆发。英国人那种"敢为"的韧性深深地打动了我。他们为同胞成绩的欢呼和对竞技精神的崇拜也在激励着我,我不想让蒂姆看见我湿润的双眼和发红的鼻子,怕他说我一碰到英国人就感情用事,他毕竟是百分之百的爱尔兰人!

并非每天都会有趣味盎然的旅行故事。接下来的几天里,蒂姆继续写他的小说,我也忙着为《华尔街日报》的文章收尾。编辑让我写足 2000 字,还暗示我会在讨论退休问题的版面上重点推出,而且我的缪斯蒂姆也建议我出书。我打算动笔,但是既兴奋又害怕。写作和家务成了生活的一部分,一连多日都无法摆脱。每天的晚饭总是自制的炖肉,然后是同样的电视剧。我再次切身感受到了这种没"家"的家庭生活,尽管眼前的沙发没有以前的那么舒服。

我们的搜索圈也在向外延伸,已经覆盖了数英里外的购物区。这里有一家高档超市,一家布茨连锁大药房和其他我们感兴趣的商店。一天,我在杂货店里挑选东西的时候,蒂姆在一旁等得不耐烦,说:"我要出去转转,看看街那边有什么。你慢慢找,我马上回来。"我表示同意,继续寻找我要的商品。

过了一刻钟左右,蒂姆又出现在我身旁,手里舞动着一个大袋子。我问他:"怎么回事?"

"说了你也不信。"他从袋子里拽出一件漂亮的黑色大衣,在摆放洗发液的架子旁边就披在了身上。他兴奋地说:"才20英镑!"这件大衣不但合身,而且保暖,最重要的是丝毫不过时。

"这是从哪里弄来的?"

"救世军的二手店,亲爱的,就在街那边。也有几件适合你的!"

我简直要高兴坏了,赶紧走出杂货店。那里还真有一件双排扣、小牛皮、八成新的黑色大衣,尺寸也合适。为什么不要呢?这两件外衣完全能帮我们度过英格兰的秋天和爱尔兰冷飕飕的十月。60美元就能解决问题。使用已被用过的东西,也算是为环保出了一份力,我们还为此颇感得意呢。回到公寓后,我发现这件大衣还是件品牌货,正常的零售价是400美元。这次颇为明智的选择让我和蒂姆都飘飘然了。

出门在外,行李越少越好,即便如此,我们行李箱里的衣物和梳洗用品还是有些多。但是,这些物品很重要。我们又不是晾衣架,自己的着装当然得说的过去。我不停地告诉自己,与我们相见的又不是同一个人——蒂姆和我另当别论。我们还告诉自己,不能总穿同一件衣服。有时我走出卧室,上下打量蒂姆,问他:"今天的葬礼安排在几点?"因为我们已经跌入旅行者的陷阱:从早到晚,一身黑装。我们的想法是,要看起来精神一些,不能不干净,衣服必须和我们的身材相称,这样能显得更瘦!

一连四个月的风雨兼程,等我们抵达英格兰之后终于明白,几乎在任何城市都能轻易买到换季的服装,既然不是那种来去匆匆的观光客,我们就有足够的时间精心挑选,就像在家里一样。所以,选购一件毛衣、外衣或上衣,对我们来说,从来都不是难事。

话虽如此,我们还是希望找到方便携带的多用途的衣服,品相要说得过去,也不必非得使用烘干机。根据已有的经验,烘干机等家电在国外几乎是找不到的,自称既能洗涤又能烘干的机器根本派不上用场。谢天谢地,好在大多数出租屋里有晾衣架或其他晾晒衣物的工具。不过,有的出租屋里就没有,一遇到洗衣服的日子,屋子里就会变得一片狼藉:内衣成了灯罩的装饰,浴巾爬上了餐桌……尼龙晾衣绳就成了我们无法舍弃的工具。即使身上的牛仔服到了不卫生的程度,我们也不会脸红,因为身边没有洗衣机。只要衣服没印着上周意大利空心面的痕迹,我们就能穿它与不清楚我们底细的人见面。他们不会知道,我们身上的牛仔服硬得都可以自己站起来了!

鞋子更要另当别论,尤其是我的鞋。我离开加州时,脚上没有一双讲究的鞋,因为还在布宜诺斯艾利斯的时候,我的鞋号就从 11AA 变成了 11.5AAA①。对于我这个年龄的女人来说,这简直就是个奇迹。出门之前,我连一双合适的鞋也没有,在佛罗伦萨和巴黎也没找到。我们在互联网上搜索后,才在克里斯宾(伦敦的一家大号女鞋专营店)找到,我那

---

① 此为美国鞋码。11AA 为美国 11 码窄款,11.5AAA 则为美国 11.5 码加窄款。11 与 11.5 换算为中国的鞋码,则同为 41 码,约为 255 厘米。

位善解人意的丈夫还提出与我一同去购鞋。

我们登上那列红色的小火车，经滑铁卢转入地铁。换乘几趟地铁之后来到了鞋店所在的街区。历史悠久的乔治大街古风不减，仿佛亨利·希金斯随时都能从考究的大门里走出来一样。一流的时装店、高级的裁缝店和时装设计店排列在街道两旁。这里让我有种局促不安的感觉，每一件商品都是那么时尚、昂贵。即便身上穿着最漂亮的上衣，我还是觉得自己的是件劣质品。四周都是设计师的时装店，我来这里干什么呢？

最后我们找到了克里斯宾，向店员说了我的鞋号，她打了个响指后高兴地说店里就有。片刻之后，灰姑娘的奇幻之梦就变成了现实。一双斯图尔特·韦茨曼牌 11.5AAA 黑色绒面尖头鞋出现在我眼前，上面还装饰着考究的蝴蝶结和发亮的黑扣子，穿在脚上柔软得就像手套一样。这双鞋太漂亮了，不过价钱有点高，我那位可爱的王子和我都倒吸了一口凉气，鞋不打折，但我那位体贴的丈夫知道自己心爱的姑娘已经一再为脚上的鞋而烦恼，因此坚持让我买下来。

我请求当自己离开这个世界的时候，能允许我带走这双斯图亚特·韦茨曼（我还希望能穿上"艾琳·费雪"）。

这双鞋太珍贵了，要装入行李箱才行。当我们与英格兰说再见的时候，浑身上下已经和难民差不多了。几天之后，我们登上航班，赶往下一站。此时，蒂姆已经习惯了左侧驾驶，开进希斯罗机场外面的车流时，他已经毫不发愁了。他真是个奇人！我们开始收拾东西，最后把维多利亚也装进行李箱。当我把她从英国汽车上拔下来的时候，不知道是不是幻觉，我好像听到了她的呜咽声。大概她已经预感到了：下一站是爱尔兰共和国。

第十章
爱尔兰

乌云在空中涌动,我们相拥在租车行外面的停车场上,等着服务员给我们办理手续。此时,从救世军商店那里买来的黑绒大衣让我们颇感舒服。我抬眼朝天空望去,觉得在都柏林我可能需要那双高价买来的斯图尔特·韦茨曼,就像雨天要用上雨鞋一样。但是,我又不忍心把它们踩进水坑里,绝对不行,至少现在不能穿上。蒂姆把多余的行李塞进车后的行李箱里,我听见他抱怨道:"见鬼!这么小的汽车。我敢打赌,缝纫机都会比它大。"

他在行李箱上使劲地拍了一下。这辆汽车太轻了,被蒂姆拍得都快离开地面了!

但是,你们以后会知道,这辆黑色的小尼桑后来也成了我们可爱的小伙伴。这辆汽车小到足以让蒂姆在爱尔兰的小巷子里来回穿梭,而且,我们几乎不必为停车位的事情发愁。不久,我们又发现,蒂姆与速度快、讲文明的英国人同路开车,这对他练习左侧驾驶大有好处,但面对爱尔兰人堂吉诃德式的驾驶风格,蒂姆就不得不改变方法了。他们的车速非常快,而且常常出人意料,这就要求蒂姆的动作要格外敏捷。幸运的是,爱尔兰人不会像意大利人或法国人那样贴在你身后行驶。

我已经有 20 年没来爱尔兰了。我已故的丈夫盖伊和我曾经在爱尔兰住过两年,当时他为美国的一家电影公司做视觉开发。从那时候起,我就爱上了这个国家。蒂姆已经听了太多我在爱尔兰的奇妙经历,所以他也同意过来。此外,他还是爱尔兰人的后裔,这也是他乐意来此游览的原因之一。

　　蒂姆与我动身前往戈尔韦,那是 125 英里以外的西海岸的一座城市。我惊奇地看着这里的超级高速路和车流。自 20 世纪 90 年代中期爱尔兰人的地位提高以来,这里就发生了明显的变化。20 世纪 90 年代初我在这里生活的时候,通向戈尔韦的公路是双车道的。村外菜地旁边就是红绿灯,那时候游人有机会停下来欣赏附近镇上的客栈、教堂、商店和整洁的农舍。那个年代,从都柏林到戈尔韦必须走上半天,我们这次没用上三个小时就赶到了。一如当年,爱尔兰风光依旧。12 世纪的教堂遗址和坍塌的修道院不时地闪现出来,这些建筑在 17 世纪中期克伦威尔改革中遗存下来,当时他以英格兰教会的名义在国内大部分地区乱征什一税,教堂和修道院也没能幸免。现在,虽然交通便捷了,但我却没能看见以前的乡间小镇,因为我们走的是主干高速,一路上溅着水花,从岛中央疾驶而过。

　　抵达戈尔韦之后,我们住进了一家现代、时尚的公寓式宾馆,宾馆位于市中心。虽然这里的住宿条件一般,但是,从宾馆的阳台上,却能把城市和海港那边的风景尽收眼底。我们从这个位置既能看到戈尔韦,也能看到周边地区。傍晚过后,我们在附近的一家酒馆里坐下来吃晚饭。蒂姆从餐桌对面探过身子,压低声音说:"我真不敢相信,这些年你说的都是真的!这里的人说话的时候都压低了声音,好像克格勃在每个盐瓶里都安了窃听器。"

　　他说对了。这家酒馆里坐满了顾客,低矮的天花板和深色的嵌板使大家发出的声音显得更小,连那些法国高级的小酒馆也不能与这里相比,尽管那里连刀叉碰击的声音也听不见。这些爱尔兰人似乎是在对我玩什么鬼把戏,进来之前我就对蒂姆提过这事,他们在酒馆和饭店里的窃窃私语总是让我着迷。爱尔兰是盛行各种传说的地方。当地的朋友曾经和我直白地说过,真正的爱尔兰人是相信有仙女在听他们说话的;他们还说,不是所有的仙女都像《彼得·潘》里的叮铃铃,这里的仙女报复心特别强,尤其爱捉弄那些吹嘘自己命好的人。当然,其中的真实原因远不如童话那样诱人,比如,因为以前爱尔兰共和军的存在,人们至今还小心谨慎。

就在我们吃晚饭的时候,另一个爱尔兰特色也如约而至:松软的土豆泥与烤鱼被一同端了上来,就摆在一大堆薯条旁边,桌上还有炉火烘烤过的马铃薯。无论在爱尔兰还是在不列颠,几乎每家饭店的食物都包含了双份淀粉。比如,在许多饭店里,宽面条、土豆泥和意大利面会一拥而上!我不知道这种烹饪习惯是怎么来的,但是,我知道这种吃法绝不会让人瘦下来。

次日,为了不让蒂姆继续驾车,我们换乘大巴前往巴伦,那是欧洲最大的岩石风景区。我们来到了爱尔兰最受游客喜欢的莫赫悬崖。莫赫悬崖有 700 英尺深,下面就是轰隆作响的大西洋海浪。在海风和冷雨的裹挟下,行走都很困难,我们几乎没法走上观景台。这里的一切都朝下倾斜。一路上,导游说个不停,从他那里我们也获知了大量信息。每到一站,我们都得在停车场等待那些自私的游客,因为他们不按时回来。平白无故地浪费时间、乏味的午饭和用餐地点,让我们立下决心:以后,无论如何再也不通过旅行团外出旅行了!但是,我们也并非毫无所得,至少周围的景象让我们永远不能忘怀。那天傍晚,我们又冷又累,但还是很高兴地返回了戈尔韦。我们在一家气氛轻松的酒馆里度过了一个晚上,还和窃窃私语的顾客们一起吃了两种马铃薯。

刚到爱尔兰的时候，我就有些感冒，莫赫悬崖上的冷风冷雨对伤风不可能有任何缓解作用。从爱尔兰海边下来后，我的感冒加重了。蒂姆在 B&B 连锁旅店订了个房间，就在凯里郡肯梅尔的中央。店主人罗斯玛丽是位魅力十足的年轻女子，眼前的这座楼房已经年深日久，不过，维护得很好。与我们寒暄一阵之后，她把我们领进了一间舒适的屋子里。又打喷嚏又咳嗽，我真是糟透了。她对我说："看来你需要一点帮助。请稍坐片刻，我去拿一些你用得着的东西。"

我难受得要命，只好听她吩咐，顺便看着蒂姆从行李箱里取东西。我知道罗斯玛丽要拿的东西：一锅热水和一个大托盘，托盘里面放着柠檬片和一个花碗，花碗里盛着一把小巧的银质镊子和一小碟方糖。她送来的东西样样精致，其中最有用的是一大杯詹姆士牌威士忌！她用镊子迅速地将方糖、柠檬片和威士忌拌在一起，然后在酒杯里倒满热水。"喝完马上会好。你在爱尔兰生活过，一定知道这里的高度威士忌！"说着，她把混合好的酒递了过来。

除了这里的高度威士忌，我还记得爱尔兰恶劣的天气，你必须时不时地停下来，喝上几口威士忌，这样才能出门远行。爱尔兰的酒馆里从来都不缺这些东西。不过，我不大清楚这种混合酒的疗效，好在喝下高度威士忌之后，舒服多了。爱尔兰人的偏方确实要比感冒药有用。

现在，我们身在何地？我自己也是一头雾水。哎呀，对了，这里是肯梅尔。这是一个风景如画的村子，与凯里环路和比拉环路相距不远，两条环路沿着两座半岛的周边绕行，半岛向外伸入大西洋，是爱尔兰的自然奇观。肯梅尔也因当地的美食与音乐为外人熟知。但是，因为我还在发晕，所以我们并没有走远，只驱车去了一趟邓洛裂谷。邓洛裂谷是一条狭长的通道，两侧是陡峭的山峰，周围有五个湖泊，风光艳丽。我们驱车经过谷底，又在当地的一家客栈里吃了一顿农家饭。这已经耗光了我的精力，还好，蒂姆就像白衣天使一样，对他的病人百般呵护。那天晚上，病人还喝了好几口罗斯玛丽酿造的神酒。

次日上午，我们来到了海边小镇金塞尔，这里一度是美食比赛的大本营。我们在村外找了一家现代化的大酒店，从这里可以眺望不远处的翠绿的田野和波光粼粼的湖水。在这种大酒店，常常会有新人举办的婚宴，或者公司款待客人的酒宴，所以，这里的设施和服务都不错。一流的服务和设施正是已经上下凌乱的两位旅行者迫切需要的：免费的停车场、宽大的卧室、足够的暖气、羽绒被大床、浴室里的内设晾衣绳和称职的员工。有时，为了洗衣机和停车场你必须放弃一些别的乐趣！

与此同时，我为《华尔街日报》撰写的文章在十月的第三周也要见报了。之前，我原以为在离开英国之前就能大功告成了呢，后来一打开苹果电脑，发现报社让我再发几张照片。他们需要几张蒂姆和我提着旅行箱的照片。我盯着屏幕说："哎呀！这可麻烦了。我们在这里一个熟人都没有。怎么才能拍呢？"

"稍等片刻。我马上回来。"蒂姆说完就出门了。

十分钟后，他又笑着回来了。"我问宾馆接待员能不能雇人帮我拍照，她说没问题。走，我们出去找个地方。"

我们找了一个合适的地点，边走边用苹果手机拍下来。选定位置之后，又匆匆返回楼上。

我进门时差点与蒂姆撞个满怀。他突然停在我前面，转过身来，一脸苦相。"嘿，等等，才想起来，我的山羊胡子得刮掉！"他拉长了苦脸说。蒂姆很喜欢他在英格兰蓄起来的胡子。说实话，我并不喜欢，但也不想扫他的兴。"亲爱的，怎么了？你的胡子与任何人又没关系。你看起来特别英俊。"我认真地说。

"你想想。我们上次给报社发的那些照片，我的脸刮得干干净净。他们未必希望从照片里看到现在这副面孔。"他闷闷不乐地答道。还没等我说话，他就为我刚刚开始的事业做出了男人的终极牺牲！几分钟后他走了出来，那张脸光如巴黎瓷杯。我暗自高兴，那张英俊的脸又回来了。

那位颇有耐心的服务员为我们拍了不少的照片：室内的、室外的、单人的和双人的，只收了20欧元（约141元人民币）。我得到了照片，外加一个光脸丈夫，好幸运！

拍完照后，我们在村子里小转了一圈，又在海港附近吃了一顿可口的午饭。然后，我们调头赶往爱尔兰中部的都柏林。在路上度过了一周，让我们都深感疲惫，身上也湿透了，我们都盼着能好好休息一下。蒂姆一边开车一边说："还记得吗？我们之前说过，到了爱尔兰，我们要改变旅行方式。现在，你的病还没好，我也累得不行了，而且，每过几个晚上就得拖着行李找新地方。"

"你说的没错。"我望着外面农田高地上矗立的一处爱尔兰城堡遗址。"到了一个国家之后驾车旅行，这确实是一个不错的想法。可是，每到一个地方——意大利、英格兰、爱尔兰——都不停地驾车行驶，我们会累得筋疲力尽，再说，我们还得拖着一大堆脏衣服！我们应该考虑一下自己的年龄，我们需要适当的休息。"

我们边走边聊，最终同意将来每到一个地方，先找个大本营安顿下来，之后再进行短途旅行。调整计划之后，我们的行李也仅剩下最近几天需要的衣物和其他用品，然后返回休息地，就像短期度假的普通旅行者一样。按新办法实行的话，花费可能更大，因为大本营需要我们付租金，外出短途旅行的宾馆也要付钱，但我们可以在其他方面缩减开支，比如减少在外面用餐的次数，这样就可以减轻压力，免得把钱提前花光了。18 个月来,我们已经在外面走了不少地方,我们也在慢慢地总结经验,将其变成习惯,变成制定计划的能力,使将来的旅行更顺利。

我们也意识到,我们现在有许多实用的知识和经验可以与他人分享,路上遇到的几乎所有人都对我们的生活方式表现出了浓厚的兴趣。《华尔街日报》请我写文章,也证明我们的想法是正确的。

我们驶向都柏林,20 年前的地标好像消失了一样。高速公路、立交桥和上下道口与洛杉矶和布宜诺斯艾利斯的几乎一模一样。我们所依仗的 GPS 维多利亚不停地东拉西扯,胡乱翻译着爱尔兰地名人名,比如,我们公寓经理的名字,GPS 的发音就与爱尔兰语发音大相径庭。不过,我们也喜欢她滑稽的发音,好在她还能指引我们前往位于布雷的新公寓。此地是一处海滨社区,乘火车 20 分钟就能赶到城南。镇上一片凋零,如同大多数过了旺季的小镇,但等我们调头爬山时,令人印象深刻的建筑开始出现在眼前。当我们驶向两扇描金黑铁门的时候,维多利亚让我停车。

大门敞开,我们朝老康诺特公馆(是的,我们住进了名副其实的公馆)看了第一眼,这是一座两层的大建筑,乔治王时代的建筑风格,我们将在这里度过一个月。这是蒂姆在 www.VRBO.com① 发现的。我曾提议在海边找个安静的地方,用不着每天在都柏林的车流里挣扎。在茂盛的草坪中央,这座高大的建筑四周围着森严的石墙,高高的玻璃窗在午后的太阳下闪着光,建筑后面的田野和草场一直延伸到了爱尔兰海。这真是太棒了!我们跳下车来,恨不得马上把门打开(公馆经理已经把钥匙给了我们),不知道还有什么惊喜在里面等着我们。

---

① 这是作者经常使用的网站,此外还有 www.HomeAway.com.cn。

皇家红地毯铺在大堂的地面上，这里曾经是公馆招待来客的大厅，四周挂着昂贵的油画，一部宽大的楼梯从楼上延伸下来，楼梯扶手光滑如洗。凡此种种，无不与那个时代相称。公馆是爱尔兰大法官普兰科特在18世纪末建造的。院子里种着许多高大挺拔的树，树龄都已超过300年。无数观众在丹尼尔·刘易斯的影片《我的左脚》里也见过这幢建筑。

公馆已经被分成十个公寓。建筑物两侧的公寓合在一起组成了一个更大的单元：三面朝外，还有两间浴室、正式的餐厅和宽敞的厨房。我们的中间单元有两个卧室。所有的房间都与入口和大堂相连，楼内的通道通向不同的单元。楼房已经被当成公寓卖给了外人，所以这里的一些房间（比如我们现在的这间），一般都会对外出租。

我们在角落里发现了一部现代化的电梯。蒂姆不必在铺着地毯的楼梯上用力拖拉我们沉重的行李了！电梯几乎正对着我们位于二楼的公寓门。进来之后，是一个漂亮的外厅、一间大卧室、一张双人床和一个小卧室，我们可以把行李放在小卧室里面，此外还有外厅的厨房。每个房间的地面与天花板之间的距离足有12英尺，高大气派的窗户也是那个时代的风格。从窗户里抬眼望去，外面是葱郁的田地和爱尔兰海。我们恋恋不舍地从窗边走开，开始收拾行李，调试眼前的洗衣机，最后再出去采购一些需要的食品。

我们驱车到海边察看地形，发现此地整个夏天游人如潮。即使在冷飕飕的十月，木板道上也挤满了行人、狗、狗主人、婴儿车和儿童。板道旁边、面对大海的一侧，排列着酒店、冰激凌店、小客栈和旅游用品商店，其中不少的店铺因为季节的原因已经歇业，让人感到空落落的。

我们在海滩的尽头发现了海港酒吧，2010年，《孤独星球》将其评为"世界最佳酒吧"。在采购开始之前，我们需要先为自己充电。我为祝贺自己与感冒的告别,足足喝了一品脱①的爱尔兰啤酒。

海港酒吧名不虚传,其中的奥秘不难发现。我们仿佛置身于一艘古船里,在一个午后静静地航行。天花板、地面和墙壁上遗留的痕迹仿佛向顾客诉说着它们亲身经历的一百四十年历史故事。酒店里面到处都装饰着水手从大海深处带回的古董和印刷品。被炭火烘烤的炉子里散发出的香气只有爱尔兰才有。是的!我们正围坐在炉火周围。不久,我们与邻桌的迈克尔聊了起来,他中等身材,五官标致,还有一双机敏的蓝眼睛。他戴着平顶格呢帽,我们在西海岸游览时,蒂姆在莫赫悬崖的旅游商店里也买了一顶同样的帽子。"我每天出去为夫人买东西,顺道过来和约瑟夫喝上一杯。"他用手指了指吧台。

很快,我们又聊起了政治。我们惊奇地发现,他们对我们国家的政治简直无所不知,还关注美国的一些社会新闻。因为现在的媒体足以覆盖全球,所以迪拜的天气、巴西的骚乱或者巴黎的罢工之类的消息,都能登报纸、上电视,被世人所知。我们出来之后,才发现这方面的消息国内报道得并不多。"你们说谁能胜出?我听说罗姆尼不错,不过奥巴马才是合适的人选。"我们与很多欧洲人聊过这个话题,迈克尔的看法与他们差不多。我们还谈到了即将到来的大选,还有爱尔兰的经济。"哎,现在的情况堪忧,不过我还是少说为好。"说着,迈克尔把拇指和食指捏在一起,做出了一个用拉锁拉嘴的动作。这个动作带有地道的爱尔兰风格,我们三人不禁发出了一阵大笑。

我们拖着身子从温暖又舒适的海港酒吧里出来,蒂姆发现角落里有一个被人反复使用的镖靶,他停下来,扔出了几

---

① 品脱,容量单位,主要于英国、美国及爱尔兰使用。此处应指英制1品脱,1品脱约等于5.6826分升。

支飞镖，竟然将第三支飞镖投入了最核心的位置。他的表现也让我手痒起来了。"不知道你还有这一手!"我兴奋地说。

我们一边往回走，他一边哈哈大笑地回答:"我在音乐行当上花了多年的时间，常常出入圣莫妮卡的酒吧，总不能空手而归吧。"我这位多才多艺的男人永不缺少让我感到惊奇的地方。

接下来的几天里，风小了，瓢泼大雨变成了毛毛细雨。我打算借此机会和蒂姆去看看我曾经生活过的地方。鲍沃斯考特庄园是一座修建于18世纪初的建筑，历史悠久。雄伟的庄园按照帕拉第奥式风格建成，共有68个房间，坐落在威克洛山区，在都柏林以南，20分钟的车程。1974年，大火把这里的一座大厦烧成了灰烬，我上一次来此地时，大厦还没有修复。如今我高兴地发现，这座建筑里入驻了爱尔兰设计店、饭店和游客接待站，还有丽思卡尔顿酒店。

我们还在花园里漫步，最让我感到高兴的是，这里的花园早已修饰一新。这座花园在历史上也有独特的意义，如今又得到精心照料，为此我这个喜欢花草的人也忍不住地想赞美一番。我们站在石板楼梯的顶上，面对着有250年历史的花园，这里的景色深深地吸引了我们。朝下望去，一个个花坛错落有致，五彩缤纷。我们把目光转向人工湖对面，那里是高大的喷泉和茂盛的睡莲，远处就是威克洛山脉，山脉与人工湖之间是一大片方田，外面围着早年用手砌成的石墙。蒂姆俏皮地对我说:"亲爱的，你想想，我们可以站在这里欣赏美景，也可以坐在帕索罗布斯的电影院里，看布鲁斯·威利斯搞爆破。你更愿意选择哪个呢?"

我明白他的用意，但故意想逗他:"女士们，先生们，现在我隆重向大家介绍我的丈夫，蒂姆——含蓄之王! 这真是个两难的抉择呀!

又是一个大晴天，我们驱车驶向威克洛山区深处的威克洛国家公园,那里有格兰达洛风景区——爱尔兰人称之为"双湖谷地"。这个地方,我已经来过多次,但故地重游还是令我兴奋不已。

像爱尔兰这样美丽、适合居住的地方,如果待久了,自然会有很多朋友随之而来。我与我的第一任丈夫盖伊曾经一起在此生活了几年,我们有一栋大房子和占地 1 英亩的花园,这也是我喜欢来这里的原因之一。那时,几乎每个月都会有朋友或者朋友的朋友光顾这里,请我们做向导(寒冷的冬季另当别论,当然,我会再以别的方式款待他们)。我的挚友弗兰·莫里斯还曾专门从俄克拉何马州赶过来。我一直都对花园十分痴迷,这个习惯至今都没变,我们一起探访过鲍沃斯考特庄园、威克洛的阿舍山花园和国家植物园,都柏林四周的苗圃我们也转了个遍。曾经有一对来自我老家坎布里亚的夫妇在我们的房子里小住了数日。当时还在读大学的罗宾来过之后都舍不得离开了,与我们一连住了 9 个月。盖伊德克萨斯的朋友也时常过来,我们慷慨好客的客厅还招待过女儿的两个朋友,当时她们还都是第一次出国旅行。

那段时间,我常常会来双湖谷地,当时游客招待站的早已熟识的工作人员见到我的时候都会问候一番:"下午好,迪尔太太。"和我同行的朋友,无不感到惊讶。时光如水,多年后再来此地,已经物是人非。

我们继续前行,大山里的自然风光一览无遗,湖泊、溪水和原始森林仿佛在催促我们继续勇敢地前行。公元 6 世纪,圣凯文曾经在山中建了一个修道院,14 世纪时被英国人摧毁了。现在,那里还有些 12 世纪的遗址,那是爱尔兰最受游客青睐的景点。有些比我们健壮的游客为了朝拜圣凯文生前的遗迹,会一直爬到比双湖还要高的位置。他们在那里还能发现一个青铜时代的洞穴,那是最早的爱尔兰居民的遗址之一。

一条不太崎岖的小径指引着我们继续在林中行进,树林茂密,布满青苔,让你无法不相信这里生活着仙女。我们在附近的酒馆来了一次聚会,用来为那个可爱的午后画上圆满的句号。站在我们周围的是一对对爱尔兰夫妻,他们领着孩子、狗和老人一同出来度假,欣赏这秋日里的美景。

爱尔兰的生活真的特别适合我们。能与亲爱的蒂姆一同游览我喜欢的地方,对我来说,这就是最重要的。

回到公寓后,我们在上午用大部分时间写作,不希望写作与外出游历相冲突,因为写作占了我们越来越多的时间,所以我们一有空就会毫不犹豫地外出。蒂姆在写犯罪小说,所以他要寻找更多的血迹和线索,而我也在一次次地改写这部作品的第一章。到现在为止,我已经接受了这一事实:我要严肃对待写作这件事情。蒂姆也成天鼓励我。其实,讲述我们的故事也会给我们带来许多乐趣,而且写作也会让我心情舒畅。

不过,如果要出书的话,我还得写个出版报告,但是写了几次都不理想。我买了几部写作手册,读完之后更是云里雾里,不知该从哪里入手。如何写好一份出版报告,不同的作家说法不一。每次我刚要试着下笔,就开始失望、没信心,不知如何是好。这项任务似乎无法完成,我甚至开始怀疑,自己是否有能力把好的材料提炼出来。蒂姆坐在小餐桌旁边,我把咖啡桌当成写字台。我们两人都忍不住望着大窗之外的风景。每天清晨,我们都会望着外面的人沿着花园附近的大墙把马匹牵到地里。秋天以优美的姿态宣告了自己的到来,此时外面已经一片金黄火红,美得令人心动。一番美景近在眼前,我又怎能专心写作呢!

一天上午,用了小半天都没写出个所以然来,我索性关上电脑。"蒂姆,我用了五个不同的写作手册,希望把素材提取出来,但我确实写不出来!我写的文字不专业,不成熟。我就是抓不住要点。也许我们应该考虑请专业人士教教我。我不想让自己丢脸。"

他从电脑屏幕上转过来:"你说得对。如果《华尔街日报》上的文章能引起读者的兴趣,你就把出版报告发出去。"就像平时一样,此刻蒂姆已经有了办法。"还记得鲍勃·叶灵吗?帮我编辑小说《心理健康》的那位,他的水平可不低。只是不知道他有没有时间……"

接下来的一切都很顺利。鲍勃表示愿意帮忙。他是个大忙人,而且自己也是作家,所以他能理解我们的心情,也同意马上动手。他要写的是作者小传、说明函和出版报告的其他部分,如果让我们自己动手,怕是几个月都写不出来。

为了能够给鲍勃的写作提供一些一流的素材,我翻阅了许多与旅行和退休有关的书籍,让我感到特别开心的是,我那偶尔灵光一闪的第六感也来帮助我一起完成眼前的任务。

我需要给鲍勃发送一些写作的材料,还必须为目录和各章的提纲忙得不亦乐乎,所以从前由我负责的各项家务,现在都交到了蒂姆手上。后来蒂姆还开玩笑说,要是我们两个人每天都写个没完,非饿死不可,也没衣服穿,因为既没人采购食物,又没人洗衣服。

一连忙了几天之后,就像过去一样,一旦被压得喘不过气来,我就会一走了之,把出版报告的事情先扔到一边!都柏林还有那么多的美景等着我们呢,再说了,没有亲身体验,又怎能写好呢?我以"收集材料"的名义推迟写作。另外,劝说我亲爱的蒂姆一起出来玩并不是一件难事。

在爱尔兰生活的那两年里,我曾结识了几位好友。布鲁克·布雷姆纳是其中之一,她与子女生活在爱尔兰,后来又搬回美国,但爱尔兰的魅力又重新把她吸引回来。如今她与她的丈夫大卫·格鲁克把自己的生活一分为二,一部分时间生活在爱尔兰的肯梅尔，剩下的时间住在芝加哥。他们通常会在都柏林稍作停留，然后赶往芝加哥，所以我们有机会与他们见面。长时间出门在外，这次能与故友重逢，我心里有着说不出的高兴。我们四人一起去了几个地方，这些地方之所以为外人所熟知，是因为1916年的复活节起义和1921年的大起义。我们还看了爱尔兰戏剧节，观看了爱玛·多诺霍的话剧《小镇闲话》，我们还特别喜欢这位作家的另一部话剧《房间》。爱尔兰的诗人、小说家、画家和作曲家无论从经济上还是情感上，都能从他们所隶属的大家庭中得到一种激励，我希望美国也能学学人家。在爱尔兰，画家、作曲家和作家都不必为自己的收入交税。这个国家伟大的文学和音乐传统无处不在！后来，蒂姆和我在戏剧节上又观看了两场演出。我们喜欢在座无虚席的剧院里和有教养的观众一起欣赏话剧。

我们之所以选择住在布雷，是因为这里的铁路系统十分发达。进城之后，从大车站出发，走上片刻，几乎就能光顾都柏林的任何地方。火车站附近的街边还有许多停车位。然后，我们又坐了20多分钟的火车，火车顺着海滨蜿蜒行驶，每到一个地方，我们都会有新的发现——一直不曾见过的楼塔和庭院、在沙滩上嬉戏的儿童、在爱尔兰海上横行无忌的风暴，还有夕阳西下的几片火烧云。总之，意外的惊奇无时不有！每次乘车进城出城都是我们的一大乐趣。看着蒂姆被这个国家深深吸引，更让我感到高兴。

虽然都柏林一向以其悠久的历史而著称于世，承载着历史的纪念碑和路标也依然如故，但我还是发现了一些不小的变化：爱尔兰国家美术馆已经扩建；梅瑞恩广场上的那幢让人倍感亲切的建筑又增加了一个好大的空间来陈列各种世界级的艺术藏品。这是爱尔兰人尊重艺术、欣赏艺术的又一证明。我为爱尔兰感到骄傲。格拉夫顿大街及其周边地区

(这是一处购物与街头音乐的圣地)几乎没有发生任何变化,仅仅出现了一些我们在欧洲其他大城市都见过的时髦饭店和品牌店而已。每个街区都有街头音乐家的演出,他们中的不少人堪称一流艺人。花坛、滑稽演员和匆忙的购物者,使这里时时刻刻生机活现。乘车返回之前,如果还想再吃上一顿可口的食物,马克斯和斯宾塞地下美食宫绝对是正确的选择。我也高兴看到,世界范围内的经济下滑和所谓"爱尔兰虎"(20世纪90年代爱尔兰经济繁荣,所以才有此称谓)的没落,并没摧毁都柏林的繁荣景象。如果一定要说说这里的变化,那就是现在的都柏林比我记忆中的更有生气,更国际化。

除了布鲁克和大卫,我们还遇见了其他老朋友。与他们的相遇,让我们感到仿佛又回到了故乡。我们不必去刻意结交新朋友。他们就住在隔壁的老康诺特庄园。一日,我们正拖着购物袋朝楼里走的时候,遇见了阿兰·格兰杰。修理过的整齐的灰胡子、肥瘦合身的毛马甲,再加上他的仪表和发音也是一副十足的上等英国绅士的派头,说他生活在如此漂亮的庄园里,谁又会不相信呢!乘坐一部电梯时,我们发现大家要走的是同一个楼道,于是我们说起了聚会的事情。等我们收拾好食品之后,我对蒂姆说:"我希望阿兰的太太和阿兰一样魅力不减。能与邻居相识,是一件多么幸运的事啊!对于这个庄园,甚至整个爱尔兰,他们一定无所不知!"

次日,蒂姆坐在他的"写字台"旁,开始研究鲍勃要用的材料,我说:"亲爱的,你看外面艳阳高照,气象台却说明天会下雨降温,我们今天最好先到新格兰奇走走。我想让你亲眼见识一些那里的风景。可是,如果路上下雨就糟了。"

他朝我咧嘴笑笑:"你呀,真是坐不住。你真的不愿意坐下来好好研究一下给鲍勃的写作材料吗?"不得不说,蒂姆是一个称职的监工。

"我不是在写嘛。"我撒了个谎,拍拍脑门,又说,"都放在这里了。"其实,我何尝不希望我这并无恶意的小小的谎言能变为现实。

"好了好了,那我们就出去走走,不过,明天你真得坐下来写了。文章下周就要见报。我们最好能提前把出版报告写出来,说不定到时候马上就用到呢!"

不出所料,这场雨来的比预报的要早,可怜的蒂姆不得不在乡间坡道上躲闪迎面开来的车辆。这也是对我惩罚,因为我再次拖延了出版报告。车轮溅起了一阵阵的水花,我们继续行驶,我不停地为蒂姆介绍新格兰奇。"让我感到意外的是,新格兰奇建于公元前 3200 年,那里最初是个坟场,它比巨石阵和金字塔还要古老。到了之后你就会发现,高大的土堆下面是长长的甬道,土堆上面压着白色的石头。你还能看到生着蒿草的土堆,但却无法知道里面的情况。土堆的表面与 20 世纪 70 年代拙劣的石质壁炉仿品差不了多少,但新石器时代的先民们就是用这种方法为土堆外墙贴面的。那些白色的石头曾经一度脱落,现在可以看到的是由考古学家在周围找回来又镶上去的!

"我有些担心,"我接着说,"甬道太窄,而且里面可能有不少人。"蒂姆点点头,猛的一个转向,闪开了眼前的一个水坑。

我们到达之后,已有二十几位游客等在了入口处,他们正仰头望着上方阳光照入的豁口。每年 12 月 21 日冬至的黎明时分,太阳总会准时照进内室的中央。三千年的时光里,地球的轨道稍有改变,光线也有所偏移,但还是死死地照在目标之上。我们一直等到其他游客走开,好让蒂姆一睹太阳在此地的表演。之后我们顺着狭窄的甬道朝外走去,走进外面入秋后的小雨。

我们回去之后,发现门下面有一张短笺。"请于午后 6

时过来喝鸡尾酒。"落款是"邻居莫琳和阿兰"。

我们在可怜的行囊中翻来找去，希望为这个场合找到合身的衣服。蒂姆那件黑羊毛彭得顿牌衬衣（我们称其为他的"护身符"，因为他常常一天到晚地穿在身上，就像小孩身上围的安全毯一样）正好派上用场。我则身着长毛衣和紧身裤，手里的那瓶葡萄酒是我身上最显眼的装饰物。

莫琳是那种成熟的女性，五官清秀，年轻时一定是那种百里挑一的女人。她至今依然让人心动。她的银灰发髻一丝不乱，蓝色的大眼睛满是智慧和调皮。我们走入门厅后马上热烈地聊了起来，后来，让我们感到欣慰的是，在我们离开爱尔兰之前，我们的聚会一直都不曾中断。

他们的房子和我们的不同。他们在楼道尾端将两个空间合在了一处，所以那几扇乔治王时代风格的大窗户能让太阳从三面照进室内。浅绿色的墙面上挂着边饰考究的油画，一扇扇蚀刻法式房门将我们引向餐厅，透过房门能照进更多的阳光。地毯柔软，窗户上挂着双层真丝帷帘。房门上端的皇冠型边饰将所有的房间连在了一起。在略微有些寒意的夜晚，谁会不喜欢壁炉呢？在壁炉台和刻花桌子上摆着几张家人的照片，抛光的银质相框一闪一闪的。客厅和餐厅将楼房的空间连成一片，所以莫琳和阿兰的视野比我们的好：树林、田地和爱尔兰海，可以让他们尽收眼底。

他们还拥有我们最喜欢的东西——家具！蒂姆和我犹豫再三才落座，生怕新朋友嫌我们没有礼貌。当阿兰和莫琳走向壁炉对面的"椅子"时，我们才放心地坐进了两把天鹅绒扶手椅，旁边还有毛茸茸的足凳。这真是天堂！

旅行是我们共同的话题。我和蒂姆听他们讲述着自己周游世界的故事。像我们遇到的大多数人一样，他们也是不折不扣的旅行者。阿兰说："我们的身体已经不允许我们再出去迎接挑战了，不过，我们现在还能从邻居出租公寓这件事情中获得乐趣！世界各地的人来这里租公寓，我们频繁接触，总能从中得到乐趣，这也是一种旅行——不用收拾行李，也不用花钱！"他哈哈大笑。我们为再次找到共同的信念而感到高兴。这些人一次次地向外寻找来拓宽他们的视野，以获取新鲜的知识和经验，哪怕是从那几把椅子上得来的呢！

我们真希望能在那个迷人的房间里多度过几个夜晚，能一边饮酒，一边聊天。莫琳是爱尔兰人，阿兰是英国移民，他们有三个女儿和许多孙辈的孩子。阿兰是作家，出版过12部小说，他最近在写的《石头上的血》是一部谍战题材的惊悚小说，素材取自纳粹对犹太人的大屠杀。阿兰与蒂姆一样地博闻强识，历史事件、传奇和令人捧腹的故事，他简直无所不知。喝了几口酒之后，先前还有些腼腆的莫琳也讲了几个滑稽的故事，大多是有关祖上盎格鲁-爱尔兰家族那些个多姿多彩的故事——那些先辈在爱尔兰西部大地上的一座拥有三百年历史的城堡里进进出出，与他们相伴的是沾满烂泥的狗和目不识丁的农夫，这些家伙在考究的爱尔兰大理石地面和古老的东方地毯上印上了他们肮脏的足迹。临走时，我说："我们度过了难忘的时光，很高兴你们能请我们过来！我们也应该回请你们才是，但如你们所知，我们公寓的家具实在是没法见人。我们把吃的喝的带过来，在你们家答谢你们的款待，好吗？"提议顺利实施，如此一来，我们再与他们相聚就顺理成章了。

与他们夫妇相聚，总会有说不完的话，结束的时间一推再推，等我们磕磕绊绊地回到五英尺之外的公寓时，再做饭已经来不及了。我们就简单了事，喝几口灌装汤，吃几片饼干，重温一下刚才度过的时光。我们庆幸自己的好运，遇上了如此智慧、如此有趣的邻居，我们俩居无定所，他们还能与我们交朋友。这真是一个伟大的国家。

数日之后，莫琳和阿兰邀请我们参加他们的午餐派对，他们一个女儿的公公也在场,他生活在苏格兰人烟稀少的乡下。和派对主人一样,他也有不少故事可讲。我们喜欢听他讲爬过的大山和见过的风景。我们怀着热烈的期待在这家高档饭店要了葡萄酒——要不是有人指路,这家饭店凭我们自己是绝对发现不了的。举止端庄的服务员递上菜单,我望着对面与瓷碗上颜色相称的秋花。莫琳从手袋的小皮囊里取出了一个镶金边的单片镜,按在眼眶上,然后开始研读菜单。这是电影里才会出现的桥段,我还从未见过!此时,我绝不能与蒂姆目光接触,我知道他是强忍着才没笑出声的,不然,大家难免会扫兴。莫琳选完菜品之后,把单片镜放回随身携带的小皮囊里,再把皮囊轻轻地装入她那个浅色皮手袋,我这才喘出一口气来。好在我们刚才没让自己尴尬。

那天临近傍晚的时候,我又开始写出版报告。鲍勃发来几页文稿让我过目,我希望能尽快回信,因为第二天《华尔街日报》就要发表我的第一篇文章。

过度的兴奋,让我没法集中注意力,我只好先打开电视机,希望能放松下来。"亲爱的,该睡了。"蒂姆说完,关了电视机,走入厨房准备次日早晨的咖啡。

"我再看看邮箱。"加州的时间比爱尔兰的晚 8 小时,所以我们晚上也能接到那边发来的邮件。打开邮箱之后,我发出了一声尖叫。

"怎么了?"蒂姆问。

邮箱里邮件激增,这让我不知所措。"我也不知道,20来封新邮件,不知道是谁发的。是不是被黑客攻击了?"

"等等。"他把手巾丢在厨台上,赶紧出来。他看见邮件后哈哈大笑:"你知道吗?这不是黑客,这些都是读者的来信,亲爱的!瞧瞧,里面没可疑附件,名称也正常。一定是《华尔街日报》的读者。网上的电子版一定出来了!快打开一封邮件,看看里面的内容!"蒂姆激动地说。

"'鼓舞'是题目吗?!"我略带颤音地说,太激动了,几乎读不下去了。"亲爱的琳妮和蒂姆,我刚刚拜读了你们的文章。我希望你们知道,你们是我的动力、我心中的英雄!你们用行动证明了,只要有勇气,就没有办不到的事情。一定要继续你们的旅行!鲍勃。"

"嗯,不出所料。继续,再打开一封。"蒂姆说。

"听听这封。"我越来越激动,"刚刚读完《华尔街日报》上的文章。我太羡慕你们了!希望以后还能看到你们的博客文章。你们是怎么克服语言障碍的呢?我已经45年没出去过了。我相信,等我读完你们的博客之后,就能找到所有答案了。你们的故事让我备受鼓舞!朱莉。"

邮件继续从我们网站页面的留言簿上涌入我的收件箱。我迫不及待地打开一封封来信,我们的故事、我们的生活,真的打动了读者。一直忙到下半夜,我们才强迫自己停了下来。躺在床上的时候,我和蒂姆依然兴致不减,又读了好长时间的电子书才入睡。

次日一早,我扑向电脑。收件箱里已经累积了近200封邮件。蒂姆说:"查一下用户列表。""好的,好的,长官!"一夜之间,来信读者的数量从30增到110。

那个早晨,我们不再需要蒂姆的浓咖啡提神了。

"蒂姆,我要写回信。读者的来信不能不回。差不多所有读者都向我们提出了问题,如何订船票、租房子,等等。"

"一定要回。你要是忙不过来的话,还有我呢。"

听了蒂姆的话,我暗自发笑,我那种絮叨的风格,看你怎么模仿——"亲爱的乔治:多谢来信。附件里是500篇关于客轮改线的文章,另外还有申请护照的建议。把我的祝福送给你的妻子和全家。我永远爱你。你最好的朋友,琳妮。"

蒂姆确实帮了我不小的忙。他从不东拉西扯,知道如何才能一语中的。我们来信必回,现在依然如此,有时候因为信件实在太多,我们要写上很长时间才能全部发送出去。

还是在那天,潮水般的邮件一波又一波地涌进了我的邮箱。我和蒂姆一连几个小时地趴在电脑上,回复着来自读者的祝福和鼓励,回答他们提出的种种问题。我和蒂姆都乐此不疲,因为读者觉得我们的故事能鼓舞他们,我们有改变他们生活的力量!这么多人对我们的故事感兴趣,这真是一种令人难以置信的事情。这是一场情感风暴,我们自己也乐在其中。每封邮件都让我们充满喜悦,都不能怠慢。

突然,蒂姆倒吸了一口凉气,咕哝道:"我的天哪!过来一下。这简直让人无法相信!"

我赶紧凑了上来,看到了雅虎首页的一则头条。马丁夫妇正在龇着牙笑呢,身边是鲜艳的玫瑰花,后面是巴黎圣母院的花园。照片的下方写着一排显眼的大字——"一对退休夫如何周游世界"。接着,就是有关我们的具体信息。没想到,雅虎网站竟然把我们的故事登在了头版头条!蒂姆兴奋地说:"我还从来没遇到过这种事!"

这突如其来的惊喜让我们连续三天兴奋不已。我的博客关注量和读者来信也达到最大限度,这一切都是我们始料未及的。《华尔街日报》的数字版刊载后,大多数评论都是正面的,不过,也有一些激烈的讨论。我们并没有参与其中,就让那些读者自己判断吧。

我们回复了每一封邮件。显然,我们传递的信息与读者相关。从读者来信判断,那些接近退休年龄的人,似乎认为我们的经历为他们如何度过余生提供了另一种可能。有些读者在信中说,他们感到无法自拔,我们的经历对他们是一次触动,他们准备以另一种方式思考未来,重新安排计划,摆脱可以预见的障碍。还有人说,他们因身体或其他原因无法外出旅行,但他们希望知道我们是如何安排生活的,期待读到我们更多的博客和著作(我的第一反应是"哇",之后马上是"呀",因为这时我想起了我的出版报告)。令我们颇感意外的是,相当一部分来信是年轻人写的,他们有的曾在二十几岁外出旅行,如今要照顾家庭。他们的年龄与我们的孩子相仿,同样,也在我们的经历里发现了价值,我们为此感到高兴。其中不少人说,我们给了他们希望,等孩子长大后,他们就出去旅行。还有人不厌其烦地询问蒂姆庞大计划的细节,我们也一一回复。读者说我们的做法"激励"了他们,有"英雄气魄",是"勇敢的"行为。

我们的信箱还收到另一些信:写博客的、报社、杂志和电视台希望能够采访我们。每封信都能引起我们的一阵兴奋,接下来又马上惴惴不安地讨论该如何回复他们。我的习惯是"手里没东西,就先别太张扬",这是我在公关部门工作多年的经验。蒂姆想要趁热打铁。一天深夜,我们甚至为如何答复进行了激烈讨论。蒂姆说:"你先别急着反对,听我说,里克·李克波诺建议我们找莎拉·麦克马伦。你知道,人家是公关方面的专家。我相信她能给我们提出一个可行的建议。"里克是蒂姆的好朋友,我们在伦敦的时候还享受过他家舒服的皮椅,他还是一位数字版权方面的专家,也在音乐产业方面和国外的公司有过合作。我们对这方面一无所知,于是,他就成了我们的智囊团成员之一,还不断地鼓励我们。我们也和他通了几次电话,提到了我们现在面临的难题。

"嗯,这个建议很好。我知道,莎拉很聪明。之前你也说过,这些年莎拉与埃尔顿·约翰合作过。莎拉不仅有才,还见过大世面。"

我们给莎拉打电话,说了下我们的处境。"喔,是你们哪!"她在休斯敦的办公室里说:"我认为琳妮的想法是对的。最重要的是,要把关键的采访放在后面。等你们的书出版以后再接受采访,这样才更合理。"

那次通话让我喜欢上了莎拉,不是因为她对我的支持,而是因为她与我的择友标准——历练、风趣、亲切和大方，完全吻合。后来，我们成了无话不说的好朋友。当我们聊到发型和鞋子的时候，蒂姆总会颇感无奈地连连摇头！莎拉提出的建议提纲挈领，她也为我们现在的成绩由衷地高兴。这些都为我们后来的 15 分钟专访增添了乐趣。那时候，我和蒂姆都觉得，莎拉与里克就好像坐在我们身边一样，担任我们的啦啦队长，为我们送上了一个又一个明智的建议。在未知的领域里，他们就像我们的救生艇一样，为我们送上了无私的帮助。我们将永怀感激之情。

在接下来的几天里，蒂姆和我都忙着收发邮件，几乎没时间和对方说话，偶尔发现格外动人的或有趣的来信时，我们就大声朗读出来。当然，我们没忘记把文章链接发给朋友和家人，这样，我们又在 Skype 和 Face Time 上开始了新一轮的联络。我们完全没法睡觉，甚至连洗澡的时间都没有，简直到了痴迷的程度，连外出购物都顾不上了。

一天下午，把散乱的客厅里扫视了一遍后，我不禁大笑起来。蒂姆慢慢地从电脑上抬起头来："怎么啦？有事吗？"他已经两天没刮胡子了，那天上午也一定没照镜子，所以他根本不知道自己当时的邋遢样。不过，我还不如他呢，上午11 点的时候我还穿着睡衣。

"这简直就是大学生公寓。平时就没时间收拾，现在又乱成这样。先停下来，收拾完了再忙别的！"我嚷着。

请让我来描述一番。我的"写字台"上不仅放着电脑和笔记本，还有吃了一半的花生酱，罐子下面的餐巾纸上掉着不少饼干渣，碟子里还有一枚发黄的苹果核。几个空可乐罐、一个被压扁的啤酒罐和一个没人用过的空酒杯被胡乱地丢在房间里。洗碗池内还泡着一个脏兮兮的平底锅。

"可不是嘛。不过，先让我回复了昨天收到的三封信。"蒂姆不好意思地说。

在接下来的几个小时里，我们开始打扫房间，收拾自己的邋遢模样。等我们从杂货店回来后，发现阿兰和莫琳又送来一张短笺。"好几天没见。该歇歇了。晚上6点！小聚。阿兰和莫琳。"

这正是我们此刻所需要的。阿兰和莫琳就是我们的幸运之神，陪伴我们在一波又一波的狂风大浪中前行。他们在门外用拥抱和亲吻迎接我们，然后把我们领到客厅的红椅子旁边。阿兰给蒂姆倒了一杯饮料，然后递给我一杯红葡萄酒。他们还饶有兴致地倾听了我们意外被读者关注后发生的最新故事。壁炉里的火苗劈啪作响，外面的大风正围着庄园打转。我们知道，生活将会发生不小的变化，但不是所有的变化我们都能应付自如。鲍勃、里克和莎拉三位顾问一次次地与我们讨论出版、电视采访的事情，我们坐在爱尔兰的公寓里对未来感到惶惶不安。

那天夜里，我们又与阿兰和莫琳度过了一个令人兴奋的傍晚。在接下来的几天里，读者的来信依旧源源不断，这时《华尔街日报》也发来信件，想请我再写一篇小文章，回答读者们最为关心的问题。

我们在爱尔兰的日子即将结束，身上的压力也越来越大。几位代理人都表示愿意为我们提供服务，还有一位知名的新闻节目的嘉宾提议在节目里推出我们的故事。我们每天都需要面对新的挑战。现在，对我们来说，我们的顾问团队已经变得无可替代。我们开始把食物储藏在室内，在生活区讲究卫生，外出时注意衣着是否干净。与此同时，打完字之后还得接着打电话，每天都得忙到深夜。与加州的八个小时的时差现在成了一大麻烦，因为我们这边漫长而辛苦的一天刚刚结束，那边的人已经开始了他们忙碌的一天，要通话，提问，订计划。时间就在这样的忙碌中溜走了。

我们已经没有退路了。我们在摩洛哥马拉喀什为期一周的预订是不能退款的,所以我们不得不在旅途中处理这些工作。唉,还不知道途中的网络状况怎么样呢。改线客轮将从巴塞罗那出发,这也是我们旅行中不可更改的部分,最后的日期也无法更改,因为所有其他预定和计划都是根据这个日期制定的。我们早起晚睡,压力与兴奋让我们疲惫不堪。在离开爱尔兰之前,我们把部分衣物存在朋友那里,又把部分冬装捐给了当地的慈善商店。我与黛娜·纽曼签了代理合同,她是干练热情的文学作品经纪人,创下过不少成功的案例。

在冬季降临爱尔兰之前,我们动身前往非洲。与此同时,出版方面遇到了更大的麻烦,我们的生活乱成一团,如同十月波涛汹涌的爱尔兰大海一样。

第十一章
摩洛哥

召集穆斯林祈祷的呼号声从安装在旧瓦房上的喇叭里迸发出来,传遍了街巷的每个角落。随后,马拉喀什各地的祈祷声与之呼应,声势壮观。缕缕青烟从门道旁轻悠悠地飘了出来,原来是站在炉子后面的男人们在用炭火烤肉。

我刚一抬头,差点撞到对面不知从哪个角落里冒出来的一辆驴车。击鼓声、笛子声、耍蛇人的声音,还有手提式录音机里神奇的阿拉伯音乐,此起彼伏,连同着大街上杂乱无章的人群,现场一片混乱。

我们匆匆前行。蒂姆走得很快,他的肩膀几乎都快要擦到旁边色彩脱落的大墙了。我边紧随其后,生怕被他落下,还边盯着路面,避免绊在高低不平的鹅卵石上。忽然,一个女人的长袍上挥出的粉袖子拍到了我的脸上,我吓了一跳,这个骑摩托车的女子从我身边疾驶而过。

蒂姆既不回头也没减速,朝我喊道:"我们可真够冒险的! 我们最后可能会老得啥也不行了!"

"你说的对,伙计!"我也喊了一句,却没有放慢速度。"我们是不是着魔了? 我们的年纪已经不适合出来做这种事了! 我们应该老老实实待在家里,看看孩子什么的。"格罗斯比、斯蒂尔斯、纳什和杨唱的《马拉喀什特快》在我的脑海里反复回放。

我们朝城中走去,路上的一家小店外破烂的遮阳篷已经探到了巷子的中央,托盘上摆放着丝线钱包、皮货、首饰、水果、蔬菜、水管、成匹的布料和陶器,从狭窄的巷子穿过去几乎是不可能的。我们边走边闪躲着驴车、游客、身着飘逸长袍的非洲人及头戴土耳其毡帽和瓜皮帽的男子,他们将我们挡在身后。附近还有一些乞讨的女人和儿童。在这混乱的时刻,空中又传来了阵阵敦促穆斯林祈祷的呼号声,这些呼号声将其他噪音都压了下去。一种难以形容的气味——混合了香料、烤肉、烤饼、身上散出的汗酸味和迷人的熏香味——让我们兴奋得喘不过气来。

走完了幽暗、狭长的集市巷子,我们来到杰马夫纳广场,刺眼的太阳把我们吓了一跳。这是一个又大又闹的广场,面积在阿拉伯世界里排名第一。这里也是马拉喀什的中央区,耍蛇的、卖鲜橙汁的、耍猴的、变戏法的、算命的、卖毯子的、击鼓的,各色人等找个地方一坐,就能开始自己的生意了。其他人也一样,身穿柏柏尔人鲜艳服装的男子,头戴锥形编织帽,脖子上挂着类似项链一样的铜杯,还有专门为人文指甲的和叫卖杯子、帽子、地图和明信片的。

我们停下来四处观望,很快发现停下脚步真是个无比愚蠢的选择。周围的人马上就围过来纠缠我们,有人要我们买东西,有人想让我们雇他们引路。我们这才知道绝不能随便与外人的目光接触,最好能毫无留恋地径直行走,再如逃犯一般地快速扫一眼四周褪色的低矮建筑、远处不时出现的高塔和紫色的山峦。

蒂姆发现了一家门外撑着阳伞的饭店,他攥住我的手,半拖半拉地把我拽出了人群。我们的要求很简单,随便吃点什么就行,顺便缓解一下刚才那恐怖得令人压抑的气氛。侍者很快走了过来,蒂姆看着邻桌客人吃的东西比划了一下,然后点了点头。侍者马上明白了我们的意思,拎来了一把缂丝茶壶、两个白玻璃杯和一个托盘,托盘里盛着洒满果仁和香料的蜂蜜酥皮面饼。

此刻,我们真的身处马拉喀什了!

"这座城简直让人透不过气来。"我喘息着,呷了半口浓茶,"我喜欢这里的异域风情,但我也很庆幸咱们的先见之明。不妨先走走,不一定非得在此待一个月。我们本来想选马拉喀什的老城区麦地那,而不是马拉喀什的新城区,现在看来……"

他说:"依我看,明天我们可以去新城区转转,看看欧洲人在这里是怎么生活的。我们的旅程从伊斯坦布尔开始,那可是个充满挑战的地方,结束的地方选在非洲的马拉喀什,所以我们可不能在最后关头掉以轻心!"

我们按照原路返回,这次轻松不少。望着路边的表演者、建筑和小贩的货物,我的心里竟生出了几分兴致。马拉喀什的一切都让人透不过气来,但是,等到我们适应了这里的生活节奏之后,就舒服多了,走在外面也多了几分自信。

以下是我对马拉喀什的几笔素描,了解一点这方面的信息,或许能提高你在此地的生存机率。马拉喀什的车马仿佛从来不知疲倦。高低不平的街面特别容易崴脚。路边时不时出现的新鲜玩意还会让你走神,一不小心就要摔倒或发生碰撞。在千年古城里特别容易迷路,因为对外国人来说,这里的街道就像迷宫一样。我们的房东也常常给我们指路,不过,对我们来说,他的帮助实在是意义不大。这里的每个街区都不一样,类似"沿街朝前走,走过广场,你的左侧是一家药店,再走就能遇到两道拱门,从左边的拱门进去,继续朝前走,你前面出现一个大清真寺,然后左转,绕过清真寺,走向下一道拱门……"的指引,你懂的。

我们沿着狭窄的街道走下去,街面窄得仅能通过一辆汽车,但技术好的司机也能在这种一车道的胡同里来去自如,就像跳探戈一样,即使是两辆汽车对开也很少刮碰。转过弯,走下几个瓷砖台阶,我们走进了一个不足10英尺宽的巷子,来到高12英尺的森严的大铁门前。片刻之后,铁门上开了一扇小门。我们猫腰进去,与此同时,这里的厨师玛丽卡闪到一旁。香料和烤肉的香味从厨房内飘出。要是此时此刻能吃上这样的一顿晚饭该多好啊!我忍不住流出了口水。每次转过墙角走进庭院时,低矮的门厅总能给我带来惊喜。

　　所谓的"利雅得"就是一家在住宅的基础上改建的家庭旅店。眼前的家庭旅店坐落在四层建筑的大院落之内,院子位于中央,周围有十个房间。建筑顶部是开放式的,到了下雨天还可以合上。墙壁装饰着五颜六色的瓷砖,精巧的白边和百叶窗装饰着房门和扶手上方摩尔人风格的环形拱门。垂着花边的橄榄树和硕大的盆景平添了几分柔性和质感,优雅的窗幔垂挂在墙壁上。廊道下方是凉台。年深日久的瓷瓦可以为每一层廊道遮风避雨,由于时间和日晒的关系,瓷瓦上蒙着了一层斑驳的色彩。室内的水泥墩上放着几张手工织成的坐垫,台阶上的花毯踩上去软软的。

　　客房女服务员帕特里夏燃上了一支支蜡烛,或是摆在桌子上,或是插在从天花板和墙壁垂落下来的烛台上,烛台用精铁或锡铁制成,做工无比考究。墙上凹室和水池边上还摆放着巨型蜡烛。家庭旅店在摇曳的烛光下一闪一闪的,将倒影投在幽蓝的池水上。傍晚,精巧的锡质灯罩和法式花灯闪闪发光。

　　高大英俊的男服务员亚伯拉罕身着亚麻布料的穆斯林装束,朝我们轻鞠一躬。他用法语问我们要不要喝茶,然后指了指屋顶的阳台。我用蹩脚的法语回了几句,意思是我们正准备上去。

　　我们的隔壁住着两位德国女子,她们的闲聊声、楼梯间的说话声很容易就能钻进我们的房间。蒂姆关上了木质房门，我也拉上了窗户上脆弱的百叶窗（这里所有的窗户都对着庭院）。蒂姆压低声音说："看来，这里还真是有趣，有种生活在集体宿舍里的感觉！我都能听见整栋楼里的声音了。"

"我也是。亚伯拉罕正在沏茶；还有几个法国人在打电话；新住客忙着安放行李；店主回来了，他一边在我们门外的一个拐角里吸烟，一边用刚果话喊他妻子，不知道是不是还在为之前家具的事情吵架？蒂姆，我们房间够宽敞，也够舒适，反正就住几宿，我们最好先放松一下。"

听到这里，蒂姆笑了，说："你最好在茶里倒上几口苏格兰威士忌。我们该喝杯鸡尾酒了！"

我们朝楼上走去，台阶上装饰着瓷砖，白铁扶栏闪闪发光。"嘿，你发现没有，我们好像到家了呢？"我问，"手工制作的锡灯罩、瓷瓦、拱门、绣花坐垫、彩釉的大花盆、瓷砖地面……这里就和圣米格尔一样！"

"当然了。"他喘了口气，我们终于爬到楼顶了。"你想想，以前摩尔人占领过西班牙，后来，西班牙人又把他们的文化传到了墨西哥。"尽管这些有关人类迁徙的故事我们已经烂熟于心，但旅行的魅力就在于以身临其境的方式去感受。

他一屁股坐在了藤椅上，我们在楼顶四处张望。"蒂姆，看看这座城！那边的月亮要升起来了！太神圣了。"我情不自禁地惊叹道。

凉台上的布置简直就是一场摩洛哥式的幻梦：铜质桌子旁边摆放着舒适的沙发和长椅子，桌上的烛光四处摇曳；飘着花香的植物从装饰过的墙壁上垂落下来，周围的几株小树给人一种安全隐秘的感觉；花园一侧的凉篷将餐桌掩在下面，餐桌上摆放着干干净净的亚麻餐巾、发光的刀叉和瓷器；下面是马拉喀什的万家灯火：一座座赤陶建筑的楼顶与我们脚下的不相上下,清真寺尖塔的轮廓闪现在地平线上,缕缕青烟飘向天空,诱人的肉香弥漫在马拉喀什的每一个角落。

亚伯拉罕送来了茶水和闪光的玻璃杯,还有几盘橄榄、奶酪和小巧的三明治。我用几句不太熟练的法语谢了他,他笑了笑。蒂姆给我倒了一杯鸡尾酒。这时我们的邻居安妮特和加布里尔也走了过来。之前入住时,我们就已经见过面了。安妮特接受了我的邀请,和我们一起喝了杯苏格兰威士忌,加布里尔也喝了杯自带的葡萄酒,于是我们快乐的鸡尾酒派对开始了。她们两人已经相交多年,几乎去过德国的每一个地方,而且她们每年都会结伴旅行一次,享受一下没有孩子和工作的生活。

安妮特住在汉堡,是一名护士长,能说一口流利的英语。她是那种会享受生活的人,黑色短发和明亮的蓝眼睛下无时无刻不挂着笑容。我还没见过她发愁的样子呢。她的朋友加布里尔住在巴伐利亚,她的英语水平和我们的德语水平相差不大,所以我们对她的情况知道的并不多。她是一个金发碧眼的女人,身上戴着珠宝首饰和围巾,和安妮特一样,她也十分爱笑,总能吸引我们的注意力。凡是我们渴望的,她都感兴趣,这也是我们喜欢她的原因之一。她是我们旅行途中遇到的第四位慕尼黑人,他们都喜欢享受快乐的时光!

"今天真是棒极了!"安妮特说,"我们刚才在集市上购物,上上下下都走遍了。我们还在广场附近发现了一家漂亮的法式餐厅,还在那儿吃了一顿让人回味无穷的午饭!一位朋友给我们推荐了一个地方,我们打算今晚就去转转。"

我们一边闲聊,一边猜测着旅馆新主人莱诺尔德的身份。他说自己是瑞士人,但是一句德语都不说。安妮特和加布里尔都觉得他很可疑。他坐在我们房间外面的电脑旁,一连坐了好几个小时。他是什么人?为什么买下这家旅店?他和他的刚果妻子又有什么故事?我们始终没想清楚。不过,这一切都不妨碍我们在偶尔听到的只言片语里添加一些自己的猜测。之所以如此,与马拉喀什神秘、令人不安的氛围不无关系。事实上,这里确实流传着各种神秘而浪漫的传说。闲聊的时候,我们也总是忍不住猜测,说不定在哪个幽暗的角落里,就潜藏着心狠手辣的间谍或犯罪分子。

在我们入住的小旅店的"演员表"上,杰克也算是名角之一。他相貌英俊,约莫四十几岁,会说多种外语。他有丰富的管理经验,虽然穿着牛仔裤和 T 恤衫,看起来一副稚嫩的模样,却深谙为人处世的道理。店主莱诺尔德都得让杰克三分,因为他管理酒店的经验堪称无懈可击,员工也都乐意听他使唤。他与安妮特和加布里尔用德语交流,和楼上的一对夫妻用流利的法语沟通,必要时还用法语或阿拉伯语对员工发号施令,和我们交谈时则又换成了一口地道的英语。我们私下里称他为"无所不知的杰克"。确实如此,无论我们遇到什么问题,马拉喀什的也好,巴黎的也好,甚至是有关股市方面的,他都能对答如流。他已经在马拉喀什生活了十年。他把自己的生活安排得周到又不乏谨慎。他的合伙人是一个建筑师,每次想到这里,我的脑海中总会浮现出一个精明男人的模样:年纪不小,拥有一座豪华别墅。照我的判断,杰克一准是担心自己闲得无聊,所以才会在白天工作。而我们呢? 就像是住进了《城市故事》里阿米斯泰德·莫平的公寓楼里一样。

那天晚上,伴着一轮明月,蒂姆和我在凉台享受了一顿浪漫的晚餐——美味的炖羊肉。亚伯拉罕的服务无可挑剔,他也不嫌辛苦,楼上楼下地往返数次。这顿晚饭太好吃了,我还向亚伯拉罕讨要了一份食谱。次日,"无所不知的杰克"就派人送过来了。

几乎每个上午我都要忙着撰写出版报告,还有之前我答应的那篇文章,好在下午我还有时间去见识下马拉喀什的风景奇迹,其中之一就是伊维斯·圣罗兰那座蓝色的马若雷尔花园。这是上个世纪20年代法国流浪画家雅克·马若雷尔设计的。荒废多年之后,圣罗兰与他的合伙人皮埃尔·贝尔热又将其修复。这天堂般的建筑被马拉喀什的喧嚣围在中央。马若雷尔用深蓝色为园内数百种浅绿色的植物营造出炫目的底色,后来圣罗兰又将这种深蓝色用在了楼房、墙壁、水泉和小桥上。我们还在围墙内的花园里吃了一顿妙不可言的午饭。这里收藏了几件摩洛哥艺术品,虽然为数不多,但每件都让我们为之神往。

后来,我们仗着胆子走进了马拉喀什的新城区。如果当初计划在马拉喀什住一个月的话,我们一定会选择新城。这里颇为有趣,也没有我们现在住的地方那么混乱,不过,相比之下,这里缺少了马拉喀什的异域风情。这里的商店与欧洲各地的相差不大。大街两旁的建筑更接近欧洲风格。人行道很宽,我们可以在上面漫步,不必担心被疾驶而来的汽车撞倒。我们找了一家在户外摆着餐桌的巴黎风格的小酒吧,并想去附近充满法兰西风格的店铺看看。这里也比老城区更便利。尽管如此,我们还是倾心于更有异域风情的老城区,毕竟我们来马拉喀什就是为了冒险嘛!

那天晚上,我们与那两位德国姑娘在凉台上又喝了几杯鸡尾酒,我们私下称她们为"德国友人"。闲聊时,安妮特看看加布里尔,又看看蒂姆,然后犹犹豫豫地说:"我们想请你们帮个大忙。"

"请讲。"蒂姆十分绅士地说。

"我们想到广场吃顿晚饭。据说那边的晚上奇妙无比,和白天的时候完全不一样!白天的表演散去之后,广场上会支起一顶大帐篷,里面有好几百个小饭店。我们想去见识一下。不过,说心里话,在穆斯林国家,两个女人在晚上闲逛,我们总觉得不太安全。即使在白天，我们也能感受到那令人难受的排斥感。所以，如果没有男士一起去，我们就得再好好考虑一下了……不知道你们愿不愿意一起去？"

我已经记不清，蒂姆曾经多少次和我讨论过穆斯林国家的女人的尴尬了。一般而言，她们被禁止自由行动，不能开车，对自己的事情也没多少发言权，更不用说在家庭之外找到合适的工作了。我们很少看见女人在路边的咖啡店里喝咖啡。

"谢谢你们的邀请！今天晚上怎么样？"

走进广场之后，我们四人都惊讶得张大了嘴。一道道白烟从数不清的炭炉里飘上夜空，到处烛光通明；肉和香料混合的香味引诱着我们；鼓声、笛声和人声汇成一股强劲悦耳的浪潮，高低错落，此起彼伏，仿佛有人在后台指挥；讲故事的、耍蛇的、耍猴的、算命的，连同卖香料的、卖青菜的，都在这座大帐篷里开始了自己的生意；数百张的长桌子旁坐满了客人，大家就像是在享受教会组织的大型野餐一样。眼前的景象让我有点手足无措，但不知不觉中，我们竟也成了眼前人海中的一部分。到现在，我都觉得在马拉喀什中心广场大帐篷里的经历是我新生活中最激动人心的时刻之一。

我们顺着过道向前走，路边的小贩都客气地和我们打着招呼，他们手里舞动着菜单，高声吆喝着自己店里的特色。我们一边与他们说笑，一边注视着长桌旁边的食客，他们桌上摆着烤鱼、鸡肉、牛肉、小羊肉、土豆、茄子、沙拉，以及马拉喀什独有的茶水、可乐和白开水。值得一提的是，此地没有酒精饮料，摩洛哥禁止在公开场合喝酒，但是，这在一些酒店和高档饭店是默许的。

蒂姆和他的三个女伴选了一张桌子。侍者马上送来了橄榄、面包和菜单。我们好好地吃了一顿，有酥脆的炸鱼、烤鸡串、烤羊串和烤青菜、橄榄油炸茄子、土豆，还有皮塔饼。

我们还尝了几口不知名但却不错的酱料。

在几英尺开外的地方，一位身着传统服装的女人正在对几个男孩发号施令。他们把食物从火上取下来送给顾客，把收到的钱交给那个女人，然后再把零钱送给顾客。她坐在那里，四处巡视。这是个严厉的女人，她或高声喝斥或表扬着手下的伙计。从远处看，她就像一个恶魔般的监工，不过，若仔细观察，就能发现她眼中闪现的柔光，她一定从中得到了某种巨大的乐趣！她对小青年的爱护也是显而易见的，显然，她把他们当成了自己的孩子。我们相视一笑，我点点头，无声地传达着母亲之间特有的那份理解。

我们站起身来准备离开时，我和她说，希望能给她拍一张照片。她同意了。我拍了一张，她看过之后，高兴极了。我也特别高兴，就像是又交了个新朋友一样。

我们四人在广场上随意地闲逛。片刻之后，我们在一个摊位前停了下来。三张 10 英尺宽的墙面上挂着上百种鞋：平底靴、尖头鞋和手工的皮鞋，双双鞋尖朝上地摆在架子上，看上去就像世界上最大的蜡笔盒子一样。加布里尔想买几双，之后就是挑鞋！翻弄了不少鞋之后，她选了两双，打算付钱时，小贩还一个劲儿地劝我们一人买一双。这时，"执法者"安妮特走了过来，告诉加布里尔等一会儿再付钱，她要亲自与小贩讨价还价（在摩洛哥，不管是坐出租车还是买珠宝，任何交易都要先讲价钱。每个导游也鼓励游客在摩洛哥讨价还价）。然后，她提出了一个低到了滑稽的程度的价钱。小贩笑着连声拒绝，说可以从原价减去 5%。安妮特一再坚持，要把原价砍去 20%。小贩又笑着说 15%。他们你来我往，就为了这 20 美元一双的鞋！后来安妮特承认，这是她观察当地人之后学来的！见识过安妮特讨价还价的功夫之后，我怀疑很少有人能比得上她。

最后，我有些不耐烦了（何况那家店里也没有适合我的码），独自走进附近的一家小店，里面一闪一闪的彩花玻璃灯笼瞬间吸引了我。等他们三人过来时，安妮特已经胜出。加布里尔花了20美元买了两双，以前所说的可是20美元一双！其中的一双鞋上还绣着精美的动物花纹。轻轻松松10分钟，结果省了不少钱！

此后，安妮特就成了我们团队里正式的谈判员。我们每次看到中意的东西时，就把现金交给她，然后，她去负责和店主讨价还价。我们喜欢在一旁欣赏她"工作"的架势！

一天下午，安妮特与加布里尔走了进来，坐在我打字用的桌子旁。我停下来，和她们一起聊天。"我们想找一个能文身的小店。"安妮特一边说，一边把一片酥饼丢进嘴里。"杰克说广场上那些文身的地方，有时会用劣质的油彩，对皮肤不好，不过，他也介绍了一个地方，就在茶室那边，离这儿不远。要和我们一起去吗？我们打算下午出发。"

我知道当地女子喜欢在胳膊和手背上文上精致的花纹，但是至今还没机会一睹文身的全过程。"好啊，我也去。"我一直都对文身着迷，觉得身上有一个倒也有趣，不过，我这人有点胆小，还从来没有亲身体验过！

我们穿过乱糟糟的大街。让我高兴的是，她们已经预先打听清楚了一切，否则的话，那个地方我永远也不可能找到。这家文身的小店在一个狭窄的巷子里，店铺和行人把巷子塞得满满的。一个男青年把我们引了进去，穿过幽暗的通道来到了屋顶上的凉台上，凉台上方遮着花布，盆里还种着羊齿草。端上茶后，他又送来了几本供顾客挑选图案的画册。我们一边品茶一边浏览画册。这时一个头上裹着豹纹丝巾的女子送来一个木质工具箱。她笑着拉过一把小凳子。我们用手示意，请我们的上司安妮特先来。

女子扫了一眼安妮特选出的图案。她把安妮特的手放在自己的膝盖上，用她那双染着永久色彩的手，从工具箱里拽出了皮下注射器。我吓了一跳，片刻之后才明白，她已经事先去掉了针头，注射器只不过是她的画笔罢了。她把精致的花纹画在安妮特的手腕和手背上。女子熟练的写意画法将花纹活灵活现地再现了出来。随后，她又转向另一只手。15 分钟之后，安妮特的文身就搞定了。不知当她下周回去工作时，她的手会不会让病人感到意外。

我让她把花纹画在我的脚踝上。对我来说，最好能画在暗处。因为几天后红褐色一褪，原来的花纹看起来会像得了皮肤病一样。我可不希望在下周回国的客轮上吓到同桌的食客！

我们回到旅店后，无所不知的杰克说，如果我们想在店里吃饭，需要在中午之前提出来，因为员工得事先备料。一天上午，我们对店主说，想再吃一顿之前的土耳其浴大餐。店主莱诺尔德悄悄地对我们说："那就请你们再点一次。因为土耳其浴大餐的烹饪太繁琐了，我没法为自己要，如果你们想吃，他们就不会介意了。"

时至今日，我们依然不明白店里那几个人之间到底是什么关系。是杰克听老板的？还是老板听他老婆的？对我们来说，这一直是个谜。

我问杰克，晚上我们能不能尝尝土耳其浴大餐。他很绅士地问我们吃不吃牛肉。"吃！"我又问他该怎么烹制。"这是摩洛哥的传统菜。我们把牛肉放入瓷坛，再放入大量柠檬片，然后包上一层层银箔。让玛丽卡把瓷坛送到浴池去，就是街那边的公共浴池里，把瓷坛放在浴池排出的蒸汽上，蒸上一天，晚上再取回来。我就知道你一定爱吃。"这种烹饪法确实不一般，再说了，我也称得上半个美食家了，在苏格兰还尝了香喷喷的碎羊肚儿，所以这种食物是难不倒我的。

相信我，这样烹制的牛肉真的不一般！那晚店主也上了凉台，他比谁都吃得香。这道菜，我是做不出来的，因为我们家里的浴盆上是玩不出这种戏法的。

次日，蒂姆和我顺着宽阔、静谧的公园闲逛，马拉喀什还有许多这样的公园。我们穿过了一排高大的棕榈树，蒂姆问我："摩洛哥的北大西洋岸边的羊能爬到树上吃水果，你知道吗？"

"你对摩洛哥怎么这么熟悉？"一说完，我就知道上当了。

"我看过影片《阿拉伯的劳伦斯》。"他斜眼看着我，一副得意的模样。他并不高明的伎俩竟使我落入陷阱。"所以，我对沙漠无所不知。"这句话，不知已经被他重复多少遍了。

"好了，说够了吧。该走了。满脑子沙漠，别调皮了，你走不了那么远。"

确实，沙漠正朝我们压来。马拉喀什混乱的情况已经令我们无法承受。几天之后，我们就盼望着能藏在百叶窗后面，吃上一顿记忆中的家乡饭。我们请杰克为我们找找卖比萨饼的地方，杰克也善解人意地为我们预订了一份。这是旅店有史以来第一次从外面买比萨饼。不过，送来的比萨饼难吃极了，唯一让我们宽心的就是，我和蒂姆可以舒舒服服地歇上一晚。我们吃着比萨饼，戴上耳机在电脑上看起了电影。依我看来，这也是做一名四海为家的旅行者胜过当一名普通游客的原因。

离开马拉喀什的前一晚，我们接受了两位姑娘的邀请，在她们最新发现的一家饭店里一同吃了顿晚饭。"谈判者"兼"计划者"安妮特事先请杰克帮忙预订了饭店，之后她又仔细地研究了路线。她走在前面，高大的蒂姆走在最后面。安妮特领着我们穿过一个个小巷，此时周围的商店还在营业，在摇曳的灯光下，令人目眩的商品看起来更加诱人了。

事实证明，漫长的行走是值得的。眼前的饭店就像摩尔人的城堡一样,明亮的灯光下面,站着一位蓄着胡子的保安,在白色亚麻布衣服的衬托下,表情庄重。我们走上旋梯,高处的一个大平台上燃烧着许多火把和蜡烛,从平台上向下垂落着幔纱与青藤,下方还摆放着几张餐桌。沙漠上一轮明月慢慢地爬上了夜空,平添了一丝浪漫情调。我们点了几份店里的招牌菜:嫩菜香料炖羊肉、粗麦粉的面饼、拌着沙拉的黄瓜片,还有可口的油酥糕点。我们喝着法国葡萄酒,彼此祝福。

敦促穆斯林祈祷的呼号声又一次在整个城市上空响起。最后,我们打算坐出租车返回旅店。就在我们朝饭店门口的出租车走去时,安妮特快步上前,与第一个司机讨价还价。最终,双方以20迪拉姆①的价格谈妥。蒂姆坐在前面,两位姑娘和我一起挤在后面。

开车之前,司机宣布价钱要翻一番,要40迪拉姆,因为超过两名乘客是不合法的。

"不行!"安妮特说。

司机毫不妥协。安妮特坚定地说:"那好。我们都下车。"

我们挣扎着又从小尼桑里钻了出来。这时,司机从车内探出身子无奈地说:"好吧,夫人,20就20。"

我们再次钻进车里。驶入巷子时,我们还与司机成了好朋友。安妮特额外付了司机4迪拉姆。果然,讨价还价是摩洛哥生活的一部分。

次日上午,亚伯拉罕在前门为我们搬运行李,玛丽卡和帕特里夏分列左右,后面是莱诺尔德和杰克。然后,他们又在水池边上站成一排,与我和蒂姆一一握手道别。我们真心感谢他们的款待。

---

① 阿拉伯联合酋长国所使用的货币单位,1迪拉姆约等于1.7元人民币。

出租车颠簸着驶过了熙熙攘攘的鹅卵石街道。一路上，司机不停地躲避着自行车、驴车、摩托车和粗心的游客。"我很高兴。"蒂姆说，"这确实是个值得一来的地方，但一周对我们来说也就够了。我现在累坏了，真希望下一站能找到一家安静的旅馆，再也不用听玛丽卡和帕特里夏大半夜洗盘子时说笑话的声音了。"

"我也不行了，我想从巴塞罗那出来后就赶紧上船。"我说，"我们该回家了，顺便把脏衣服处理了，尤其是那件蓝衬衣和黑帽子。等我们回到加州，如果那件褪了色的蓝衬衣还在你身上，我和你没完！"

下一站巴塞罗那的大酒店没让我们失望。厚重的房门紧闭，走廊里的说话声一丝一毫都飘不进来。这里的床也特别舒服，让我们享受到了一种在漂亮但朴素的家庭旅馆里不曾享受过的舒适。

蒂姆关了灯，说："你知道，我要好好睡一觉了。接下来，一连12天让别人来安排，那才高兴呢。我想孩子们了，这7个月来，他们一定都变了。你觉得我们变没变呢？"

"我不知道。我现在浑身乏力，懒得想这些了。"我咕哝着。

"等见到他们之后，就知道了。"说完，他就睡了。

第十二章
返回加利福尼亚

"五月份与我们同船来的人都很有趣,也不知道他们现在都怎么样了? 接下来的这段为期 12 天的漫长旅程,怕是会乏味至极了。"我说。此时我们才看见"海的伟大号",这艘客轮几小时后将会从巴塞罗那驶往迈阿密。

"或许那些有趣的人已经回家了,又或者他们决定在欧洲过圣诞节。"蒂姆说。我们赶紧避开了迎面吹来的十一月的冷风。"我在想,这是不是那艘广为宣传的皇家加勒比生活客轮?"

蒂姆一边为自己的妙语感到高兴,一边开门,把我让进了大休息室。我眨了眨眼睛,回应着蒂姆的绅士举动。

宽敞的休息室里,手杖、助力车和轮椅无处不在。如今我和蒂姆都已不再年轻,但说句公道话,和眼前的这些客人相比,我们看起来真是太年轻了。上一次欧洲游轮上的那些旅客也很活泼。与他们相比,这艘船上的旅客,年龄普遍偏大,看起来暮气沉沉,没有多少活力;朝气不减的人并不多。我和蒂姆坐在酒吧里边看着上船的旅客,边说:"眼前的景象让我想起了诺曼·洛克威尔的一幅画,一家人要去海滩的那幅——他们有说有笑,小孩、奶奶、妈妈和爸爸都挤在一辆车上,连狗也傻笑着,从车窗里探出头来,耳朵飞动。你还记得那幅画吗？我敢肯定那狗是西班牙长耳猎犬。"

蒂姆忍不住地大声笑着："下一幅画就是他们从海滩回家，皮肤晒得黝黑，也都累得够呛。大家都睡着了，只有可怜的爸爸还要开车。"

"是呀，想想看。我们五月份离开佛罗里达。那时候大家或许都是刚刚离开家门，登上越洋客轮，欧洲的冒险之旅正在等着他们。现在呢，已经十一月了，该玩的，该逛的，大家都体验过了。乘车也好，坐船也罢，总之一切都结束了。他们都累坏了，满脑子想着理发，还不停地拍打着身上的脏衣服，一副急着要回家的样子。更令他们沮丧的是，家里的账单、孩子和生意还在等着他们呢！难怪他们看起来那么不高兴。"

"是啊，说到理发，我也该休整一下了。而且我知道，回到佛罗里达之前，你也一定想化化妆。"蒂姆用手指撸了一把他的卷发。

一连七个月无牵无挂的欧洲之旅过后，我们确实有必要对自己好好地来一次"美式大修理"了，而且，马上就要见到亲爱的孩子和孩子的孩子们了，我们能不高兴吗！对于常年生活在加州的人来说，所谓的快餐美食就是即取即吃的汉堡包。美国电视、垃圾处理车、杂货店、熟悉的面孔和口音、大汽车、宽阔的路面，以及宽松的车位，在我们这稍稍困乏的时刻里，以上种种儿乎就是美妙的天堂了！

一些画面在我的脑海里闪进闪出的，是在回忆刚刚结束的旅行，还是在憧憬接下来的全家团聚，我也说不好，反正我们就要到家了！片刻后，我又连连摇头，想起了所谓的家只不过是在女儿罗宾和亚历山德拉附近租来的公寓。此刻，我已经完全走神儿了，蒂姆说他也一样。我们连月来四处漂泊，几次都几乎不知身在何处，更不知该走向何方，礼拜几或门牌号就更别提了。那些时候我们俩找不到东南西北，十分难过。我们在外待得太久了，不知道还能不能在美国找到那种熟悉的家的感觉。一想到这些，我就懊恼不已。

我们不再"欣赏"上船的旅客，打算回到客舱找个地方安排行李。特等舱在船中央的二层甲板上，蒂姆是为了预防八月中旬北大西洋的风高浪急才选择这里。果不其然，数日之后，海浪就开始拍打着我们的舷窗，就连船员的脸上都少了几分颜色，而我们这个地方依然平稳如初。显而易见，亲爱的蒂姆不仅长得帅，脑子也很聪明！

我们打开行李后，发现手机一直在闪，是一对亚特兰大的夫妇发来的，想和我们一起吃顿晚饭。自从我的文章在《华尔街日报》上发表后，一位女士就发来电子邮件，说她和她的丈夫也会登上这艘从巴塞罗那出发的客轮。他们希望能够与我们见见面，于是我们安排在船上的意大利特色餐厅见面。我们也希望能够与那些读到我们故事的读者多多交流，希望能多听听他们的经验和想法。这种因写作而来的缘分，对我们而言也不失为一大乐趣！

远洋客轮上一般会设计几个主题餐厅，旅客可以借此调整他们在船上的用餐方式，不必每个晚上都光顾大食堂。主题餐厅会额外收费，不过那里也有个性化的服务和温馨的就餐环境，所以额外的花费也是值得的。我们的这艘客轮上有意大利餐厅、牛排餐厅和亚洲餐厅。

我们在意大利餐厅与吉尼格和她丈夫托姆见了面。他们已经在地中海附近转了十天，此刻也在回家的船上。我们与这对活泼迷人的夫妻吃了一顿美味的意大利风味的晚餐，其间聊了不少各自的家庭和旅行见闻。我们发现，与他们相处会让人十分快乐。自然，吉尼格夫妇也很快成了我们的新朋友。

吃完主菜之后就是甜食，这时吉尼格说："我有一大堆问题要请教你呢！我恨不得马上体验你们那种四海为家的生活。"

"尽管问,我们知无不言!"我爽快地答道。

"呃,我并不想打探隐私,但我希望知道,你们整天在一起,是怎么生活的?要知道,你们没有多余的社交活动来转移注意力,因为你们在任何地方待的时间都不长,所以也没法与当地人深入接触。你们的时间几乎都是在一起度过的。彼此之间不烦吗?托姆和我都能把对方烦死!"

问得好。蒂姆与我默契地四目相对。我说:"有时我们也会如此。不过,蒂姆是个优雅的绅士,他会对我的小毛病'视而不见'。"我朝蒂姆莞尔一笑:"蒂姆,说真的,出门在外的日子里我们无依无靠,你不觉得我们因此更爱对方了吗?"

"当然!不过,亲爱的,我们也有彼此不爽的时候。"蒂姆大笑地说,"还记得那次在意大利开车的事情吗?"

我也笑了。这回,蒂姆可来劲儿了。他已经在用下面的故事款待吉尼格和托姆了:有关 GPS 维多利亚的趣事、佛罗伦萨惊心动魄的急转弯,以及我们在康沃尔的那些惊险时刻。在那些要命的时刻,我们大喊大叫的次数确实不少!笑过之后,蒂姆又说:"说实话,幸运的是我们彼此非常合得来。我相信,出门在外,要是没有共同的信念,不少夫妻都将会面临严峻的挑战。"

"我喜欢听你们的故事,但我确实无法想象你们是如何做到的!"托姆耸了耸肩,"对于接下来可能要发生的,你们一点都不担心,不害怕吗?我是指公寓和汽车租赁出现意外怎么办?或是生病了怎么办?我们自己就曾经遇到过一堆的麻烦——社会动乱、几年前那次火山灰、海啸和禽流感。这些麻烦没让你们发疯吗?"

蒂姆深有感触地笑了笑,看着托姆。他绞尽脑汁,希望能找到准确的语言来回答托姆的问题。此时他褐色的眼睛已经调整了两次焦距，"就在昨天夜里，我们还聊到你提到的那种意外。与开始的时候相比，我们现在确实不太担心，而且还更轻松了。这也许是因为我们有了更多的经验。我们以前也遇到过类似的情况，但我们都设法处理了。有时我们也会害怕，担心发生意外，担心我们这把年纪会出意外……但是糟糕的事哪儿没有呢？上帝知道，我们可是来自地震之乡。生活本身就充满了冒险，在哪儿都一样。"

说完，他停下来喘息着。我借机插话，说："遇到小麻烦，我们常常会一笑了之。如果遇到确实糟糕的事，我们要么会停下来解决，要么干脆不予理睬。当然了，这也是因为我们俩确实很幸运，一路上都平平安安的，没伤着自己。到目前为止，不算热浪和寒潮，我们还没遭遇过真正严重的自然灾害。仔细想想，在外面旅行并不一定比在家里待着更危险。"

托姆说："我觉得你说的确实有道理。在亚特兰大开车并不比在康沃尔轻松，但至少这里是右侧通行。"我忍不住笑了出来，因为此刻，在英格兰开车的情景马上就在我的脑海中闪了出来，当时我们可不就是把车停在了泥道上么。

在这次旅途中，我们与这对有趣的夫妇陆续又聚了几次，但因为我的写作安排已经越来越紧凑，与他们的聚会就相应地受到了限制。我接到新经纪人黛娜的指令：马上动手写作。此时她已经联系过好几家出版社，其中的一家希望我能在三月底之前交稿。我还希望把畅销书作者马克·奇姆斯基要的文章写出来。《国际生活》也想请我写一篇。最后，我们发现，船上的旅客大多把这艘客轮当作移动的度假胜地来享受，这段海上之旅也是他们假日的一部分。但对我们而言，这艘客轮就是移动的家，只不过碰巧要把我们送到目的地而已。

记得有一天，我正在电脑上打字，蒂姆从甲板上散步后返回客舱。我毫无征兆地跳了起来："我现在才明白什么叫幽闭恐惧症！我要马上离开客舱,可是我找不到别的可以工作的地方,这艘船上没有图书馆！"

"愿意为您效劳,夫人。"他龇着牙,笑着对我说,"跟我来吧！带上你的电脑。"

蒂姆在高高的船尾上发现了一个大酒吧。一到下午,酒吧里空无一人,安静极了。于是我就在里面安营扎寨,继续写作,偶尔也会把目光投向窗外的大海,望着船尾翻滚的绿浪消失在地平线那边。这里真是一个不错的办公室,视野开阔。遇上风暴来临的日子,白色的浪花与奇妙的云阵更丰富了船外画面的传奇色彩。我喜欢在这间私人书房里写作的感觉。到了喝鸡尾酒的时间,蒂姆就会准时把我拉出去散散心。专注地做一件事情并不容易。在接下来的一年里,我把大部分时间都用在了本书的写作上,蒂姆也很好地扮演了缪斯的角色。这一切都让我更爱眼前的这个男人了。

最后,客轮驶入了迈阿密港口。想象一下我们接下来会收到的惊喜,蒂姆的女儿阿曼达和我们的孙子肖恩在等着我们呢！那种熟悉的亲切感,就像刚刚坐完火车到家一样,根本没有那种离家许久的陌生感。人类很快就能习惯那些熟悉的面孔和地方,这种神奇的现象能不让你惊叹吗？

在阿曼达和她的丈夫詹森的安排下,我们很快又适应了故乡美国的生活。我们在他们刚刚装修的房子里痛痛快快地庆祝了一番。他们过的是真正的佛罗里达式生活:玻璃外廊有水池,花园下方有湖水(我没看见爬来爬去的短吻鳄,但在后院的湖里确实有),清爽的白瓷地砖和高高的天花板,这些都是根据佛罗里达潮湿、发黏的气候而设计的。接下来,感恩节轻松的家庭聚会也没辜负我们的期待:好吃的食物、电视里的橄榄球大赛,还可以抱着我们可爱的肖恩——这个家里长相最英俊、年龄最小的孩子。

与阿曼达、詹森和肖恩相聚几天后，我们又去看望了德克萨斯的阿尔文一家：蒂姆的女儿阿尔文、她丈夫和她的两个好孩子。她的大女儿杰克逊是个豆蔻年华的少女，小女儿费思与她一样，多才多艺，令人愉快，还颇具创新精神。

回家后，令我们兴奋的是生活空间上的变化——宽敞的汽车和房子里舒适的空间。有趣的是，这里没有踏板车，噪音也让我们适应了好几天，因为之前我们所在的国家一般都比这里安静。公共场合高分贝的音乐不停地刺激着我们的神经，周围充斥着美式英语，对于我们这种离家许久的人来说，这真是妙极了——因为我们此刻很享受这种毫无障碍的交流！

在他们位于奥斯汀的德克萨斯式家里，他们用私人套间招待我们，从那里能望见远处德克萨斯起伏不平的丘陵。接下来是一场美式盛宴：香肠、牛排和鸡肉，外加各种佐料。这里还是个吃烤肉的好地方，有家庭风格的大锅食物和现场表演的乡村音乐。这一晚愉快的气氛为我们在加利福尼亚的下一站开了一个好头，那里是牛仔和葡萄酒的世界。

数日之后，我们回到了帕索罗布尔斯的公寓，这里与加州的两个家庭相距不远，之后我们马上安顿下来。虽然我们喜欢在路上的那种无拘无束的感觉，也能适应举目都是陌生人的环境——使用他们的生活用品，生活上处处从简，但是从储藏室里找出属于自己的深锅、浅锅、咖啡壶、熟悉的餐巾和枕头，感觉还是很棒的！我们从储藏室里翻出了"新"衣服、首饰、靴子和大衣。我的那件毛茸茸的暖和的棉织大浴衣仿佛就是一件貂皮大衣。

突然之间，好像凡是美国的东西都能让我们感动一样。怀着重新燃起的激情，我们热切地憧憬着在祖国的这两个月的生活。我们可以在车上无所顾忌地跳来跳去，开车时不必考虑应该在左侧还是在右侧，更不必操心该如何驶出环岛，类似这样的傻事能让我们激动半天。在杂货店辨别商标,然后把东西扔进车里,开车就走,根本不必辛辛苦苦地拖上几个街区,对此刻的我们来说,这样的生活棒极了!美国的电视新闻让我们既爱又烦,虽然我们能听懂新闻里的每一句话,但是里面的内容太疯狂了,于是,我们索性看起了英国广播公司的新闻。这一切的背后,最最重要的是我们回家了,能与朋友、家人一起共度时光了!

从我们的小公寓望去,能看到小镇外青藤覆盖的山峦。人们一想到北加州的纳帕地区,就会把那里看作美国最大的葡萄园,其实中部的海岸地区也在迅速赶超。纳帕地区已有一百四十几家酿酒厂,一家家酒厂从海边向内陆蔓延,几乎每天都有新的品酒室破土而出。饭店与酒吧几乎无处不在,乡间各地都点缀着"麦克宅邸"。牧场与葡萄园也在各地抢占空间。

我们曾经希望停下来,与女儿和她们的家人度过一个个轻松的夜晚。虽然在加州的这几天享受了不少家庭乐趣,但时间好像一直在加速流逝。我们发现,现在的生活比在路上的时候更忙了。伴随着每天的社交活动和家庭杂务,日子就这么不知不觉地蒸发了。

我们外出旅行时,我的女儿亚历山德拉和她丈夫李在加州的坦普尔顿买下了一个29英亩的农场。农场的四周是连绵不断的山岭,上面生长着加利福尼亚橡树,周围的风光令人惊叹。农场的附近有水池,此外还有景色绝艳的葡萄园和牧场。已经进入当地社区一所新中学上学的伊桑和漂亮的伊丽莎白在这样的新环境里茁壮成长。伊丽莎白10岁,她的学校距离农场1英里。养鸡、清洗池子、游泳,他们很享受这样的生活!后来,农场还成了我们全家人过圣诞节和新年夜的大本营,哪怕翻修农场造成的尘垢飘入了我们的牙膏杯和孩子们的作业本里,我们也心甘情愿。

与此同时,我的女儿罗宾也在张罗着传统的家庭聚会,就像我们一年一度的饼干日和圣诞夜的聚餐一样。罗宾一边在海边的坎布里亚做小生意,一边照顾她的两个女儿菲奥娜和罗莉。

　　一天清早,在家庭聚会和写作计划的间隙,我使劲地挥了挥手里黄色的纸和笔,对蒂姆说:"最好还是先查查身体。我们的时间表已经排满了,我已经和镇上的每位医生定好时间了。出发之前看看医生,我们也能踏实些。"

　　"我们非要拜访皮肤科的大夫吗?"他怕麻烦,不希望再去一次医院,"我一直都没有皮肤病。我可不想在圣路易斯-奥比斯波的诊所里浪费时间。"

　　"我知道。但是,我们这个年龄的,总要找人检查一下身体,以防万一嘛。"

　　"呃,我知道你说的有理,不过,要见的人太多了,内科医生、牙医、乳腺放射科医生、肛肠科医生、理发师和指甲修理师,还有过来看望我们的客人,再加上聚会和圣诞节,我们分身乏术啊!"他叹了口气,又为我倒了一杯咖啡。

　　我取来邮递货物明细表:"邮购不是能帮我们省出些时间吗?我们临出发前要决定携带的衣物和其他用品。在接下来的几天里,我们要订购衣物,不然就来不及了。"圣路易斯-奥比斯波的风景和葡萄酒,那绝对是一流的,就是购物太麻烦。我又说:"我还得抽出时间来写作!"

　　如何推销我的作品?这方面的压力与日俱增。黛娜已经把出版报告送达她挑选的几家出版社。各个出版社都表示有强烈的兴趣,同时又提出些不同的建议:一家出版社希望能增加一些章节描述,我用了好几天才完成;另一家出版社希望把第三章写完整,我只好照办,之后发给鲍勃进行编辑,再放入出版报告。与此同时,我的脑子里又要想着三月底交稿的事情,这也让我倍感压力。我们感谢出版社的支持,但按照他们的意见修改出版报告,无论如何也要几天时间才行,最终能不能签下出版合同还是个未知数,凡此种种让我心烦意乱。

我们没有忘乎所以。对我们的现实生活来说,我们的故事引发的外界关注,只不过是偶然出现的浮光掠影而已,但是,现在各方都把注意力转向我们,我们又怎能安之若素呢?

"别忘了,为了延长签证,法国领事馆还在等着我们的材料呢。我们必须抽时间去一趟洛杉矶的领事馆,可能还得在那里住一晚。"蒂姆说。我把材料一一列出。

在接下来的几周里,我们依次见了好几位医生。与此同时,我还努力挤出时间来填写各种所需的新材料。蒂姆忙着准备我们的财务证明、无犯罪记录、公民身份证明和健康证明,为的是让法国当局允许我们在欧盟国家多停留些时间,而不是《申根协议》规定的 90 天。蒂姆负责处理生活中的杂务,还有那些与银行、纳税和信托基金相关的事情(别忘了,他还要制定今后一两年外出旅行的详细计划)。因为我的时间大部分都用来写作了,所以购物、洗衣之类的杂事都由他处理。这种生活与我们之前所希望的自在的生活简直南辕北辙。

我们慢慢地体会到,所谓的无牵无挂的生活并不比想象中的简单。生活中那些芝麻蒜皮的小事,你无法不管不问。对于连续几个月出门在外的我们来说,必须在几周之内安排好一年的行程。不过,出去之后,家里的事就不用我们操心了,只需要和亲朋好友打打电话;回来之后,与亲戚朋友们一起分享下沿途遇到的趣事(家庭聚会也令人高兴,但是,各种聚会也会耗光你为数不多的时间)。所以,一个真正的旅行家一定要懂得取舍——既要安排好自己的私事,又要与家人朋友一起分享在一起的温暖与乐趣!

尽管好心的蒂姆有自己的事要忙,但是,他每天下午总会抽时间听我给他读文章,同时提出修改建议。我咬着牙一页一页地写下去,他也从来没有翻过白眼,更没有流露出无聊的表情。如今诸事繁杂,我真不知道他是怎么耐着性子熬过来的。

不知是不是还嫌我们的压力不够大,幽闭恐惧症又向我们袭来。我们去年春天租了现在的这所小公寓。当初并没料到我需要一个安静的私人空间来安心写作,所以,当时以为有一间小卧室就足够了。现在想想,虽然公寓的窗外景色很迷人,但是,因为面积太小,关上门后,我们甚至都能听到对方的呼吸声。无论是电视声还是电话声,我都不可能听不见。这可怎么办?我们考虑过租一间小型办公室。我也曾在公共图书馆试了几次。最后还是不行,因为那里的椅子太旧,坐上一会儿后腰就疼,而且时常会有读者在里面闲聊。

接下来的日子里,我们继续待在小公寓里,蒂姆变得动不动就发脾气,这也是可以理解的。我也变得斤斤计较了。

一天,我缩在卧室的一角写作,与蒂姆就隔着一道薄薄的房门。蒂姆嚷道:"有办法了! 我真傻! 之前怎么没想到呢?!"

房门大开,蒂姆就站在那里,那是这几天里他第一次露出笑容。"你到底怎么了?"我恶狠狠地质问他,因为一个奇妙的想法被他的一惊一乍吓没了(到今天为止,我都对我们那段日子的表现惊讶不已,一个人竟然会把自己看得那么重要)。

蒂姆还在门口傻笑:"问题解决了! 你明天写作的时候就不会被打扰了。"

"怎么可能? 难道你想让我钻防空洞?"

"不。我给你预订了耐用的博斯牌消音耳机。圣诞快乐!"

听了他的建议,我高兴极了,扑过去狠狠地吻了他一口。

次日早上，我站在门外，如同守候圣诞老人到深夜的孩子，等着快递员送来耳机。蒂姆再次改变了我的生活！

最后，我成功地将噪音挡在了外面，终于能安心写作了。后来，在我们赶往洛杉矶与法国领事见面的时候，蒂姆一路上惬意地听着音乐，而我也在飞快地写作。

此后，在汽车上、飞机上、火车上、轮船和渡船里、旅馆内、公寓里，乃至爱尔兰农舍（这里是好地方，不必戴耳机），我总能安安心心地继续写出版报告和本书。一天下午，在一家葡萄牙购物中心的休息区里，我写了将近 1000 字的内容，蒂姆在外面选购毛衣。购物者在我周围来回旋转，他们有说有笑，手里还推着婴儿车和购物车。我高高兴兴地坐在那里描写着在摩洛哥有趣的经历，同时还听着莫扎特的奏鸣曲。要知道，这里是纤尘不染的购物天堂，里面有的是欧洲无处不在的 C&A、Zara 和丝芙兰等名店。

辛勤的劳动终于有了回报，出版社对修改后的出版报告十分满意。还没等我们再次走出国门，我们就签下了出版合同！斯蒂芬妮·博文决定将书稿买下，她是源头图书出版公司经验丰富的编辑。我们从一开始就相中了这家出版公司，黛娜也从中周旋，各方皆大欢喜。这是个激动人心的时刻，也证明了我们在选人方面格外幸运，这几个聪明人组成的团队，用自己的经验和精力帮助我们把卖掉房子去旅行的故事传递给了世界各地的读者。里克和莎拉、黛娜和鲍勃，以及其他人共同协作，把我们的故事送给了每一个心怀梦想、不甘寂寞的人。

凡是关心这个项目的人，以及那些未必关心但却一直鼓励我们的人，我们一一打电话报喜，之后我们又外出大吃了一顿，还喝了一瓶帕索罗布尔斯最好的馨芳葡萄酒。我们入夜后还兴奋得无法入睡。

我和蒂姆大喜过望,因为我们在出国前办完了这件大事。斯蒂芬妮和我一开始就意见相同。我们初次对话时,我紧张得像个小女生,不过从那一刻我就知道,我们的合作一定能成功。她对我们的故事抱有极大的热情,她的热情和专业知识把我的灵感和信心提高到一个新的水平。我知道,要完成这个项目,我不能没有灵感和信心。源头图书出版公司改变了原定三月底的交稿期。这真是一个英明决定,他们答应让我在六月底之前完成书稿。那一刻,它仿佛从我肩上搬走了一块巨石。我还要继续爬山,但我至少不必在三个月内爬完!

数日之后,我们终于从之前的喜讯中回过神来。我在卧室里喊了一句:"嘿,蒂姆!"

他一下子跳了起来,差点摔落膝盖上的电脑。一位大键琴师正在我的耳朵旁演奏着巴赫的曲子,所以我根本没意识到自己的声音有多高。

我朝门道望去,发现他正指着自己的耳朵,一脸苦相。我赶紧道歉,取下耳机,用正常的声音说:"我刚刚收到朱迪·布彻的邮件。她要去旧金山,正好路过这里。我们可以陪她到坎布里亚见见罗宾,再到农场转转。她一定喜欢,你觉得怎么样?我打赌,她也一定会喜欢公园附近的那家时髦的阿根廷饭店。"

他低头同意,并示意我继续工作。我只好撇撇嘴,缪斯的另一个身份一定是"监工"。

自从我们上次在佛罗伦萨相聚之后,朱迪在德国度过了夏天,又在欧洲转了一圈,走亲访友。几天后的一个夜晚,我们喝着马尔贝克红葡萄酒,吃着可口的南美风味的食物,分享了从佛罗伦萨分手后各自的经历,还有未来几个月的计划。我和蒂姆都觉得,与之前和家人的聊天相比,我们与朱迪之间的交流更轻松、更自然,其中的原因我也说不明白。

家人对我们的冒险也感兴趣。然而,可能是因为他们并没有经历过我们这种自由漂泊的生活,所以对我们的故事并不容易产生共鸣;但是,我们与朱迪却可以轻松地聊到一起,比如在柏林的哪家口碑不错的饭馆里吃过什么午饭,这就好像我们是在洛杉矶或圣路易斯-奥比斯波的街头碰面的感觉一样。

后来,我逐渐明白,自开始新生活之后,我和蒂姆都发生了很大变化。我们的视野变得更宽了,不会再轻易地纠结一件微不足道的事情。朱迪在国外生活得更久,在和她的交往中,我们还发现,远离充满琐事的日常生活后,我们在很多重要的方面都得到了解放,不仅仅是把大锅小锅扔在了身后。如今的我们,即使身处一个全新的环境,也不会犹犹豫豫了;相反,我们已经适应了这种生活,即便是在连语言交流都有障碍的国家,我们也能应对自如。如今我们常年在外闯荡,对自己的潜力有了一个新的认识,即便遇上一些比较大的变故,我们也不会手足无措了。

后来,我把朱迪引荐给了家里的姑娘们和她们的家人。我们和朱迪还计划如何在来年夏天的巴黎重逢。朱迪打算带上一个孙女外出旅行。她给我们留了许多宝贵的联系方式,以方便我们来年八月在柏林租公寓。我们还修改了行程,为的是能够一起在柏林玩上几天。

最后,分手的时刻到了。我们把朱迪送到了圣路易斯-奥比斯波火车站。回来时,蒂姆说:"说实话,这次的收获完全出乎我的预料。我们一直遇上那些与我们一样热爱旅行的人,而且,更为重要的是,我们与他们中的大多数人仍保持着联系,并期盼再次相遇。我们现在已经和朱迪在三个国家见过面了吧?来年年底之前,就是五个国家了。如果能把这些志同道合的人一个一个都找出来,岂不是一大乐事?而且,绝对是一场专属于我们的盛大聚会呀!"

"这绝对是个好主意!"我说,"要是真想这样的话,我们可以挑选一处对大家都合适的地方,向他们发出邀请,比方说伦敦或者巴黎。我得把这事记下来。上帝知道,我们真是越来越疯狂了!"

在接下来的几周时间里,我们拜访了大夫、律师、税务员和我们那位精明的财务顾问。很幸运,我们的身体一点毛病也没有。似乎远离家庭、四海为家的生活非常适合我们,有利于我们保持健康。我们的财务状况也良好,我们的支出没有超出临行前的预算。对此倒是不必惊讶,因为这早就在我们的预料之内。我们这个年纪的人,有几个不是省着花钱的!

我们从网上订购的物品陆续到达:鞋子、袋子、免烫的旅行装,以及所有我们下次出国旅行的随行用品。这次我们的行李更轻了,而且有所变化,行李里装着我的新运动上衣和小一号的新牛仔裤——因为之前不停的行走,我成功地减掉了几磅肥肉——还有一件外面带着拉链的长款雨衣,如果在葡萄牙和爱尔兰碰上冷飕飕的雨天,这样的雨衣准能派上用场。蒂姆也买了一件新运动上衣,他的爱尔兰帽子又被装进了旅行箱,另外,还装了几双舒适的鞋子。我们商量了几天之后,他还是把那顶漂亮的巴拿马草帽狠狠地扣在了脑袋上,说:"夏天我要在巴黎戴草帽,死也要戴。"让我们对他的誓言拭目以待吧,我暗地里偷笑着。

几周之后,我们又上路了。蒂姆和他的黑圈黄草帽在人头攒动的机场里非常显眼,因为其他旅客身上都是深色的冬装和格呢帽子。我们还必须在飞机上、船舱里、火车上、出租车内和渡船里为这顶帽子找个安全的地方,这可把我们折腾坏了,但他这个人就是这么固执。我也不希望他不痛快。或许,这就是夫妻之间的那种琴瑟和鸣的感觉吧!

行李箱里到底要装些什么呢?尽管已经有了经验,可是真要抉择起来,却不是一件容易的事情。我们把汽车停在家里的农场上,含着泪水与可爱的儿孙们挥手告别。然后,我们在洛杉矶国际机场附近找了一家旅馆,还在机场里看了一场即兴的爵士音乐会。

次日,我们飞往佛罗里达。蒂姆的草帽正舒舒服服地躺在上面的行李舱里。我发现,一位旅客因为蒂姆的帽子霸占了有限的空间而狠狠地瞪了他一眼。我继续埋头看着电子书,一言不发。那个帽子是他的,可不是我的……

第十三章
葡萄牙

35 年的分离之后,在命运的安排下,蒂姆和我终于重新走到了一起。但是,在嘉年华客轮公司的"命运号"上为期 18 天的海上生活,才真正考验了命运的智慧和我们彼此间的爱情。

一看到笼罩在金黄色迪斯科灯光下的大型沙龙,我就意识到麻烦来了。自从《拉斯维加斯万岁》之后,我还从没遇到过这种场面。我问道:"你觉得,安·玛格丽特会从楼梯上下来吗?"

蒂姆瞪了我一眼,微微喘着气,继续朝前走去。我们马上又有了新发现,这艘建造于 1996 年的客轮是目前世界上最大的一艘,已经在加勒比海上航行了 16 年。显然,她需要的不仅仅是涂涂漆或者添加新帷幔这种不痛不痒的维护。嘉年华公司在对外的广告宣传上对此只字未提,但这无疑是"命运号"的最后一次航行,又或是她的首次横渡大西洋之旅……

如果说这些还不值得我们大惊小怪的话,那么后来又发现的另外一些"有趣"的事情——无论是"命运号"和船员,还是嘉年华公司的其他任何一艘客轮,都还没有过这么远的航行纪录,就值得我们关注了。"命运号"的目的地不是威尼斯,而是的里雅斯特的造船厂。因此,抵达威尼斯之后,"命运号"还得再走半天。我们后来才知道,所有旅客上午10点之前都要被"请"下船来,也就是说,黎明时分大家就得开始下船。打发完客人之后,"命运号"会继续前进,到造船厂去移植心肺和头发,再垫垫鼻梁,拉拉皮。从外表上看,后者明显是最紧迫的任务。这将会是一次价值一亿多美元的大手术。

我和蒂姆一点兴致都没有,而且,几乎我们遇见的每一个乘客都是那种你可以为他们买晚饭买饮料但是却连一个善意的问候都不会回报给你的人!与他们相处,根本不能为我们带来任何欢乐。看起来,这又将是一次漫长而寂寞的旅程。

不过,我们这些连家都能弃之不顾的家伙可是见过世面的旅行者,所以我们一定能想方设法地让自己高兴!真正的旅行者能够随遇而安,不会轻易地垂头丧气。走进明亮的配有小阳台的特等舱,安排好行李后,我们暗下决心,一定要好好利用船上的一切设施来让自己高兴!

一连18天都被关在1000英尺长的旧船上,任何人都会百无聊赖的。这是对耐力的考验,不仅在考验乘客,也在考验船员,尤其是厨师。一天晚上,他们送来了一份放在六叶草盘上面的法式蜗牛,盘子的每片叶瓣上都放着一个带壳的好吃的蜗牛。这真是一份美味十足的开胃品,不过,其他客人显然对蜗牛不感兴趣。所以,到了次日晚上,机灵的大厨又用小碗送来了蜗牛——壳不见了。这一次为了打动客人,大厨还在碗里撒上了几片香草叶。我都能想象出厨师瞪着大眼睛盯着缀上了绿叶的那一小堆食物时的样子。他一定在琢磨:"哼……真没趣……我怎么才能让这道菜看起来更棒呢?"于是他决定把一片土豆插在那一小堆菜肴上。这种办法在视觉上可能不太好看,但是味道却很棒,所以蒂姆和我一连两晚都有美味的蜗牛肉可吃。事实上,我也很同情那位可怜的大厨。1500 人用餐,一连 18 个晚上,还得想方设法做出各种美味的食物,再好的厨师也会黔驴技穷。不妨这么说,我还没尝过拌着牙膏的三文鱼,此外,各种烹饪方式的三文鱼我都吃过了。

每天晚上享用甜食之前,一位颇似尼古拉斯·凯奇的总管总会一把抓过面前的麦克风,用他那带着东欧口音的英语宣布:"女士们,先生们,下面是表演时间!"

几位身材曼妙、身着加勒比花边褶裙的年轻女子依次走入餐厅,跳上四个精心安装的大理石台面。只要凯奇先生一发出暗号,舞台上就会响起早已准备好的音乐,伴着动听的音乐,年轻的舞者们开始翩翩起舞。就这样,日复一日,就连那些最有绅士风度的客人也懒得掩饰他们的无聊了。

每隔三个晚上,凯奇先生就会吩咐服务员停下手中的工作,在大厅四周和楼梯上下,乃至阳台的扶栏旁边排列开来,为我们演唱他们准备的小夜曲。表演者尽量装出一副快乐的样子,用餐者也不好让他们扫兴,但我知道,大家其实都很尴尬。几个勉强张开嘴的印度尼西亚人还用颤音演唱了《我的太阳》。不说别的,这至少是一次别开生面的音乐会经历。我们之所以会尴尬、痛苦,完全是因为这一切都是被迫的。

令人高兴的是,嘴边的食物还不错。我们又请凯奇先生给我们找了一张二人餐桌。如此一来,我们也不必接触其他客人。令人遗憾的是,船上没有特色餐厅。如果船上有牛排餐厅或者意大利餐厅的话,我们还可以灵活安排用餐地点,进而改善一下船上颇为沉闷无聊的氛围。有几个晚上,我们实在无法忍受,只好请服务员送餐进舱。我们坐在床铺上一边大口地嚼着三明治和油炸土豆片,一边看着电视剧《林肯》。虽然这部片子我们都已经看了不下三遍,但至少比再看一次《爱情船》要来得好,尽管前者也是我们迫不得已的选择。

我还会时不时地光顾一下船上的图书馆。在略显吵闹的俱乐部成员走了之后,绅士蒂姆总会陪我一起进去,直到吃饭或者鸡尾酒的时间再接我出来。还好,我们熬到了最后,听到了"命运号"上最后的欢呼声。这是"命运号"平安抵达威尼斯的信号。虽然我这人天性勇敢,却也对大海抱有一贯的敬畏之心。平安抵达目的地,为此我们要默默地感恩才是。

"命运号"驶入码头之后,外面飘下的片片雪花把威尼斯遮盖在下面。外面还太冷,我们没法立刻出发。由于次日一早还要坐飞机去里斯本,我们临时决定先在陆地上的卧室里尽情地享受一番,吃一顿没有褶裙和扰人歌声的晚饭。

令我们高兴的是,次日,一切都很顺利,这是好事来临的征兆。就连机场"演练"——找行李车、取行李、找租车服务台和之前租的车——也预示着我们在接下来的五周里不必大费周章!

抵达葡萄牙之后,GPS 维多利亚马上适应了新环境,顺利地破解了葡萄牙语。我们开上了足以俯瞰里斯本的第一座小山,我牢牢地盯着 GPS 显示屏,生怕这次的顺利只是过眼云烟。蒂姆说:"别看了,现在还不用指路,我知道方向。看看下面的城市!我恨不得马上领你进去转转!"多年前蒂姆就已来过葡萄牙,他一直渴望能够故地重游。

抬眼望去,下面的景象简直让我不敢相信。"天哪!蒂姆,这绝对比照片上的棒极了!这绝对是伊斯坦布尔与旧金山风格的完美结合!"

确实,里斯本就是这两个城市风格的一次完美结合。我们从阿瓜里弗渡槽下方驶过。这个建于 18 世纪末的水利工程对面是一排排红瓦建筑,建筑周围被装饰得如同五颜六色的复活节彩蛋。前方是流入大西洋的塔霍河。我们缓缓前进，眼前的这座桥堪称世界上最长的桥梁之一，桥身上锈迹斑驳的颜色与金门大桥的不相上下。大桥把里斯本和对岸的城区连接了起来。在我们左前方的山上还伫立着一座结构复杂的城堡，河对面离桥不远的地方有一个基督塑像，与巴西的塑像相比，这个复制品小了不少。这里的景象令人无比惊叹，但蒂姆没法一一欣赏，因为我们正忙着在大桥上行驶，还不能碰到别人的保险杠。

这是多么迷人的一天哪！维多利亚准确无误地指引着我们驶过大桥，赶往卡帕里卡。这是一座海滨小镇，也是我们的新家所在地。20分钟之后，我们把车停在了租赁公司经理的车旁。经理跳下车来，为我们打开了大门。我们已经坐了一个多小时的车。相信我，从统计学的角度看，这一个多小时的车程绝对值得一提。因为在我们多年的旅行经历中，这次从机场到目的地的路程无疑是最轻松的了。后来碰上各种不顺心的时候，我们总会想起在葡萄牙的这段大好时光！

此刻，我们的心情好极了。经理将房门打开后，我们就更高兴了。房间很宽敞。对我们来说，这是个不错的开始。我们从加州狭窄的临时公寓逃出来之后，又在船上的小客舱里熬过了18天的"命运"考验，其中的种种经历苦不堪言。新房子有一处被篱墙围上的大院、一间大客厅、一个燃木材的壁炉和一间八个座位的餐厅，此外，厨房也是相当不错的——内设洗碗机和洗衣机各一部。当然了，这里没有烘干机，但有一根长长的晾衣线。卧室就不用说了，因为楼上的热水澡还在等着我们呢。

这些对于现在的我们来说已经很奢侈了。房间四周干干净净。总之，眼前的房子绝对称得上物美价廉！我们在房租上的花费也省了不少。葡萄牙的方方面面都让我满意。

街道、洗手间、有轨电车、无轨电车和旅游景点，样样都是精心维护过的。当然，这里也有很多涂鸦和看起来破旧的地方。这个国家也有一些经济衰退的迹象，但这里确实与众不同。在我们走过的地方，这里至少是最讲究卫生的一个。

经理卡塔丽娜当着我们的面逐项核对了房间里的生活用品。我们相处得十分愉快，因为她能说一口纯正的英语。一般人根本没法破译葡萄牙语，而且葡萄牙语与西班牙语毫不相关，在我听来更是如同东欧的俚语一样。我们有个朋友克里夫·加勒特，他是位颇有名望的语言学家和学院教授，就连他也劝我们省下些精力和时间。我只会说"谢谢""请"和"请再说一遍"。很幸运，虽然我们遇到的葡萄牙人只会一些粗浅的英语，但是他们都非常热情。

好心的卡塔丽娜又嘱咐了我们，房间里的暖风机该如何使用。她信心十足地说："打开开关就行了。你看，红灯亮了，马上就有热气出来了。"

卡塔丽娜走后，我们又迅速回归正轨，把要买的物品写下来，把行李收拾起来，检查每个橱柜和衣柜，看看里面有没有能用的东西。

几小时后，室内还像昨天烤过得那么"温暖"。红灯都亮了，但只有一个暖风机在吹。这栋混凝土建筑至少一个月没人住了。太阳下山后，温度陡然下降，那天夜里，室内才三十几华氏度。虽然楼下的壁炉帮了我们不小的忙，但浴室里面还是冷得像冰箱里一样。我是穿着羊毛紧身衣、T恤、睡衣、毛衣和两双袜子睡觉的。我不知道蒂姆穿了什么，因为他上来时，我已经完全缩在毯子里了。那一夜我的后背紧紧地贴着他发热的身子。我们把能找到的毯子都盖在身上，结果压得我们一整晚都动弹不得。

我们本打算第二天去买个加热器，以为这样可以提高夜晚室内的温度。然而，经验告诉我们，最好还是等待维修工来处理,或者先在炉子里多添些柴火。我们希望以一己之力改变现实,免得麻烦,但还记得布宜诺斯艾利斯的蓝色按键吗?那次经历让我们学会了不少知识。

我们没有电话,幸运的是,互联网还可以使用。等到上午八点半的时候,我联系上了卡塔丽娜,说了遇到的麻烦,请她晚上之前把暖风机修好。我们可不想再压着毯子、穿着一整套衣服睡一晚了。不到一个小时,她送来了两台加热器——又大又好使——还有一大堆柴火。她临走的时候还答应会把暖风机修好。虽然那年春季天气寒冷,但我们的屋子很快就暖和了,而且我们没花自己的钱来修理别人的电器,更没有耗几个小时等人上门修理。维修工告诉我们要等上几周零件才能从德国运过来。这种悲惨的故事,我们早已从移居国外的人那里听到过,他们都亲身经历过。

便携式加热器运转良好,后来也一直没被搬走。虽然电费可能会让房东大吃一惊,但我们很舒服。三周之后,维修工才过来。但是,直到我们离开,零件也没送来。

次日傍晚,我们收拾完行李,开始了原定的计划。我先做了可口的烤肉、青菜和沙拉,再在膝盖上铺开餐巾,餐桌上摆了一束鲜花,为了渲染气氛,还点上了蜡烛。加热器嗡嗡地响着,冰箱和食品室里也是满满的,客厅里的炉火劈啪作响。互联网也无比畅通。我们还为电器充了电,试了屋子里所有的家电,每一个都可以正常运转。我们为自己骄傲。

我们很快又在离购物中心不远的地方找到了一家大型超市。这次我们先弄明白了当地人是怎么停车购物的,免得再次上演在意大利的尴尬插曲。我们花10美元买了一部临时使用的手机,请服务员把电话调成英语模式,又找到最近的加油站,以备不时之用,然后驾车赶到渡口选好了停车场,打探清楚了渡船的开船时间。最后我们还给大家发送信息,说我们已经平安抵达。

总之，我们到"家"了。这次在葡萄牙的自由生活到目前为止还没碰上麻烦。"太顺利了，我简直无法相信。"次日上午，蒂姆斜倚在粉刷过的院墙上好不得意地说："说实在的，我们之前的尴尬经历终于有了回报，而且现在事事如愿。亲爱的，我真为我们感到骄傲。"

"我们确实学了不少东西，不是吗？等我把书写完，一定要好好出去玩玩。我要赶紧去写了。"最初的那几个月里，我们明显缺乏经验，疲于应付。如今这些一路上积攒的经验终于开始有了可喜的回报！经过历练，我们知道该如何提出问题，如何在问题出现之前找到解决的办法。

"等等……我们先出去吃顿午饭怎么样？"他问。

还没等他把话说完，我已经上楼找鞋去了。现在你能明白，让我停下写作很容易，只要有好吃好喝的就够了！

我们朝巷子尽头走去，左右两边长着棕榈树，树后面是漂亮的房子，青藤覆盖着篱笆花园，我们不禁想起了墨西哥和意大利。等我们走到巷尾的时候，又一头钻进了前面的小树林，之前我们就见当地人这样走过。我们还发现了一条沙石小径，小径两旁点缀着野花和浅黄色的金雀花。我们沿着蜿蜒的小径走向沙丘。在船上的不毛之地关了那么久后，现在置身绿树当中，让人感到由衷的愉悦。海浪拍击的声音越来越大。我们一边说着话，一边爬上了看起来并不结实的木质梯架。站到上面之后，我们顿时瞠目结舌，眼前的景象把我和蒂姆惊呆了。

眼前是无边的海浪！百米之外的海面上翻起了一排排的海浪，绿色的、白色的、蓝色的海浪朝我们汹涌而来，撞得水花四溅。绵延7公里的海滩上空无一人，仿佛又回到了入冬之前的孤寂状态，偶尔才能见到几个零散的冲浪人，他们还在尽情地乘风破浪。我迫不及待地要把眼前的一切转告给我们的朋友和编辑鲍勃。鲍勃不仅是优秀的作家、教师、编辑、马拉松运动员和十足的大好人,而且(最重要的)还是一名一流的冲浪高手。我们在电话中把此地的情形描述给他听,他顿生妒忌,喊道:"你们或许不知道,去年就在那片海上,加勒特·麦克纳马拉翻过的大浪,与世界上任何选手翻过的相比,都是最大的,高81英尺。"令他遗憾的是,这么好的冲浪环境却被我们两个外行浪费了。

沙丘上建有一长排用墙板盖成的饭店,饭店之间相隔的距离很大。每家饭店都有一个大院落。在院内低矮的餐桌旁,五颜六色的坐垫散放在沙子上,客人用起来很方便。陆地分别从三个方向将海滩挡在下面,我们还能看见注入大海的塔霍河。虽然现在这个季节的海风仍然让人有些冷意,但此地风光如画,我和蒂姆也觉得不虚此行!

我们匆匆走进康提基酒吧,这还是一家饭店。我们很乐意藏在沙丘后面,周围都是结实的玻璃墙,足以抵抗凉飕飕的海风,上方还盖着大帆布篷。此时,一个三代同堂的葡萄牙家庭坐在院子里,他们正在享用周日的午餐,一边品酒,一边闲聊,时而又开怀大笑地望着孩子们在洒满阳光的午后海滩上嬉戏。从他们身上的品牌服装和时髦发型可以判断,他们就生活在大桥那边的里斯本。那里的名店如古驰和普拉达,在自由大道上因房地产行业的繁荣而大发其财。

我和蒂姆惬意地享用着午餐。我很高兴能来到这样一个美丽而又极富人情味儿的国家,蒂姆则心满意足地嚼着天底下最好的汉堡包。大桥那边里斯本山后的天空暗了下来,我们只好打道回府。此地的天气非常多变。不过,一如刚来葡萄牙时的好运气,我们幸运地逃过了这场下了一夜的瓢泼大雨,夜里睡得很香。

次日上午,蒂姆心烦意乱地说:"钥匙是不是在你手里?相机在我这里。轮渡时间表找不到了,刚才还在我手里……"

现在,我们已经休整完毕,准备学着像当地人一样,在此地正常生活。我想写几句提醒的话贴在门外,免得自己忘事。但蒂姆强烈反对,说我们还没老糊涂呢(我真想问问他,那我们为何总是忘记带手机)!这是我们第一次进入里斯本。据说,轮渡会准时出发,因此我们必须赶紧出门了。

"钥匙在我手里!请你马上出门,我带上钱包就锁门。"说完,我立刻披上雨衣。

我看着手里的钥匙,一段可怕的回忆不受控制地浮现了出来。在布宜诺斯艾利斯的时候,正是几把中世纪模样的旧钥匙给我们造成了不小的麻烦。如果选错或者插反钥匙,我们就完了。当然,机械锁都是安在门内的,开门锁门要凭手感。遇上这种锁,我们无论在哪个国家,不多试几次,是绝对开不了门的。

我们都很喜欢坐轮渡的感觉。上船后,我们顺着铁梯径直走上了顶层甲板,此时,外面的风光一览无余。在红色的大桥那边,里斯本如同一个彩色的婚礼蛋糕,多么炫目的景象啊!小小的拖船把货轮从海上拖入内河,河面上的帆船面对着迎面而来的货轮左躲右闪。就连那些驾驶轮渡如家常便饭一样的当地人也被这景象迷住了。

从三千年前的腓尼基时代起,里斯本就是重要的海港,也是欧洲最早的都城——比罗马和伦敦还早。可以说,这里到处都保留着历史的遗迹。腓尼基遗迹就在里斯本大教堂和达·伽马的塑像下面。达·伽马这位伟大的探险家发现了从葡萄牙通向东方的水道,他的雕像至今还伫立在里斯本城中的一处要道上。来自不同地域的占领者陆续抵达此地,之后又在此地不断地繁衍生息,因此,里斯本的居民拥有不同的祖先,穆斯林、阿拉伯人、犹太人、北非的柏柏尔人以及萨卡利巴人都在这里留下了自己的种子。我们对这个国家还不太了解,所以,对我们来说,里斯本的里里外外就像一个现实版的历史大讲堂。

我们在购票处遇到了一对夫妻,我们四人没听懂售票厅里的那个男人就船票和时间的安排到底说了什么。上船后,我们索性坐在一起,互相传递彼此觉得有用的信息。荷兰人燕妮与英国人约翰结婚已经 35 年了。他们定居在英格兰,有两个已经长大成人的孩子。这对夫妻与传统上敢于冒险的英国人一样,他们热爱旅行;就像他们的英国同胞一样,他们也喜欢外出宿营。他们一连几周都在路上,驾着自己的大篷车(在美国,我们称其为"房车")从法国和西班牙一路驶来。他们要在科什塔–达卡帕里卡停留几天,然后经葡萄牙北部返回英格兰。

我们的渡船顺着海岸线移动,沿途能看见高大的起重机、造船厂(很多已经停用)、坚固的混凝土码头,以及小咖啡屋和酒吧。渡船驶向贝伦,此地也是轮渡终点以西的里斯本港口,这时燕妮嚷道:"快看,快看! 著名的费迪南·麦哲伦纪念碑。他是一位伟大的葡萄牙探险家!"

人家外国人不仅会说好几种语言,而且好像还熟知历史,本国的、他国的,几乎无所不知。相比而言,很多北美人就缺少这方面的教育,让人略感尴尬。我不想承认,尽管自己上了一所好大学,但自从六年级之后就没想起过麦哲伦,所以听到麦哲伦的名字后,我聪明地点头称是,说渴望见到他的纪念碑。

"从海上驶向这座城市,那种感觉你以前想象过吗?"我问道,希望能接上燕妮的话,又不必暴露自己的无知。

我们望着一艘客轮逆流驶向河上的大码头。我相信,当客轮上的那些旅客看到麦哲伦纪念碑和大桥时,一定也会惊讶不已:高 171 英尺的纪念碑兀然耸立在河的北面;大桥主塔高 623 英尺,桥身长 3300 英尺。在大桥那边,基督塑像也比水面高出 436 英尺,他张开双臂欢迎并护佑着里斯本的居民和客人。曼妙的城市衬托着这些高大的建筑。即使从不高的渡船甲板上望过去,河口处的景色也是无比壮美的。

燕妮和约翰的度假地与我们的房子相距不到半英里。因为我们相处得很愉快,所以大家一致相约第二天晚上一起喝鸡尾酒、吃晚饭。之后,我们在终点分手,他们前往贝伦观光,蒂姆和我走了两个街区去搭乘著名的15号街车,最后有轨电车把我们送到了主城区。

有轨电车和无轨电车的车票都已经包含在之前的船票里,所以我们直接跳上有轨电车,在电子眼上刷刷车票,然后坐在老式车厢的座位上,这里的有轨电车四通八达,通向城中各地。悦耳的叮叮声为此地增添了几分魅力。我们下了电车,经过古玩店、时装店和咖啡店,爬上一个陡坡。上面的罗西奥广场是里斯本当地人相约见面时的首选之地,广场两边各有一个喷泉,中央是一尊佩德罗四世的塑像。人行道上铺着黑白相间的地砖,地砖排列成讲究的花纹图案。罗西奥广场的地砖容易让人产生错觉,好像脚下就是起伏的波浪一样。这是一种很怪的感觉。我们每次走过这里的时候,都会对这种错觉惊叹不已。我注视地面,蒂姆满眼放光地说:"我之前没告诉你葡萄牙还有这么个地方,是希望能给你个惊喜!"

我们又找到了附近的民主大道,尽情地欣赏两旁可爱的建筑和门面。然后,我们又沿着稍稍倾斜的路面继续前行,商店的名号越来越国际化,档次也越来越高。当古驰、普拉达和巴宝莉的标志出现后,我们马上知道了之前在卡帕里卡海边酒吧度假的那一家老小的购物地点。

大道的中央是一个长方形的公园。园中树木亭亭玉立,看上去有些发芽的迹象,人工溪水在迷人的园中流过。每隔一段距离,就能看见人们在咖啡店外的树下喝咖啡、吃糕点。一看到这些,我们又饿了,干脆坐下来品尝了一番著名的葡挞,也就是葡萄牙蛋挞。还没等蒂姆拌完浓咖啡,我已经吃光了我的蛋挞。蒂姆问:"运动员,是不是饿坏了?"

蒂姆的话太让我尴尬了,搞得我都不好意思再吃一个了。

现在,我们又品尝到了独自出门在外的那种自由自在的好处:你可以随意闲逛,不必刻意安排,你也不必急着去看景点,可以有充分的时间去感受当地人的生活。据我们观察,葡萄牙人有热爱美丽与色彩的天性,虽然目前的经济形势不容乐观,但他们依然乐观向上。当然,他们也知道该如何把糕点做得更小。午饭时候,我们吃了一顿烤鱼,街边的院子里坐着许多悠闲的游客。最后,我们乘坐黄色的有轨电车又驶回了码头。

技术娴熟的船员把红色的双层渡轮慢慢地靠向码头,这时我听见有人喊道:"你们好啊,我们在这儿呢!"燕妮和约翰就地邀我们喝茶,结果茶水换成了他们营地上的一瓶芳醇的葡萄牙红酒。他们从那辆个头不大但功能齐全的房车里迅速取出宿营用的折叠椅、桌子、酒杯、奶酪和饼干。我们坐在树下,约翰热情地为我们介绍了他们车轮上的家。这辆大篷车看上去十分舒适,凡是美国的超大房车拥有的设施,从内设的遮篷、冰箱、下水池到取暖器,小车上应有尽有。而且约翰的房车并不比普通的美国轿车长,车身宽度也适合欧洲偏窄的路面。这项令人惊叹的德国发明,每一寸都能派上用场。

我们希望次日晚上能在"我们的"房子里扮演主人的角色。蒂姆先开车把我们送到了他在卡帕里卡侦查时发现的一家饭店。先前他外出找饭店的时候,我恰好在房间里撰写英格兰那一章。一系列长方形的组合式建筑顺着木板道一字排开,各家都有自己的特色。我们在店里选了又肥又鲜的贝炖鱼,乳白色汤内的鲜贝大小如同肉丸,我们一边喝汤一边吃葡萄牙脆皮面包。

在餐桌上，我们的朋友用他们在各地经历的故事款待我们。燕妮说："我觉得，除了乞力马扎罗山的那次外，我们最疯狂的一次就是南美洲四个半月的户外历险——20个人坐在大客车上，出发之前，大家彼此间连面都没见过。"

我在闲聊中发现，路上结下的友谊与家里结交的友谊有所不同，大多数的联系都与相遇情境有关：工作、爱好、上学或俱乐部。有些联系始终没断，有些则断了。当然，长久的友谊可以供人们时不时地拿出来回味；但是，在路上总会有意想不到的缘分，彼此因为志同道合而相识相知。这种化学反应与爱情相仿——一拍即合，却不必为了私利而处心积虑地结交对方。不论在哪个国家，在远离故土的地方与旅行者相遇，那种氛围足以让彼此间的友谊刻骨铭心。路上与人相遇，不会有陷阱，也不会有客套，这就与一般的相处大不相同。和我们喜欢与之结伴的新朋友分手，足以一次次地让我们惋惜，因为，虽然大家还能继续保持联系，也能设法安排在路上相见，但我们的生活变化不定，很难准确预料到底还能不能与对方再次相遇。

就在我胡思乱想时，燕妮耐心而又激情洋溢地讲着她的南美之旅。我看了一眼蒂姆，他张着嘴，正听得入神。"在大客车上待了四个半月？"蒂姆问。我们还以为自己卖掉房子、处理掉家具、行走在世界各地的生活方式已经足够出人意料了呢。毕竟我们还有租来的房子可住，不必蜷缩在大客车里，而且我们仅仅是将就对方，不必将就外人！但是，总有一些更加勇敢的人一次次地证明了老年人的坚忍不拔：他们不怕改变原来的生活，更勇于做出大胆的决定，在晚年仍享受着历险的乐趣。"你们平时怎么生活呢？"我问道，同时喝了一大口葡萄牙红酒，又咽下一枚又肥又大的鲜贝。"你们在哪儿洗澡呢？还有睡觉和吃饭呢？"

燕妮答道："这是一场很简单的历险。组织者提供客车和司机。我们安排大家各司其职，做饭、购物，大家轮着来，不必由一个人一做到底。每隔三四天我们就会住进旅店，洗衣、洗澡，收拾一通之后，再次上路。"

约翰说："不过，有时候也真受不了。一行人中，难免会有几个特别烦人的家伙，其中还有个十足的白痴，但没办法，不团结起来就没法走完大半个南美洲，所以我们只能将就他们。"

那天夜里，户外风暴大作，蒂姆和我靠在软软的大床上读着电子书，暖风呼呼作响。蒂姆说："燕妮和约翰的故事，真是太让人兴奋了，他们的南美之旅确实是个诱人的故事。但此时此刻，外面冷风呼号，我庆幸自己不必待在那辆被大风摇个不停的小房车里。"

与新朋友在一起交流，也能帮助我们进一步学习、取长补短。每个人的忍耐都是有限度的。一个人的历险在另一个人眼里有可能是一次不堪忍受的磨难。或许，卖掉房子四海为家，与其说是一种生活方式，不如说是一种处世态度。对持不同理念的人来说，想要的自由生活也各不相同。

次日，天气依然没有好转，于是我们就往壁炉里添柴，然后埋头写作。等到午后雨势转小后，我们一起去村里的小超市选购了几样东西。出门时，我们谁也没带现金或信用卡（在门外写几句提示语未必不是个好主意），于是蒂姆又急急忙忙地回去取钱包，我留在店内等他。果然，他刚刚走出店门的时候，雨就来了。我朝窗外望去，心里隐隐有些内疚。这时我觉得身旁好像有人，转身一看，一位身材矮小的葡萄牙老妇人就站在我的胳膊肘旁边，手里拎着两个小塑料袋。在她眼里，我一定是从地球的某个角落里蹦出来的身高三米的亚马逊人。她仰头望着我，咧着嘴笑了笑，我也对她报以微笑。她又笑了笑。我再次送上笑容。最后,她说了一句葡萄牙语。我说:"抱歉,我听不懂葡萄牙语。"她又用葡萄牙语说了一遍,我又说:"太抱歉了,我还是听不懂葡萄牙语。"我被自己的窘迫逗得咯咯直笑。

如此循环了数次,老太太终于对着傻乎乎的我连连摇头,拎着袋子朝门外走去,这时蒂姆正从另一扇门进来。我笑得不行了,泪水都从面颊上流了下来。与老妇人相同,他也用怜悯的目光看着我,连连摇头,然后走过去付了款。我想,要是你刚才在场就好了。

里斯本处处让人惊奇,最重要的是,我和蒂姆完全可以适应这里,而且我们从来没有无法招架的感觉,尽管我们常常在陡坡上气喘吁吁地爬上爬下。数日之后,艳阳高照。我们搭乘轮渡赶往贝伦。那里的贝伦塔就像是巴洛克风格的生日蛋糕一样。贝伦塔原先建在塔霍河中央的小岛上,后来因为几百年前的一次地震,河道移位,贝伦塔也被挪上了陆地。最初贝伦塔是中世纪防御工事的一部分,如今则成了城里的众多奇迹之一。还有,国家马车博物馆也在附近。那里不仅马车让人心生感叹,那座建筑本身也足以让你惊讶得喘不过气来。原先这里是贝伦宫廷的赛马场,我们不难想象,以前坐在二楼的王室成员是如何居高临下地欣赏骏马的表演的。当一辆17世纪镀金的礼仪马车出现在我们眼前的时候,蒂姆转身问我:"也不知道这辆车要用多少马力。你觉得呢?"

出了国家马车博物馆之后,我们继续前行……

在洒满阳光的午后,我们走向附近的圣哲罗姆派修道院。修道院回廊里的浮雕柱子让我们流连忘返。我们发现它们依次按航海、探险和贸易等主题排列,其中的内容引人入胜,就连平时只顾衣食不在意历史的我们也放慢了脚步。教堂、小教堂、博物馆和修道院,对我们来说就是一次次盛宴。里斯本的博物馆周日会免费开放，我们的"财政大臣"蒂姆先生喜出望外。我们心满意足地吃了一顿丰盛的午饭，然后返回渡口。

第二天，艳阳高照。我们继续向外开拓领地，驱车赶往阿尔马达，计划在那里搭乘一艘更大的渡轮前往主城区。下船后，我们乘坐有轨电车驶向圣乔治城堡。圣乔治城堡历经了2000多年的风风雨雨：早在公元前6世纪的时候，就已经有人在此定居；后来，到了公元10世纪，穆斯林又重修了这座城堡。从海角望出去，我能看见壮观的里斯本大桥、纪念碑、建筑上的瓷瓦、塔霍河及河面上的星星点点的船只。

蒂姆不停地拍照，我终于忍不住发话了："好了，拍够了吧。我快要冻伤了。我要马上离开。"一位素来热情的风景爱好者竟然会说出这样一番话，我当时的处境就可想而知了。

我们走进了一家爱尔兰饭店，我不停地揉搓着冻僵的鼻子和疼痛的手指。我们需要先积蓄些热量，然后才能过河。在20分钟的行程中，轮渡员面对大风、白浪、颠簸，从容不迫，但我们的目光片刻都不敢离开地平线，生怕胃里翻江倒海。艳阳高照骤然变成了狂风怒号、电闪雷鸣，傍晚时分我们终于返回了住地。

我们需要歇息一会儿，以便迎接即将来访的朋友！我们伦敦的朋友里克和玛尔戈已经在路上了。有机会与他们相见，当面感谢里克最早向我们提出那些明智的建议，我和蒂姆心里都无比高兴。考虑到我们已经过了太久的四海为家的漂泊生活，近期根本没在家里招待过客人，因此，这次与里克和玛尔戈的聚会就显得意义非凡。我们要让这次的四人聚会变得名副其实，为此我们精心地选购食材，在室内摆上了鲜花，打扫了客人的卧室，还弄来额外的餐具垫和餐巾，最后，我们把自己打扮成了地地道道的葡萄牙居民。遗憾的是,我们没法搞到舒服的家具。我们还按时赶到机场接站,学着当地人的样子,对来访的里克和玛尔戈说:"看看那边,那是 18 世纪修建的高架水渠。我们就住在那座大桥的对面!"

大家都想给别人留下一种无所不知的印象,只是嘴上不说罢了。

来到我们的公寓后,玛尔戈和里克发现温度一下子高了不少,经历过伦敦多年来最恶劣的严冬之后(我们也刚刚经历了寒冬),这次的葡萄牙之旅对他们来说真算是一次美好的体验。温暖的阳光和 50 华氏度的温度让他们大感意外。里克喜欢睡吊床,还说不打算赶预订的航班回伦敦!我们还一起去了海边的康提基酒吧,那里的朋友为我们露了一手烧鱼的绝活儿。就这样,我们带着朋友在里斯本来了一次旋风式的观光。蒂姆凭着过去在里斯本的生活经验,把我们领到了索本托大饭店。20 世纪初风格的啤酒牛排屋内设四面红墙,墙下摆放着软椅,墙上挂着的油画人物是那个时代的时尚人士,此外还有里斯本黄金时代的照片。蒂姆告诉我们,这里的牛排是城里最好的,牛排辣酱煎鸡蛋是这里的绝活儿。我们都同意他的安排。此后,我们每次通话时,玛尔戈都对这顿牛排念念不忘!对我们这些食肉动物来说,这确实是一次无法忘怀的聚会。

里克和玛尔戈离开之后,我们的房子瞬间又变得空荡荡了。为了安慰自己,我们赶到了距里斯本几分钟车程的辛特拉,大家都说辛特拉是葡萄牙的必游之地。这里的林区里到处都点缀着城堡和庄园,不仅能让人感受到乡村生活的悠闲恬静,还有一种特有的浪漫风情融入其间。

我们还看到了 19 世纪浪漫主义的典范佩纳宫。我可不可以告诉你,这里也是世上最不容易到达的地方呢?蒂姆驾驶着汽车一寸一寸地向上挪动,脚下是 6 英尺宽的路面,我怕他分神，所以一路上一句话也不说。我们不停地躲避着迎面走来的游客，他们三三两两地横着走来，显然不在乎自己的安全。此时大雾弥漫，你根本看不清对面的游客，我们在朝上行驶时，我们的小汽车及它缝纫机大小的发动机都已经累得气喘吁吁了。不过，辛苦的付出终于有了回报，我们在入口附近找到了停车场。

王宫融合了新哥特、新曼奴埃尔、伊斯兰以及新文艺复兴等多种艺术风格。此地是摄影爱好者的最爱！从这里可以发现，女王玛丽亚二世在自己的爱好方面毫不吝啬：粉色、黄色、绿色在王宫的墙壁上争奇斗艳，互不相让地吸引着游客的目光；此外，不同窗户的风格和装饰也大相径庭。这里仿佛是葡萄牙版的迪斯尼乐园，就景色而言，这里比以主题公园闻名于世的安纳海姆更胜一筹！万幸的是，下来时不再那么痛苦，也不那么危险了。不到30分钟，我们已经坐在自己的屋子里不停地揉搓已经冻僵的四肢了。

命定的那一天终于来了。我已经难受得再也无法继续疾速写作了。一连几个月的写作与修改，已经折磨得我眼睛酸涩，后腰发酸，大脑空空如也。我这才明白，职业演员可不好当，要比剧务难多了。我开始怀念以前的缪斯角色。写了一半的文章，再也继续不下去了。鲍勃和可爱的蒂姆沟通后对我说，真正的作家，迟早会走到这一步的，唯一的办法就是先歇息一周。在他们的劝说下，我顺从地让自己坐在车上，跟着蒂姆驶过大桥，顺着海边北上，再穿过森林与大山。一路上，我心情轻松，因为这是"官方"指定的休整"任务"。汽车一直倾斜着向上行驶，直到可以看到松树下的葡萄园时才结束爬坡，即使是三月的雨水也无法破坏这里的大好风光。

阵雨停了，此时我们正驶过一道漂亮的铁门，一条鹅卵石路在林中蜿蜒而过，与之相伴的是一条湍急的小溪，周边的石头上覆盖着苔藓和青藤。溪水旁长着热带棕榈树和蕨树,让人觉得此地不像葡萄牙,倒更像毛伊岛。我们听说,王宫周围这 250 英亩林木是赤脚僧侣从 7 世纪开始一棵一棵栽下的。这里生长着来自世界各地的神奇植物。

驶过了最后一个"回"字形弯道之后,布萨科皇宫酒店赫然出现在眼前。当时葡萄牙流行的新曼努埃尔建筑风格,使皇宫浪漫的造型格外夺目。皇宫外部的设计丰富多彩,有卷曲的花饰、肥胖的小天使、大幅大幅的描写爱情故事或战斗场面的瓷瓦壁画、彩色玻璃、帷幔、弯木、石头、混凝土和石雕兽形排水口。

一个举止得体、身着肩章制服的胖男人过来迎接我们(我对佩戴肩章的男人颇有好感)。眼前铺着红地毯的大理石楼梯,宽度至少有 12 英尺,旁边立着一套盔甲;大片的帷幔从 30 英尺高的天花板上垂落下来,减弱了彩色玻璃窗户照进来的光线。

佩戴肩章的男子领我们来到二楼楼梯角旁的套间。这套房间要比我们在帕索罗布尔斯的圣诞公寓大得多。室内有 15 英尺高的天花板、典雅的法式窗户和一个小阳台,阳台护栏上雕刻的是花纹和兽形。从窗户望出去,可以看到设计精致的花园和远处的森林。橱柜足够一家人用了,上面还有天鹅绒镶边的抽屉、桃花木鞋架和漂亮的老式木质衣架。

一尘不染的浴室足有 200 平方英尺,天花板的高度与外面的相同,浴室内浅绿色的设施与玛莎·斯图尔特的不相上下,长长的浴盆足够科比·布莱恩特躺在里面泡澡。此外,还有宽大的绒毛浴巾和浴袍。

蒂姆抢先坐进了舒适的天鹅绒椅子,我如平时一般对房间"哇呀"地感慨不已。即使蒂姆装出无所谓的样子,我也看得出他内心是如何得意。房间还需要再收拾收拾,但我也喜欢稍稍陈旧的贵族遗存。卧室的床也很棒!

我丈夫脸上的笑容还另有原因:布萨科皇宫酒店要价不

高,尤其是在旅游旺季来临之前。

　　一如平时,我们又饿了,走进让人瞠目结舌的巴洛克餐厅时,好几位品酒的人占据着餐厅中央。另一位佩戴肩章的男士把我们领到了凸窗旁的座位上。我们可以一边观察众人品酒,一边欣赏窗外的大花园。他送上的菜单,哪怕茱莉亚和保罗·切尔德(电影《美味关系:朱莉与茱莉娅》中的电视名厨及其丈夫)也不能等闲视之。令人目眩的菜肴把我们吸引了好一阵子。值得一提的是我的鸭脯马铃薯,这道菜里的马铃薯味香无比,我还是第一次品尝到这么美味的食物;蒂姆的牛排与清炒鹅肝(你可能还记得蒂姆在巴黎的时候已经开始对鹅肝着迷了)也是一等一的上品。

　　品尝过午餐之后,我们观察起了那张大餐桌上的客人。他们可不是从大巴车上下来的游客,更不是只想着在这里吃几块饼干、喝几口不要钱的葡萄酒的无聊人士。看起来,他们像是在谈生意。我们至少听到了三种语言,其中之一还带着明显的美式鼻音。他们在那边忙着讨价还价、倒酒、品酒,以我的判断,他们在做一笔大生意。

　　我晃了晃手中已经喝光的大玻璃杯。杯子里清醇的西拉红葡萄酒已经被我美滋滋地喝完了。我抬起头来,发现那几个喝酒的男子正站在旧式的餐台前。排列开来的葡萄酒吸引了他们的注意力。我的目光与一个身材高大、一头卷发的男士相遇。刚才吃饭的时候,他的爽朗和热情就引起了我的注意。他笑笑,我也笑笑。然后我举起空杯,挑挑眉毛。他抓过一瓶葡萄酒,几秒之内就来到我们的餐桌。

　　我略带歉意地说:"抱歉,但我真的很好奇,你们刚才都乐翻天了。我相信,你们的酒一定很好喝。"

　　"你应该尝尝! 这两天我们在开会,要把当地的葡萄酒推荐给国外的买主。"说着,他利索地给我倒了一杯。

　　接下来,菲利帕·帕托也走了过来,她是一位黑发、活泼的年轻女士，先前她在餐厅里四处请客人品酒，与客人闲聊。她也递过来一杯葡萄酒，把她的竞争对手挤到一旁。"这才是值得品尝的好酒呢。"她开着玩笑。果不其然，她的酒浓郁可口。"这是什么酒？""原汁原味的葡萄酒，没勾兑的！"

五分钟之内，附近的葡萄酒商就把我们团团包围了，争着与我们说话，在一个无知的旁观者面前炫耀他们手上的葡萄酒——这个旁观者对葡萄酒只略知一二。我自然是乐在其中，一连喝了好几种红酒，还尝到了上好的白波特，白波特是用白葡萄酿成的，比我常常喝的红葡萄酒口感更好，劲儿更大。最先吸引我视线的男士德克·尼耶波特在当地是个重要人物。他不仅能酿造上好的杜罗葡萄酒，还常扮演着联络员的角色，时常召集同行们聚会，联合起来做大事。严格来说，白波特是由经过蒸馏的葡萄酒与白兰地混合而成。"波特"二字与海滨城市波尔图谐音，波尔图也是葡萄牙第二大城，杜罗河口上的重镇。我们撞上他们的聚会，纯属意外。在接下来的日子里，我发现在葡萄牙的所到之地，酒行的橱窗里都有尼耶波特酿造的葡萄酒。

那天午后，我们继续在王宫里游览，花园内、瀑布下、小径旁和树林里都留下了我们的足迹。太阳也善解人意地出来配合我们。就这样，我们沐浴在和煦的阳光里，享受着葡萄牙的建筑与园艺。

享用过丰盛的早餐之后，我们又开车前往迷人的海边小镇阿威罗。小镇上运河纵横，冷飕飕的海风并未能驱散排队的游人，他们等着小摩托艇把他们摆渡出去。与威尼斯的原装货相比，这里的摩托艇显得格外丑陋。还有，肌肉发达的贡多拉船夫明显要比埃文鲁德摩托艇驾驶员潇洒！我们没上摩托艇，倒是吃了一顿好饭，你知道，吃饭在我们的计划中永远排在第一。葡萄牙人善于利用鱼肉和橄榄油来做菜，味道比较淡，那顿午饭也是如此。不过，我们喝上了朋友尼耶波特的葡萄酒。几杯美味的雷多玛入口之后,也就不在乎乏味的午饭了!

返回王宫之后,我们走进了宾馆的酒吧,里面有大幅的油画、舒适的家具和很高的天花板,天花板四周还镶着镀金的皇冠花饰。我们在酒吧里落座之后,蒂姆说:"我有话要说。"

我的天呀!没有一个妻子希望听到丈夫的这句话,永远都不希望。我开始胡思乱想起来,难道是他心里有了另一个女人?他想买一辆保时捷?或者是他嫌弃我太胖?又或者是我们现在已经没钱花了?……男人一说出那五个字,女人就会忍不住地胡思乱想。"是——吗?"我漫不经心地说。

他说:"我想回'家',我们在葡萄牙卡帕里卡海边的那个'家'。"

我笑了,笑的不是时候。他不解地问:"有什么好笑的吗?"

"没有。"我马上镇定下来,心里偷偷地想,原来是虚惊一场。

他用奇怪的目光打量着我,片刻之后继续说:"我想说的是,我们住过的地方,就像我们真正的家一样。我希望能再回到我们的厨房、我们的大床,再过一段我们在卡帕里卡的小日子……就像以前,在外面过完周末就会回家一样。这样才是最合适,也是最棒的,你觉得呢?"

谁说不是!我们已经掌握了迅速适应新环境的秘诀,如今不论在哪里生活,我们都能顺其自然,迅速调整心态,把所到之处当作自己真正的家。我已经对自己的日常用品的位置熟记于心,从马铃薯刮皮刀到我的短袜,无所不知,所以那种刚刚搬完家的手忙脚乱已经一去不复返了!现在,我们仅凭经验就能找到开关的位置,也学会了如何利索地把门锁打开。事实上,我们确实掌握了不少的窍门和经验。回想一下当初在布宜诺斯艾利斯的窘境，现在的我们，真是棒极了！

　　次日，我们回到了卡帕里卡，打开大门，放好行李，检查邮箱，决定吃什么晚饭，就这样，又开始了已经熟悉了的生活。此时，我们就像回到了真正的家里一样，轻松而温馨。我可没法解释清楚其中的原因。总之，现在，只要我们两人在一起，仿佛在任何地方都可以找到"家"的感觉。

　　我们在卡帕里卡一连生活了六周。对我们来说，这是一项纪录。我们喜欢葡萄牙人和他们那种闲适的生活方式，临行时我们还希望以后能再来一次。不过，我们不大可能怀念邻居家那只叫个不停的狗，还有不停地制造噪音的邻居本人。此人每周六晚上总会打开电视机，高音播放；每周日的下午 3 点到 9 点，不论刮风下雨，他总会哗啦哗啦地洗车。这些虽然让我们不胜其烦，但是，时间久了，根据他的活动安排，我们竟然能判断那天的准确时间。看来，日复一日地过日子，也是一大乐趣。

　　出门在外的日子里，我和蒂姆都变了。我们发现原来在自己家里的那些令人无法忍受的事情，现在已经变得无所谓，比如爱哭鼻子的孩子、汽车噪音、聚会的邻居或每天早上七点轰鸣的摩托车。我们清楚自己不可能久留，所以这些看起来烦心的事情在我们的生活中不会占据多大的空间。既然如此，又何必事事较真呢？

　　在我们离开的那个上午，卡塔丽娜过来与我们告别。她帮我们把行李塞进了随行的汽车里。我们又要上路了。原本我们还希望能顺利地赶到机场，因为那是复活节的那个礼拜天。但是，等我们上桥之后，却发现大桥上已经拥堵不堪。那天也不出意料地下雨了。路面湿滑，车里的人都不大高兴。到达大桥时，前面的汽车只能缓慢前进，我们开始暗暗着急，担心赶不上飞机起飞的时间。

　　我们还看见路面的另一侧有公务人员正在处理交通事

故。"快看那边。"蒂姆松了一口气,因为闪灯那侧的车辆就要提速了。"看来,那侧因为交通事故,后面的车没法提速。我们这侧之所以慢,是因为司机注意力不集中,全仰着脖子看热闹。"

我顺着他的目光朝前张望。我们当即屏住了呼吸,一小片森林出现在路前方。一棵高大粗壮的大树正在倾斜,如同醉汉一样,左摇右摆,然后大头朝下,朝着路面倒了下来。刹那间,大树砸向护栏,也砸到了好几辆路过的汽车。一枝树冠压在护栏上,离我们不足 1 英尺。在被砸汽车的后面,其他车辆横七竖八地胡乱停着。众人朝我们刚才经过的事故现场涌去。一位女士站在被砸汽车的旁边,大声地叫喊。我们被车流裹挟着朝前驶去,所以来不及细细观察。蒂姆的手死死地握着方向盘。

片刻之后,撞车事故、倒下的树和被砸的汽车都被我们抛在了身后。车流继续移动,仿佛什么都不曾发生。我们吓得一时说不出话来,大脑里不停地回放着刚才的种种场景。等回过神来的时候,我和蒂姆都暗自庆幸,感慨生活无常。这次经历让我们更加相信"时不我待"。

后 记

四海为家的漂泊生活,仅仅让我们推迟了一件事——变老。这倒不是说我们能在生理上延缓衰老。旅途中,尽管我们也会为镜子里出现的皱纹而整天唉声叹气,但是我们心里却从未觉得自己真的变老。

我们珍惜健康的身体和稳定的收入——在我们大胆而冒险的退休生活中,这两样都是不可或缺的。我们知道,身体健康的时候,谁都觉得自己年轻。我们用一生的时间来打理钱财,维持健康,但我们也知道,未来的一切并不都能由自己说了算的。运气让蒂姆和我继承了良好的基因,也让我们在分离了35年之后重新踏入婚姻的殿堂。对于这些,我们始终怀着感恩之心。

在开始四海为家的新生活之前,我和蒂姆的婚姻生活就像杰斯·沃尔特在小说《美丽的废墟》中所描述的情感空间一样——"那个人们习以为常、时而让人感到满足时而又让人觉得无聊至极的广阔高原"。更糟的是,我们不仅无聊,还没有丝毫的幸福感。年迈与空虚的感觉始终困扰着我们。

一经出发,我们便再也没有感受到那种威胁。我们更没有走过回头路。随着一次次的计划与外出,我们的身体更健康了,内心的幸福感也越来越强了。一路上,我和蒂姆不断地反观自己的内心世界,一次次地自我调整,这是我们以前做梦都想象不到的。以往的无聊感被扔在了远处的角落里，再也无法胡作非为。至于满足感？依我看来，已经远远超出了我们的预料！

有人可能会觉得我的观点浅薄、没有内涵，他们或许有自己的道理。不过，说实话，与那些相比，我更关心下周在上下班的高峰时段的车流中，我们如何才能高效而又安全地从公寓赶到戴高乐国际机场，而不是晚会上我的餐巾与桌布的颜色是不是协调，还有俱乐部委员开会时，我能不能准时出现……总而言之，我并不想把自己的生活方式强加给每一个人，我也并不认为自己的选择是绝对正确的。我只知道，我们的生活方式是我们自己所渴望的，同时，也很幸运，因为我们为自己做出了正确的选择。

当我们开始外出历险时，我们并不知道接下来会发生什么——是年复一年的遗憾和内斗，还是愉快的幸福之旅？以前，在我们称之为"家"的庇护所里，我们可以把毯子盖在头上，藏在里面不出来；如今，这样的地方已经不复存在，今后的生活将会是什么样的呢？

时钟还在嘀嗒作响，我们不希望守在一个地方度过我们的余生。改变习以为常的生活方式是非常需要勇气的一件事。我们需要一种既令人钦佩又略显枯燥的混合了多种特性的优秀品质，才能战胜恐惧，因为我们要放弃自己的房子、大部分日常生活用品和亲朋好友善意的建议，义无反顾地去追求崭新而又充满未知的生活。我们这种年纪的人，当然知道自己做出这种选择会意味着什么。

实践得出的结论是，这种四海为家的新生活非常适合我们。如果在外面遇上烦恼和意外，我们的秘诀就是耐心等待、微笑面对和宽容他人。每当迷路了或者走累了的时候，我们会毫不犹豫地选择出租车，而不是和年轻人一样拼命地挤地铁；当需要一连几个月停留某地时，我们还会毫不吝啬地多花几美元,租个更加舒适的地方。确实,我们也曾有过被天气、疾病、烦恼、沮丧折磨的时刻,我们也不止一次地感到惶惶不安,偶尔我也会渴望与亲人相聚。有些东西我至今都无法忘怀,比如我曾经拥有过的私人花园(现在正由某个我不认识的女人照料),一直待在阴冷的储藏室里苦苦等候我们的那个旧铁锅,这些都是我的牵挂。我发誓,等我们某天走不动了,安顿下来之后,我一定要再买个花园,再用我的生铁锅煎出黄澄澄的鸡蛋来。

但刚才提到的那些渴望和不安会给我们带来什么影响吗?一路上,我们不断地向"衰老"发起挑战。我们发誓要把那个可怕的幽灵夹在腋下,不让它在我们的脑海里盘桓,影响我们的生活态度。

当然,我们也必须面对现实:我和蒂姆已经过了在伦敦或者巴黎的地铁扶梯上上下折腾的年纪,我们必须慢慢地靠边走;我们也没有精力熬到三更半夜;我们更不能火急火燎地吃午饭了;熬夜等航班或连续十几个小时坐在大客车上,这些也不是我们该做的事了。不过,我们每天都能收获一些新的发现,制定一些新的计划,与幽默风趣的人约会,或者是解决以前从未遇过的新问题。为了这些,我们也绝不能被年纪打败!

并非每一个上了年纪的人都能够(或者希望)过这种充满挑战、与众不同的生活。我们只是希望能以自己的亲身经历让大家明白,"老"并不等于"完蛋",更不意味着必须陷入无聊、日复一日不能自拔的枯燥生活里!卖掉房子去旅行不仅仅是个简单的举动,它更是一种全新的思维方式和积极的人生态度的体现。走出家门之后,你能站在高处,拥抱新的思想,结识新的朋友,打破以往陈旧的生活模式。以上种种,足以唤醒任何人,在任何环境下,对梦想中的新生活的热情。

许多人来信和我们分享他们走出家门的亲身经历。一些人去了更远的地方,另一些人则在国外的某个地方流连数月。有几位还为此专门学会了一门外语,也有人为了争取时间实现理想而提前退休。我们也有几位无法走出家门的新朋友,但是,他们会阅读我们的博客,与我们互动,这也算是一种另类的旅行,借此,他们也能分享我们的乐趣,甚至勾起他们自己以前在外面(或长或短)的旅行回忆,重新燃起因为"衰老"而放弃的兴趣热情。

此时此刻,在凯里环路附近的一处迷人的爱尔兰农舍里——也是我们目前落脚的地方,蒂姆坐在楼下的沙发上,忙着制定下一阶段的旅行计划。他一边比较着明年客轮的票价,一边对着显示屏自言自语。我们去年在都柏林结识的那两位大方的朋友莫琳和阿兰,将会成为我们今天饭桌上的贵客。我们还会在晚间聚会上讨论自上次与他们分别后各自的收获以及未来的计划。这次,法属玻利尼西亚成了我们的新目标。尽管此前在阿根廷有过不愉快的经历,我们还是将南美洲纳入了我们的计划。澳大利亚和新西兰也令我们十分着迷。亚洲在我们的计划中也排在前列。我与蒂姆分隔了35年后才幸运地重新走到一起,如今还能一同周游世界,我们每一天都感到格外幸福。还有,继续与大家分享我们的经历,也是我们幸福非常重要的源泉之一。

最后,我们会继续拥抱新生活中的任何变化,以变通的方式随时转换角色(缪斯与作家、乐观主义者与现实主义者、幻想家与实干家),与那些成千上万正在生活中寻找新方向的读者相识,这些都让我们更加坚信"是"的力量。时至今日,面对梦想,我们会马上行动,不再拖延。生命太短暂了,短到大家都来不及按照自己喜爱的方式去细细品味其中的甜美。我和蒂姆希望大家能像我们一样,学会取舍,早日实现自己的人生梦想!

致　谢

　　凡是与我们一同乘坐大巴、飞机、火车、渡船或者地铁的人，无一不是我们的朋友。我们曾一同为路边的风景惊叹，一起躲避风暴，一起为街头艺人送上微薄却饱含心意的一元钱。我们一路上磕磕绊绊地按计划前进，在这一过程中，凡是将一份善意的帮助、一张暖人的笑脸赠予我们的人，我们都对他们深怀谢意。我们奇妙的旅程开始后，你们无时无刻不在我们身边，无限地丰富了我们的人生！

　　我们要感谢我的父母婉达和伦纳德·苏米尔，他们是我和蒂姆的榜样，也是我们灵感的源泉，将永远活在我们心里。40年前，在那个还没有互联网和移动电话的年代，他们就已经在国外为我们开辟了一条小径。他们挑战新鲜事物的勇气与彼此间的关爱——他们晚年一起出发寻找乐趣，一同周游世界，为我们绘出了新生活的路线图。爸爸，我们一路上经历的林林总总，你该多么热爱呀！

　　我将永远感激吉姆·格雷。他是一位无私的作家，为我引荐了《华尔街日报》的编辑格林·鲁芬纳赫，为我打开了令人激动的机会之门。与格林合作是我的幸运。他是真正的绅士和杰出的记者，他那循循善诱的专业指导和深厚的友谊使我上次发表文章的经历变成一次纯粹的享受。

　　鲍勃·叶灵既是一名作家，也是一位冲浪爱好者、教练和马拉松运动员，他以魔术般的技巧编辑了本书的初稿，不仅在实践上指引了我的写作，更向我传授了写作的诀窍。他的耐心、善良、专业水平和建议，是本书出版合同中没有写出的部分，但对我来说，其价值不在编辑书稿之下！

　　一流的文学作品经纪人和律师黛娜·纽曼，出现得适逢其时，而且她拥有我们需要的特质：丰富的经验、超强的韧性、明确的方向和各种人脉。她把我们的旅行轨迹从概念变成了现实,并将继续引领我们走向神秘的出版领域。

这时,我马上想到了源头图书出版公司的资深编辑斯蒂芬妮·博文。她向出版社推荐了我们的故事,她在编辑方面的感知力、才能、品位和热情把我的原稿变成了可出版的著作。对此,我怀着无限的爱与感激。源头图书出版公司的资深公关尼克尔·维尔诺夫也不遗余力地将拙著介绍给读者。

下面我还要提到几位鼓励过我的重要人物:里克·李克波诺的男低音是我们永远也听不够的,他温暖人心、积极阳光,在本书出版前,曾不止一次地指引我们度过了惶惑的时刻。我们的好友莎拉·麦克马伦,在我与"大男孩"发生矛盾时,对我呵护备至。当我们在国外需要"家"的时候,莫琳和阿兰夫妇为我们送来了可人的葡萄酒,让我们倍感温暖与舒适。《退休后要做的65件事:旅行》的编辑马克·奇姆斯基,在我疲惫不堪,甚至自我怀疑时,把科莱特的写作箴言送给了我。安迪娅和乔治斯夫妇也从房东变成了我和蒂姆的终生朋友,他们亲手把巴黎的美好带进了我们的新生活(上面还装饰着鹅肝与爱)。

当然,我们还要感谢我们的女儿罗宾、亚历山德拉、阿尔文和阿曼达,以及她们的家人,感谢他们的热情、鼓励和爱。我们珍惜你们每一个人。说不定哪天,我们不打招呼就去拜访你们啦,不要太惊喜哦!